Im Tal der Könige

Cecelia Holland

Im Tal der Könige

Deutsch von Marie Henriksen

Weltbild

Originaltitel: *Valley of the Kings*
Originalverlag: Tom Doherty Ass., Inc.

Die Autorin

Cecelia Holland wurde 1943 in Nevada geboren. Sie begann mit zwölf Jahren zu schreiben und interessierte sich schon als kleines Mädchen besonders für geschichtliche Themen. 1966 erschien ihr erster erfolgreicher Roman »Firedrake«. Heute pendelt Cecelia Holland, Mutter von drei Töchtern, zwischen New York City und dem kleinen Städtchen Fortuna in Californien. Im Weltbild Buchverlag erschien auch ihr Roman über den Stauferkaiser Friedrich II., »Herrscher aus Apulien«.

Weltbild Taschenbuch

Dieses Buch ist
Marion Hardy gewidmet –
sie weiß, warum.

Ein Wort vorab

Vor einigen Jahren hatte ich das Glück, einige Stunden mit dem heutigen Earl of Carnarvon zu verbringen. Er ist der Sohn jenes Carnarvon, der gemeinsam mit Howard Carter im Jahr 1922 das Grab des Tutanchamun entdeckte, und er hat mir von dieser Entdeckung ebenso erzählt wie vom späteren Schicksal seines Vaters. Aus dem damaligen Gespräch ist dieser Roman entstanden.

1

Mein Name ist Howard Carter; ich bin Engländer und Ägyptologe. Im Jahr 1902 arbeitete ich für das ägyptische *Department of Antiquities* und überwachte im Rahmen dieser Tätigkeit die Ausgrabungen im Tal der Könige, unweit der antiken Stadt Theben. Ein lange vor sich hinschwelender Zwist zwischen mir und meinem Vorgesetzten war eskaliert – in Form von heftigen Wortwechseln und Drohungen –, und als die Gerüchte darüber dem Britischen Gesandten in Kairo zu Ohren kamen, wurde ich in die Gesandtschaft einbestellt.

Der Gesandte zu dieser Zeit hieß Lord Cromer. Vor dem Krieg nahmen die Briten in Ägypten offiziell den Status von Gästen ein, und das Land stand unter der Regierung des türkischen Khedive.

De facto war die britische Dominanz natürlich nicht zu leugnen – eine kitzlige Situation, die Cromer all sein diplomatisches Talent abforderte.

Wie ausgeprägt dieses Talent tatsächlich war, erfuhr ich, als ich in der Gesandtschaft vorsprach. Ich hatte einen gehörigen Rüffel erwartet; stattdessen wurde ich zu meiner Überraschung zum Dinner eingeladen.

Es gab noch einen weiteren Gast an diesem Abend; wir waren also zu dritt. Der Mann war zart gebaut, wirkte geradezu zerbrechlich, und ich schätzte ihn auf Mitte dreißig, also wenige Jahre älter als ich. Sein Haar war sehr gepflegt, und seine Augen kamen mir fast ein wenig zu strahlend vor. Ich bin mir aber gar nicht sicher, ob ich das bemerkt hätte, hätte man mich nicht darauf aufmerksam gemacht, dass er von labiler Gesundheit war. Es handelte sich um den Earl of Carnarvon, der den Winter aus gesundheitlichen Gründen in Ägypten verbrachte.

Nach dem Essen gingen wir zu dritt in Cromers Arbeitszimmer, um uns dem Brandy und den Zigarren zu widmen. Bis zu diesem Zeitpunkt war die Auseinandersetzung mit meinem Chef nicht mit einem Wort erwähnt worden. So etwas war einfach nicht Cromers Art.

Wir ließen uns in dem gemütlichen kleinen Raum nieder, den Cromer als privates Arbeitszimmer nutzte. Ein Diener zündete die Kerzen in den handbemalten Lampen an und servierte den Brandy in einer kristallenen Glaskaraffe. Die ganze Umgebung wirkte sehr englisch – fast hätte man vergessen können, dass sich nur ein paar Schritte weiter, unmittelbar vor der Tür, der Moloch Kairo auftat, voll von Fliegen, Dieben und dem Gestank des Nils. Carnarvon saß in einem tiefen Ledersessel und zupfte die Bügelfalten seiner ohnehin schon makellosen Hosenbeine gerade. Auf dem Bücherbord hinter ihm stand vor einer Reihe von Dickens-Romanen eine Napoleon-Büste aus weißem Speckstein, und an den Wänden zwischen den schweren Bücherschränken hingen Bilder mit Motiven aus dem Reitsport: Pferderennen, Pferde, die über Hecken sprangen …

Wie es in englischen Arbeitszimmern üblich ist, galten die ersten Worte unseres Gesprächs der europäischen Politik. Ich stand am Ende des Zimmers und studierte die Buchtitel hinter den Glastüren der Bücherschränke, während Cromer und Carnarvon wie üblich die Allgemeinplätze der herrschenden Klasse herunterbeteten.

»Der Kaiser«, sagte Cromer, indem er seinen Brandy in einem Zug austrank, »hat keinen Sinn für den Ernst der Lage. Aber ich fürchte, wir langweilen Carter, der sich für niemanden interessiert, der nicht als Mumie einbalsamiert ist.«

Lächelnd reichte er mir ein bauchiges Glas mit Brandy. Seine farblosen Augen, ebenso intelligent wie kalt, standen ein wenig hervor in seinem glatten, ausdruckslosen Diplomatengesicht.

»Setzen Sie sich doch, Carter«, sagte er.

»Danke«, erwiderte ich, blieb aber stehen.

»Wenn ich die Sache richtig sehe, haben Sie unter Flinders Petrie bei den Ausgrabungen von Tell el-Amarna gearbeitet«, ergriff nun Carnarvon das Wort.

»Ja«, antwortete ich. »Ich habe in der Mannschaft gearbeitet, die die Überreste des Echnaton-Palastes ausgegraben hat.«

»Carter kennt Ägypten«, bemerkte Cromer. Er setzte sich in den zweiten Sessel neben Carnarvon. »Er kennt jeden hier, und jeder kennt ihn. Sie könnten keinen besseren Mann in Ihre Dienste nehmen.«

In diesem Moment war ich froh, dass ich stand. Ich warf noch einen Blick auf Carnarvons sorgfältig manikürte Hände, die sich um das Glas gelegt hatten. Er war der Sohn eines Earls; jedes Anzeichen von Arbeit an seinen Händen hätte unstandesgemäß gewirkt.

Nun schaltete er sich wie auf ein Stichwort in unser Gespräch ein: »Wie ich höre, gab es ein Zerwürfnis zwischen Ihnen und Ihrem Chef, Carter.«

»Ich habe bei Flinders Petrie gelernt«, gab ich ihm zur Antwort. »Ich habe mehr Respekt für Details als die meisten anderen hier. Interessieren Sie sich für Ägyptologie?«

»Ehrlich gesagt, weiß ich sehr wenig über antike Geschichte. Ich muss nur endlich einmal vor die Tür, wissen Sie. Die letzte Wintersaison hier habe ich mit dem Lösen von Kreuzworträtseln verbracht. Man kann hier ja nicht einmal anständig auf die Jagd gehen.«

Cromer beugte sich seitwärts über die Armlehne seines Sessels, um nach der Karaffe mit dem Brandy zu angeln. Der Diener stand hinter ihm und stellte die Lampe richtig ein. Cromer sagte: »Das hier ist nicht England, so sehr wir uns auch bemühen. Gehen Sie auf die Jagd, Carter?«

»Dafür habe ich keine Zeit, my Lord.«

»Ich kann nicht behaupten, dass ich selbst viel über das alte Ägypten wüsste«, wechselte Cromer das Thema. Er winkte mit dem Finger, und der Diener brachte die Zigarren. Dann fuhr Cromer fort: »Ich kann mir die Dynastien nicht merken, und dann hatten sie ja all diese seltsamen Ungeheuer als Götter – die griechischen Götter sind ja einigermaßen beeindruckend, aber die ägyptischen – selbst Herodot macht sich darüber lustig. Affen und Katzen ... Krokodile ...«

Herodot hat nur das dekadente Ägypten erlebt, als die große Zeit längst Geschichte war.

Ich nahm eine der langen schlanken Zigarren.

»Der einzige Ägypter, den ich sympathisch finde, ist Echnaton«, fügte Cromer hinzu. »Dieser Häretiker.« Er nickte mir zu. »Aber Sie wissen mehr über ihn als ich.«

»Der Verbrecher von Tell el-Amarna«, sagte ich. »Die am meisten überschätzte Gestalt der antiken Welt.«

Carnarvon betrachtete die Zigarren. Der Diener beugte sich leicht nach vorn, um sie ihm anzubieten; das goldene Lampenlicht fiel auf das dunkle ägyptische Gesicht, die niedergeschlagenen Augen, den lächelnden Mund.

»Inwiefern überschätzt?«, fragte Carnarvon.

»Ich habe gehört, er soll der erste Monotheist gewesen sein«, sagte Cromer in streitlustigem Ton. »Er soll Mose beeinflusst haben. Unsere gesamte Zivilisation könnte letztlich auf der Vision von Echnaton gegründet sein.«

»Er hat Ägypten schlicht und einfach zerstört«, gab ich zurück. Ich hatte das Gefühl, als könnte ich Echnaton persönlich nicht leiden. »Das gesamte Weltverständnis der Ägypter beruhte auf ihrer Religion. Indem er diese Religion angriff, stellte er ihre gesamte Denkweise auf den Kopf. Danach haben sie nie wieder richtig Tritt gefasst.«

»Aber was genau hat er denn getan?«, fragte Carnarvon. Er nahm eine der Zigarren und schnupperte träge daran.

»Er war ein Fanatiker«, erwiderte ich. »Er glaubte an einen einzigen Gott – Aton, die Sonnenscheibe, den Spender allen Lebens, solche Sachen. Er schaffte die Hierarchie der volkstümlichen Götter ab, die die Ägypter seit Tausenden von Jahren verehrt hatten.«

Carnarvon ließ sich von dem ägyptischen Diener einen kleinen goldenen Zigarrenabschneider geben, mit dem er das Ende der Zigarre abknipste, bevor er sie mit seinen Lippen befeuchtete und dann in seinem Mund arrangierte. Der Diener riss ein Streichholz an. Sie warteten feierlich, bis der Schwefel abgebrannt war. Niemand sprach ein Wort. Carnarvon beugte leicht den Kopf, und der Diener zündete die Zigarre an.

Nachdem das Ritual erfolgreich abgeschlossen war, lehnte sich

Carnarvon in die Tiefen seines Sessels zurück, atmete eine kleine Rauchwolke aus und sagte: »Ich verstehe nicht ganz. War er eine Art Priester, dieser Echnaton?«

Da begriff ich, dass ich ganz vorn beginnen musste. Langsam sagte ich: »Er war ein Pharao – der König von Ägypten. Er verkörperte die Verbindung zwischen der Menschenwelt und der ewigen Welt der Götter. Die Menschen in der Antike sahen viele Dinge völlig anders als wir. Wir leben in Newtons Universum, wir betrachten die Wirklichkeit als einen Mechanismus, der präzise wie eine Uhr ist: Einmal in Gang gesetzt, läuft sie von selbst nach rationalen Regeln ab. Die alten Ägypter glaubten, dass die Welt jeden Tag, jede Stunde neu erschaffen werden musste, um weiterhin zu funktionieren. Und genau dafür war der Pharao zuständig. Er sorgte dafür, dass die Sonne auf- und unterging. Er sorgte für das Hoch- und das Niedrigwasser des Nils, für das Wachsen und Reifen des Korns. All das tat er, indem er sich bei den Göttern für diese Dinge einsetzte – mit den entsprechenden Ritualen. Und dann kam dieser Echnaton und warf die alten Götter allesamt hinaus.«

»Und was geschah?«, fragte Carnarvon.

»Was würden Sie erwarten?«

Die Frage war nur rhetorischer Art, aber bevor ich weitersprechen konnte, antwortete er auch schon. Und seine Vermutung war durchaus richtig.

»Chaos.«

»Es war eine Katastrophe.«

»Kurzfristig«, sagte Cromer. »Aber Echnatons Idee des einen liebenden Gottes eroberte die Welt. Wie geht noch gleich diese Zeile bei Shelley? ›Look on my works, ye mighty, and despair‹?«

Das war einigermaßen fehl am Platze. Ich hatte meine Zigarre vergessen, die neben mir auf einem kleinen Silbertablett lag, und nun streckte ich die Hand danach aus.

»Ein Ketzer als König«, sagte Carnarvon. »Ein Widerspruch in sich.«

»Nach unseren heutigen Maßstäben, ja«, sagte Cromer. »Anscheinend kann der moderne Mensch ziemlich viel verdauen, sofern der Täter eine Krone trägt. Echnaton war ein außergewöhnlicher Mann. Er war krank und starb früh …«

»Er wurde über dreißig Jahre alt, was zu seiner Zeit ein gesegnetes Alter war«, warf ich ein.

»Was für eine Krankheit?«, fragte Carnarvon.

»Man kann es nur erschließen«, antwortete ich. »Die Bilder von ihm zeigen ihn in der Regel mit aufgetriebenem Bauch und Oberschenkeln, und mit Brüsten wie eine Frau. Man hat versucht nachzuweisen, dass er an einer Stoffwechselkrankheit litt.«

»War er verheiratet? Hatte er Kinder? Das wäre doch ein Hinweis.«

Ich zog an meiner kalten Zigarre. Der schale Geschmack des Rauchs ließ mich beinahe husten. »Er war verheiratet mit Nofretete.«

»Nofretete! Den Namen kenne ich. Sie war eine legendäre Schönheit, oder?«

»Das berühmteste Stück ägyptischer Kunst, das bisher freilich noch nicht gefunden wurde, ist in der Tat eine Büste von Nofretete.«

»Und hatten sie Kinder?«

»Ja.«

»So viel zum Thema Stoffwechselkrankheit«, sagte Carnarvon. »Woran ist er gestorben?«

Der ägyptische Diener trat herbei, um meine Zigarre wieder anzuzünden. Ich sprach weiter, ohne Carnarvon für einen Moment aus den Augen zu lassen. »Das weiß man nicht. Seine Religion war jedenfalls ein Fehlschlag. Sein Nachfolger als König war Tutanchamun, der den Hof nach Theben zurückverlegte und auch die alten Götter wieder einsetzte. Die Priester sorgten gründlich dafür, dass von Echnaton nichts übrig blieb. Sie hackten seinen Namen und sein Abbild von den Standbildern und tilgten ihn aus den Königslisten …«

»Weshalb wissen Sie dann so viel über ihn?«

»Wir wissen fast nichts«, sagte ich.

»Wer war dieser Tut-amun?«

»Tutanchamun. Niemand weiß auch nur das Geringste über ihn. Er hat nur für einige wenige Jahre regiert, und sein Grab wurde nie gefunden.«

»Wie meinen Sie das? Wo befindet sich seine Pyramide?«

Ich räusperte mich, da ich mir nicht sicher war, ob er sich vielleicht nur unwissend stellte, so klug wie er wirkte. »Die Pyramiden wurden allesamt etwa tausend Jahre vor Tutanchamun erbaut.«

»Oh. Die Sphinx auch?«

»Ja«, antwortete ich. Machte er sich lustig über mich?

»Nun gut«, sagte er plötzlich. »Die Sache interessiert mich. Es klingt so, als könnte es großen Spaß machen, ein wenig in den Ruinen herumzustochern. Haben Sie ein spezielles Projekt im Sinn – etwas, an dem ich mich beteiligen könnte, wenn ich den Winter hier verbringe?«

Neben der seifenfarbenen Napoleon-Büste saß Cromer und grinste mich an. Jetzt wurde mir klar, dass er mich genau aus diesem Grund eingeladen hatte: um seinem Freund einen Spaß zu organisieren und um mich aus den Fängen des *Department of Antiquities* zu retten. Sein Sinn für Intrigen hätte einem Höfling des türkischen Sultans alle Ehre gemacht. Ich zog an meiner Zigarre, die schon wieder ausgegangen war.

»Nun, wenn ich das Geld dazu hätte ...«, sagte ich zögernd.

»Was dann?«, fiel Carnarvon ein.

»Dann würde ich nach dem Grab des Tutanchamun suchen.«

»Echnatons Nachfolger? Aber warum suchen Sie nicht nach Echnaton selbst?«

»Sein Grab wurde bereits gefunden, aber es war leer und ausgeplündert. Es liegt in Tell el-Amarna.«

»Und wie kommen Sie zu der Annahme, dass Sie Tutanchamuns Grab finden können, wenn es seit so langer Zeit in Vergessenheit geraten ist?«

Ich leckte mir über die Lippen. Cromer beobachtete uns angespannt. Dann fasste ich all die Argumente zusammen, die ich schon so oft vorgebracht hatte.

»Tutanchamun war ein Pharao der achtzehnten Dynastie. Abgesehen von den Personen, die bei Tell el-Amarna liegen, sind alle Mitglieder dieser Dynastie im Tal der Könige bestattet, in Theben, heute Luxor. In den 1880er-Jahren entdeckten einige Bauern im Tal der Könige eine Grabkammer mit Mumien dieser Könige. Sie lagen alle in einer einzigen Grabkammer zusammengepackt. Offenbar waren ihre Gräber bereits in der Antike geplündert worden, und die Priester hatten die Mumien gesammelt und zur Sicherheit versteckt. Amenophis II. und Amenophis III. waren dort, ebenso wie Tuthmosis III. und einige andere. Aber Tutanchamun fehlte. Ich vermute seine Mumie deshalb noch irgendwo im Tal der Könige.

»Und können Sie ihn finden?«

»Wenn ich das Geld hätte und ...«

»Können Sie ihn finden?«

»Ja.«

»Gut«, sagte Carnarvon. »Dann los.«

Einige Tage später machte ich mit Carnarvon einen Ausflug zu den Pyramiden. Er war natürlich schon dort gewesen, aber er wollte sie noch einmal mit mir zusammen besuchen – und hören, was ich zu sagen hätte. Für mich war das ein seltsames Gefühl, und so redete ich einigermaßen belehrend daher.

Wir ritten auf Kamelen und hatten einen Führer bei uns, mehr wegen der Kamele als wegen der Orientierung. Carnarvon saß sehr gerade und steif auf seinem abgenutzten, mit einigen Stofffetzen gepolsterten Sattel. Ich fragte ihn, ob er zu Hause in England viel ritt, und der Blick, den er mir zuwarf, war mehr als ironisch.

»Sieht man mir das an, Carter? Tatsächlich ist Reiten nicht unbedingt mein Sport. Ich gehe lieber zu Fuß. Mein Sohn allerdings ist ein begeisterter Polospieler.«

Als wir uns Saqqara näherten, blickten wir wieder geradeaus. Der kühle Ton seiner Antwort war verletzend. Er gab sich offenbar große Mühe, mich in die Schranken meiner niedrigeren gesellschaftlichen Stellung zu verweisen.

Vor uns ragten die Pyramiden auf.

Auch wenn man sie schon oft gesehen hat, sie versetzen Geist und Sinne jedes Mal wieder in Aufruhr. Nach wie vor gehören sie zu den größten Monumenten, die Menschen jemals gebaut haben. Im oberen Teil der Chephren-Pyramide, der mittleren Pyramide, ist noch einiges von der Verkleidung aus Kalkstein zu sehen, sodass man sich vorstellen kann, wie sie vor viertausendvierhundert Jahren ausgesehen haben, als sie glatt und weiß in der Sonne strahlten.

Ihre Form ahmt den Fall der Sonnenstrahlen nach, die, ausgehend von einem einzelnen Punkt am Himmel, einen weiten Fächer bilden. An keiner anderen Stelle in Ägypten zeigt sich der Glaube und die Ergebenheit des Alten Reiches deutlicher als hier, im Angesicht der Pyramiden.

Während Carnarvon und ich die Fundamente der großen Bauwerke abgingen, erklärte ich die Bauweise und die Anlage der inneren Tunnel und Kammern. Carnarvon sprach nicht viel. Er schien mir völlig desinteressiert, sodass ich mich allmählich fragte, wie es mir wohl in den nächsten Jahren ergehen würde, wenn ich damit beschäftigt sein würde, in diesem Dilettanten genug Interesse zu wecken, damit er die umfangreichen Grabungsarbeiten finanzierte. Wir ließen die Kamele und den Führer im Schatten zurück und gingen von der Chephren-Pyramide zum Bestattungstempel, der eine Drittelmeile entfernt im Niltal steht. Dort ist auch die Sphinx zu sehen, und vor lauter Ehrfurcht vor diesem Wesen, halb Ungeheuer und halb Gott, vergisst man die Tempelruinen vollkommen.

Vielleicht hat der ursprüngliche Felsvorsprung, der mehr als sechzig Fuß hoch aus dem Wüstensand aufragt, einen antiken Bildhauer an einen kauernden Löwen erinnert. Dann musste er nur noch hier und da ein wenig korrigieren, um den riesigen königlichen Kopf in den eines Pharaos zu verwandeln.

»Es zeigt den König in der Gestalt des Sonnengottes Re«, erzählte ich Carnarvon. Sicher hatte er das alles schon einmal gehört. Er lauschte mir brav wie ein schlauer Schüler, der das Geplapper eines ahnungslosen Lehrers über sich ergehen lässt. Wir gingen langsam zwischen den riesigen Tatzen hindurch. Die geschichteten Sandsteine ließen auf der Brust des Löwen ein goldfarbenes Streifenmuster entstehen.

Der Kopf ragte über uns in den wolkenlosen blauen Himmel. Ich sagte: »Kein König hat seither in ähnlicher Weise absolut geherrscht. Er war wie die Sonne, er war einfach alles.«

Carnarvon ließ so etwas wie ein Schnauben hören. »Ich kann die Leute nicht bewundern, die solche Monumente bauen ließen, nur zur Befriedigung ihrer Eitelkeit und mit dem Schweiß und Schmerz von Sklaven.«

»Sklaven?«, fragte ich nach. »Die Ägypter hatten keine Sklaven.«

Er wandte sich mir zu, und seine Augenbrauen bildeten Bögen des Staunens in seinem schmalen Gesicht. »Wurden all diese Monumente nicht durch Sklavenarbeit erst ermöglicht?«

»Nein«, gab ich kurz zurück. Allmählich war ich es leid, ständig Rücksicht auf seinen Adelsstand zu nehmen.

»Aber wie dann? Es müssen doch Tausende von Männern Abertausende von Stunden daran geschuftet haben.«

»Vier Monate im Jahr ...«, erklärte ich, »... hatten neun von zehn Ägyptern wegen des Nilhochwassers keine Arbeit.«

»Aber finden Sie nicht, dass das hier eine seltsame Art ist, seinen Urlaub zu verbringen?«

Ich fragte mich tatsächlich, ob er mich auf den Arm nehmen wollte. Ich warf einen Blick auf das verunstaltete Gesicht von Chephren. Das hatten die Araber angerichtet, die auf ihrem Bilderverbot beharrten.

»Ich gestehe, Carter«, sagte er, »dass Ihre Ägypter es mir schwer machen, einen Zugang zu ihnen zu finden. Selbst ihre Kunst, die wohl sicher ein Fenster zu ihrem Leben sein sollte – ich finde sie schön, manches kultiviert, sogar subtil, aber verdammt noch mal, all diese Bilder geben mir so gar keine Vorstellung davon, wie es in ihrem Innern aussah. Wie sie dachten, wie sie sich selbst sahen. Nehmen Sie diese Friese in den Tempeln. Keine Individualität – die Menschen sind eigentlich austauschbar. Es ist, als hätte man absichtlich alles Persönliche aus diesen Bildern entfernt.«

Er stand mit dem Rücken zu Chephren, während er das sagte. Wir gingen wieder hinaus, weg von dem Sonnengott.

»Ich kann nichts Menschliches in ihnen erkennen, Carter.«

»My Lord, Ihr Blick ist der eines modernen Menschen.«

»Etwas anderes steht mir nicht zur Verfügung, Carter.«

»Persönlichkeit, das individuelle Selbst des Menschen, das alles sind moderne Ideen. Diese Menschen damals hatten kein Innenleben, wie Sie es nennen. Sie besaßen nicht einmal die Freiheit, ein Innenleben zu entwickeln, sich von den anderen Menschen ihrer Umgebung zu unterscheiden. Die Natur setzte ihnen Grenzen. Der Nil, die Sonne, das Land, der Kreislauf von Säen, Wachsen und Ernten, das waren ihre Gebieter, nicht ihre eigenen Moralvorstellungen und Entscheidungen. Wie hätten sie Individualität entwickeln können? Was auch immer sie taten und fühlten und dachten, es unterschied sich nicht vom Tun, Fühlen und Denken der Generationen vor ihnen, und es war von der ständigen, unveränderlichen Herausforderung geprägt, auf diesem Flecken Erde hier ein Leben und Überleben möglich zu machen.«

Während wir zurückgingen, beobachtete er mich, die Hände hinter dem Rücken verschränkt. Die Pose des Schülers. Er schien mir zuzuhören, aber in seinen Augen hatte sich ein träumerischer Ausdruck breit gemacht. Wir gingen wieder auf die Pyramiden zu. Mein Blick lief an ihrer unübertrefflichen Höhe hinauf.

»Der Pharao war ihr Selbst. Er verkörperte Ägypten. Er vertrat sie vor den Göttern. Sie bauten diese Monumente, um ihn zu ehren und um sich selbst zu erhöhen. Sie taten es aus Freude, ebenso bereitwillig wie die mittelalterlichen Ritter, die die Steine nach Chartres brachten.«

Schweigend gingen wir weiter. Ich war müde vom vielen Reden. Sollte er doch auch ein wenig zu unserer Konversation beitragen. Ich fühlte mich alt und blockiert und gereizt. Zwischen meinen Fingerspitzen knetete ich meine Nasenwurzel, um den Anflug von Kopfschmerz zu vertreiben. In meinem Schnurrbart hatte sich feiner Sand verfangen.

Erst als wir die Pyramiden erreicht hatten, machte er endlich den Mund auf.

»Sie sehen das alles so anders als ich, Carter.« Er lächelte mich rätselhaft an, sodass ich mich fragte, worauf er hinauswollte. Alles, was ich gesagt hatte, schien mir so eindeutig, so klar zu sein. Wie konnte man das anders sehen? Er nickte mir zu. »Unsere Zusammenarbeit wird sicher interessant.«

»Ja, Sir«, sagte ich, immer noch auf der Hut.

Wir gingen zu den Kamelen zurück, die auf ihren verschränkten Beinen lagen und den Kopf zurückgelegt hatten.

2

Bei unserem ersten Treffen, bei dem wir beschlossen hatten, nach dem Grab des Pharaos Tutanchamun zu suchen, hatte ich Carnarvon die Gründe auseinander gesetzt, weshalb ich glaubte, das verlorene Grab sei im Tal der Könige zu finden, in der Wüste nahe Luxor, also am Platz des alten Theben. Dummerweise hatten aber die Deutschen und die Amerikaner die Genehmigung, dort zu graben. Solange sie nicht aufgaben, konnten Carnarvon und ich nichts anders tun, als anderswo herumzubuddeln.

Also buddelten wir: ein wenig im Nildelta rund um Saïs, wo wir einige interessante Stellen aus dem Mittleren Reich und aus der ptolemäischen Zeit entdeckten. Mit den Gedanken war ich aber die ganze Zeit anderswo: Der Amerikaner Theodore Davis, dessen Arbeit ich überwacht hatte, bevor ich Carnarvon traf, führte Ausgrabungen im Tal der Könige durch, und ich lebte täglich in der Furcht, er könnte das Grab finden.

Das *Department of Antiquities* hatte mich als offiziellen Beobachter von Davis' Arbeit eingesetzt, aber er informierte mich nur selten über das, was er tat. Ich musste mich auf die Informationen verlassen, die ich von einigen Freunden aus dem nahe gelegenen Dorf Qurna erhielt. In einem Frühling, kurz bevor Carnarvon für die Grabungssaison in Ägypten ankam, ließ mich einer dieser Freunde wissen, dass Davis einen echten Fund gemacht hatte.

Ich war gerade in Kairo und kaufte Ausrüstungsgegenstände. Nun nahm ich den neuen Zug nach Luxor. Wo einmal das antike Theben stand, ist tatsächlich noch viel von der alten Stadt zu sehen. Jede Menge riesiger Säulen und Tore bedecken ganze Felder auf dem östlichen Flussufer. Einige von ihnen zeigen sogar noch die bunte Bemalung, die sie schmückte, als der Pharao und seine Höflinge sie betrachteten, während sie sich auf den Weg zu ihren heiligen Riten machten und zu den Mysterien des

Amun, des Gottes von Theben. Die moderne Stadt Luxor mit ihren wiegenden Dattelpalmen und den würfelförmigen weißen Häusern wirkt klein und behelfsmäßig, verglichen mit den gigantischen Gebäuden aus der Antike. Das Westufer ist ein Gewirr aus Totentempeln von Pharaos der achtzehnten Dynastie und ihren Familien. Inmitten all dieser Ruinen befindet sich das Dorf Qurna. Einige Bewohner dieses Dorfes leben noch in den antiken Gebäuden, und sie haben sich, ebenso wie ihre Vorfahren, seit jeher einen Sport daraus gemacht, die antiken Gräber auszurauben, die sich dort seit Ramses' Zeiten befinden.

Wenn man den Nil überquert und sich von Luxor auf das Westufer begibt, dominieren die zwei Kolossalstatuen von Amenophis III. die Überfahrt. Sie sind so riesig und so verwittert, dass sie nicht mehr menschlich aussehen, sondern eher wie zwei vorzeitliche Wilde, die am Fluss thronen, mit ihren schweren Händen auf den Schenkeln. Hinter ihnen erstreckt sich die Flussebene bis zu den Felsen. Hier sind die Ruinen geradezu aufeinander gehäuft. Bei einigen sieht man nicht mehr als die quadratischen Grundrisse, andere sind praktisch vollständig erhalten. Der weite Horizont der Wüste rahmt das ganze Bild ein.

Hier kann man die spärlichen Anzeichen modernen Lebens ignorieren und sich vorstellen, man lebte am Beginn der Zeiten.

An der Anlegestelle des Schiffs kann man Esel mieten. Ich ritt zurück, an Deir el-Bahari, dem großen Tempel der Königin Hatschepsut vorbei, und auf die Straße, die ins Tal der Könige führt. Sobald ich die Wüste erreicht hatte, hatte es den Anschein, als läge die moderne Welt weit hinter mir. Der ausgetrocknete, windgepeitschte Boden zeigte Rippen und Höhlungen, als wäre er aus Fels. Mein Esel bewegte sich auf dem ansteigenden Weg mit dem energischen, stetigen Trab eines Miettiers, auf das jedermann eindrischt, wie es ihm gefällt. Auf meinen Lippen schmeckte ich den bitteren, giftigen Staub der Wüste.

Die Abhänge der Hügel waren in gestaffelte Felsreihen zerfallen. Ich zog meine Jacke aus und war so klug, sie mir um den Kopf zu drapieren, um mich gegen die Sonne zu schützen. Ich sang ein wenig, obwohl ich zugeben muss, dass ich nicht besonders viele Lieder kenne. Ich war froh, wieder einmal in dem Tal zu sein. Dieser Platz hat mir immer gefallen, wie ein Bienenstock mit all den Tunneln und Höhlen und Kammern, die man in den Fels gehämmert hat.

Ich kam an dem quadratischen Eingang zu einem kleineren Grab vorbei. Ein weiterer Eingang war auf halber Höhe auf dem gegenüberliegenden Abhang zu sehen. Ein Stück weiter westlich erhob sich ein einsamer Bergspitz wie eine natürliche Pyramide aus der Ebene. Die Schlucht beschrieb wieder eine Kurve, und als ich um die Ecke gebogen war, sah ich die riesige Böschung hinter dem Grab von Ramses VI. Diese Stelle lieben die Reisenden besonders, und es ist nicht schwierig einzusehen, warum, obwohl die großartigen Grabkammern leer sind und die Mumie des Königs sich in Kairo befindet.

In der breiten gelben Oberfläche des Felsens wirkt die Graböffnung seltsam fehl am Platze. Sie wurde schön ausgearbeitet und befestigt, um den Weg für die Touristen bequemer zu machen, aber sie ist zu quadratisch, irgendwie falsch. Sie machte mich immer nervös, denn sie sah aus, als ob sie diesen Teil des Felsens untergrub, als ob die gewaltige Mauer irgendwann direkt vor meinen Augen einstürzen würde.

Vier oder fünf Esel warteten in der Nähe, als ich mich näherte. Einer trug Körbe an seinen Seiten, zweifellos war ein Picknick geplant. Auf der anderen Seite des Tales sah man eine ganze Reihe von Fellachen, die Körbe mit Gestein aus einer Grube im Boden nach oben reichten.

Das war Davis' Grabung. Ich nahm die Jacke vom Kopf; jetzt brauchte ich sie nicht mehr.

Davis selbst saß oberhalb der Ausgrabungsstelle im Schatten eines riesigen blauen Sonnenschirms und hatte ein Bein über das andere geschlagen. Ich ließ meinen Esel stehen und kletterte den kurzen, steilen Pfad zu ihm hinauf. Der Pfad war unangenehm, mit zerbrochenem Fels und Geröll übersät; das ganze Tal ist halb begraben unter Felsstücken, den Resten der Arbeit an den zahllosen Gräbern, die hier zu beiden Seiten in den Fels gehauen wurden.

»Carter«, sagte Davis in scharfem Ton. »Was machen Sie denn hier?« Er stand auf und stützte die Hände in die Hüften.

»Ich höre, Sie haben etwas gefunden«, sagte ich und blieb auf dem Pfad stehen. Mein Blick wanderte wieder zu den Fellachen hinüber, die sich über die Körbe voller Abraum beugten.

Sie arbeiteten am Rand einer quadratischen Grube, die mir schon leer zu sein schien. Ich sah mich um auf der Suche nach Anzeichen dafür, dass sie schon etwas anderes als puren Fels herausgeholt hatten, irgendwelche Gegenstände beispielsweise oder Töpferwaren. Aber das einzige, was ich entdecken konnte, war ein Haufen leerer blauer Mineralwasserflaschen hinter Davis' Sonnenschirm. Er warf mir wütende Blicke zu.

»Niemand hat Sie hierher gebeten, Carter«, sagte er.

»Ich bin beauftragt, Sie zu überwachen, oder?« Ich machte einen Schritt in Richtung Grube, aber er packte mich am Arm.

»Was bilden Sie sich eigentlich ein?«

»Kommen Sie, wir werfen einen Blick auf Ihren Fund«, sagte ich. »Oder sind Sie auf diesen speziellen Fund nicht so stolz?«

Er grummelte irgendetwas vor sich hin. Sein Hut war ein wenig zurückgeschoben und zeigte einen leuchtend roten Streifen sonnenverbrannter Haut über der gebräunten Stirn.

»Nun gut«, sagte er. »Ich werde es Ihnen zeigen.«

Und schon ging er den Abhang hinunter Richtung Grube. Einer der Männer unten sah ihn und blies in eine Pfeife, die er um den Hals gehängt hatte. Der schrille Ton brachte die anderen Arbeiter sofort zum Strammstehen. Wie eine militärische Einheit marschierten sie weg von der Grube in den Schatten der Felswand und setzten sich dort nieder. Davis und ich gingen hinüber zu der Grube.

»Ich habe noch keine offizielle Identifikation vorgenommen«, sagte Davis. »Aber ich habe einen starken Verdacht, um was es sich bei diesem Fund handelt.«

Ich marschierte schweigend hinter ihm über die heiße, steinige Fläche. Davis hatte eine ganze Reihe von bedeutenden Orten gefunden, sowohl hier als auch an anderen Stellen in Ägypten, aber er war berüchtigt dafür, sie falsch zu identifizieren. Er war ein schlampiger, undisziplinierter Ausgrabungsleiter, der sich mehr von der Intuition leiten ließ als von seiner Vernunft, und er nahm sich keine Zeit für die zermürbende Detailarbeit, die am Ende zu einem immer besseren Bild des Lebens im alten Ägypten führt. Davis suchte Sensationen. Und nun stand er am Rand der Grube und wies hinein, damit ich sie inspizieren sollte.

Ich blickte in ein enges Loch, das selbst jetzt, mitten am Tage, tief im Schatten lag. Davis sagte: »Es war voller Geröll. Fast eine Woche lang haben wir nur Steine rausgetragen. Es ist offenbar geplündert worden.«

»Geplündert?«, gab ich zurück. »Was glauben Sie denn, was es war? Ein Vorratsraum?« Gleich bei meinen Füßen stand eine Leiter, die hinunterführte. Ich blieb stehen, um an ihr zu rütteln und zu prüfen, wie stabil sie war.

»Es ist ein Grab«, sagte Davis grob. »Sehen Sie es sich doch an, verdammt noch mal, es ist ein Schachtgrab, und ich vermute, eines aus der achtzehnten Dynastie.«

»Na kommen Sie«, sagte ich und kletterte über die Leiter hinunter in die Grube.

Auf halbem Wege kam ich aus dem Bereich des Sonnenscheins in den kalten Schatten der Erde, und ich schauderte von Kopf bis Fuß. Davis folgte mir, und seine schweren Stiefelsohlen streiften manchmal meine Hände. Die Grube war so klein, dass er und ich kaum nebeneinander darin stehen konnten. Es war eine Vorratsgrube, mehr nicht, vielleicht sogar noch weniger; die Menschen der Antike pflegten die Reste ihrer Bestattungsrituale nach Abschluss sorgfältig zu vergraben.

Ich warf den Kopf zurück. Hoch über mir war ein Stückchen blauer ägyptischer Himmel zu sehen. Die Grube war grob aus dem Felsen gehauen, die Wände waren nie bemalt oder auch nur geglättet worden, obwohl man zugeben musste, dass die Grabarbeit gut gemacht war. Aber das war eigentlich immer der Fall.

»Wie kommen Sie darauf, das hier in die achtzehnte Dynastie zu datieren?«

Davis warf mir einen feurigen Blick zu. »Wenn Sie noch ein

klein wenig gewartet hätten, bis ich noch etwas mehr ausgegraben hätte …«

»Wenn Sie mir gleich Bescheid geben würden, sobald Sie etwas finden, könnte ich Ihnen von Anfang an helfen.«

»Kommen Sie«, sagte er.

Wir kletterten wieder hinauf. Er führte mich zurück durch das Tal, durch die Gluthitze, bis zu seinem Sonnenschirm. Neben seinem Stuhl befand sich eine kleine Kiste, und er setzte sich und nahm die Kiste auf die Knie.

»Sehen Sie das? Schöne Arbeit, nicht wahr? Und offensichtlich achtzehnte Dynastie.«

In der Kiste befand sich ein halbes Dutzend Goldstücke. Ich berührte sie mit den Fingerspitzen. Eine Berührung mit der Vergangenheit. Tausende von Jahren hatten sie in der Erde gelegen. Es waren ein paar Ringe dabei, eine kleine Statue aus Alabaster, ein paar Streifen Goldfolie. Ich hob eines der Stücke auf und hielt es gegen das Sonnenlicht.

Auf der Oberfläche waren Schriftzeichen zu sehen. Ein Teil der Inschrift war ein Name, und meine Nerven taten einen Salto vor Aufregung. Es war Tutanchamuns Name.

»Nun?«, sagte Davis. »Was sagen Sie?«

Ich nahm die Kiste mit den Goldstücken und ging den kleinen Abhang wieder hinunter durch das Tal und zu der Grube. Davis marschierte hinter mir her. Auf halbem Wege begann er mich anzuschreien.

»Sie wollen es nicht zugeben, nicht wahr, Carter? Es ist das Grab des Pharaos Tutanchamun, nicht wahr, aber Sie wollen es nicht zugeben!«

Am Rande der Grube stellte ich die Kiste ab. »Was für Material haben Sie hier herausgeholt?» Ich hockte mich hin und fuhr mit der Hand über den Rand der Grube. Sie war in den sandigen Boden des Tales gegraben. »War es dasselbe Material wie das hier? Ich sah mich wieder um, blickte auf die schweren Felsblöcke und die Abschläge, die am Fuße des Felsens aufgetürmt lagen. Material aus Ramses' Grab.

Davis schlug nach meiner Hand. »Hören Sie auf zu schauspielern, Carter. Hier ist niemand, den Sie beeindrucken können. Flinders Petrie ist tot, Carter. Sie sind altmodisch – ihre Methoden sind veraltet.«

»Hören Sie«, sagte ich. »Das ist jetzt wirklich wichtig. Zeigen Sie mir bitte genau, wo und unter welchen Umständen Sie diese Gegenstände gefunden haben.«

»Verschwinden Sie! Das ist meine Ausgrabung!«

Seine Wangen waren trotz der Sonnenbräune hochrot. Seine Augen glitzerten vor Zorn. Ich hielt meine eigenen Gefühle unter Kontrolle, denn es würde nichts bringen, wieder mit ihm zu streiten, nicht jetzt, wo er möglicherweise den Schlüssel in der Hand hielt, um Tutanchamun tatsächlich zu finden.«

Ich sagte: »Ich bin beauftragt, Sie zu überwachen, Davis. Und jetzt zeigen Sie mir bitte, wo Sie diese Dinge gefunden haben.«

»Es ist das Grab«, wiederholte er nur. »Es ist das Grab von Tutanchamun.«

»Verdammt noch mal«, brüllte ich jetzt los. »Sie wissen es nicht mehr, oder? Sie haben keine Aufzeichnungen gemacht.«

Und er brüllte zurück, Auge in Auge mit mir. »Das ist doch vollkommen gleichgültig, Carter, das ganze Messen und Wiegen, all die kleinen Körbe mit Gestein durchzusehen, das kümmert doch keinen Menschen!«

»Doch, mich kümmert es!«

Er machte auf dem Absatz kehrt und ließ mich stehen. Ich folgte ihm, und er schrie mich über seine Schulter hinweg an: »Was bilden Sie sich eigentlich ein, Carter? Sie können das alte Ägypten nicht wieder zurückbringen, verstehen Sie? Es ist tot, es ist vergangen!«

»Erst durch Menschen wie Sie wird es zerstört. Sie haben nicht mal das Gestein untersucht, oder? Sie haben nicht aufgezeichnet, was sich im oberen Teil der Grube befand ...«

»Verschwinden Sie! Sie sind ein Wahnsinniger, ein Verrückter, ein Narr!«

Auf der gegenüberliegenden Seite des Tales verließ gerade die Touristengruppe das Grab des Ramses. Nun waren wir natürlich die nächste Attraktion für sie. Davis sah sie und senkte seine Stimme. Wir starrten einander wütend an. Sein Gesicht war mittlerweile rot, und sein buschiger grauer Schnurrbart sträubte sich vor Zorn.

»Dies ist ein wichtiger Fund, das können Sie nicht leugnen!«

»Sie gottverdammter Philister«, antwortete ich. »Es hätte ein bedeutender Fund sein können, wenn Sie Ihre verdammte Arbeit richtig getan hätten, wie es Ihre Pflicht ist. Jetzt ist er nichts mehr wert, begreifen Sie das nicht? Welche Bedeutung er auch immer hatte, Sie haben sie zerstört, indem Sie den Zusammenhang des Fundes zerstört haben.«

»Es ist doch vollkommen gleichgültig, wo wir das alles gefunden haben!«, grölte Davis. Seine Arme wedelten durch die Luft, während er mit seinen plumpen Fingern auf die Gegend rund um uns deutete. »Wir haben es gefunden, oder nicht? Was macht es denn für einen Unterschied, ob wir die Ringe da drüben gefunden haben und den Becher in der Grube? Was …«

»Welchen Becher?«

Davis hielt plötzlich inne und ließ die Arme sinken.

»Was für einen Becher?«, wiederholte ich mit ruhiger Stimme.

»Wir haben einen Keramikbecher gefunden«, sagte Davis.

»Wo?«

Er schwieg. Offenbar erinnerte er sich wieder an die Touristen, denn er warf einen Blick in ihre Richtung. Sie standen bei ihren Eseln und wandten uns die Gesichter zu, vier weiße Ovale und zwei braune, die der Führer.

»Wo haben Sie den Becher gefunden?«, fragte ich. Ich konnte es mir leisten, sehr höflich zu sein, denn ich wusste, jetzt hatte ich ihn.

»Unter einem Felsblock«, sagte er und deutete auf den Fuß des Abhangs, ein paar Dutzend Meter entfernt. »Da drüben. Er lag unter loser Erde vergraben. Irgendwer muss ihn dort versteckt haben, als sie das Grab ausraubten. Es ist nur ein blauer Keramikbecher. Aber darauf steht Tutanchamuns Name.«

Ich nahm ihn am Arm und zwang ihn, mit mir hinunter ins Tal zu gehen. Ich zwang ihn, mir genau zu zeigen, an welcher Stelle er den Becher gefunden hatte. Er war vollkommen zerknirscht. Er sprach nicht mehr, als er musste, und er sah mir nicht ein einziges Mal in die Augen. Die ägyptischen Gesetze besagen, dass alle Gegenstände, die im Verlauf einer Ausgrabung gefunden werden, dem ägyptischen Volk gehören. Davis hatte versucht, mir den Becher zu verheimlichen, um ihn widerrechtlich aus dem Land bringen zu können.

Ich stand da und überblickte den Abhang zu meinen Füßen. Wenn ich den Kopf drehte, sah ich die Grube vor dem Ramses-Grab. In mir stieg das Gefühl auf, dass die Teile eines Puzzles hier vor mir lagen, wenn ich nur den Verstand hätte, sie zusammenzusetzen. Was ich hier sah, verbarg die Lösung zu meinem Rätsel. Aber ich fand den Schlüssel nicht. Unter Davis' wütenden Blicken, unter den Blicken der einheimischen Arbeiter und der Touristen drehte ich mich um. Ich ging zu meinem Esel und ritt davon, das Tal hinunter.

3

Carnarvon und ich verbrachten jede Herbst- und Wintersaison bei den Ausgrabungen im Delta, und allmählich lernte ich ihn ein wenig besser kennen.

Zuzeiten konnte er erstaunlich angenehm sein. Wenn ein Thema sein Interesse weckte, konnten wir stundenlang reden. Seine Frau begleitete ihn normalerweise nach Ägypten, und abends pflegte sie bei der Lampe zu sitzen und zu lesen, während wir diskutierten – über Einzelheiten der jeweiligen Ausgrabung oder über weiter gesteckte Themen.

Nach einigen Jahren stieß auch Carnarvons Tochter Evelyn zu uns, ein ungeschicktes, hässliches kleines Mädchen in den gestärkten Schürzen und langen weißen Strümpfen, in die die britische *upper class* ihre Kinder zu zwängen pflegte. Sie hatte ein interessantes Hobby: Sie sammelte Steine.

Aber trotz alledem erwarb Carnarvon nie ein wirklich breites Wissen über Ägypten. Er kannte die Bereiche, die ihn interessierten, und da wusste er dann wirklich viel. Aber wenn ein Thema keinen Funken in ihm entzünden konnte, beschäftigte er sich nicht weiter damit.

Gelegentlich zerrten mich die Countess und die kleine Evelyn auf den Basar von Saïs. Dieser Basar bedeckte mehrere Hektar, und die Stände unter ihren zerrissenen und verdreckten Decken waren ohne irgendeine erkennbare Ordnung aufgestellt, sodass die winkligen Gassen dazwischen ein regelrechtes Labyrinth bildeten. Die Countess hob beim Gehen ihre Röcke mit der einen Hand hoch und hielt Evelyn an der anderen Hand, und die Gouvernante stolzierte hinterher, immer auf der Hut vor dem Müll und dem Dung auf dem Boden. Die Verkäufer kreischten ihnen zu, und sie schickten die Knaben hinterher, die ebenfalls kreischten und die von den Damen vollkommen ignoriert wurden. Die Luft war angefüllt mit den verschiedensten Gerüchen von Menschen und Tieren, von Leder, Staub, Bohnen, die in offenen Töpfen an jeder Ecke kochten. Der Lärm war ohrenbetäubend. Die Damen hätten ebenso gut einen Spaziergang durch den Park von Highclere machen können.

Ich sah mir einige Stoffe an und ging hinüber zu einem Stand, den ich kannte. Auf dem Boden, auf einem grauen Stück Leinwand, lagen jede Menge antiker Fundstücke. Hinter dem Stand saß im Schatten ein alter Mann und aß Feigen. Ich wühlte mich durch den Haufen alter Töpferwaren. Einige ägyptische Fälscher waren einfach fantastisch und konnten praktisch jeden antiken Gegenstand nachmachen. Ein paar alte Messingperlen lagen in einem Becher in der Mitte der Leinwand. Der alte Mann beobachtete mich mit glühendem Blick.

Ich sah mir alles an, was auf der Leinwand lag. Als ich wieder aufsah, kam der alte Mann auf mich zu.

»Carter«, sagte er. »Was suchen Sie? Was glauben Sie bei mir zu finden?«

Seine Stimme sollte klagend klingen, aber er grinste mich an. Evelyn beobachtete uns mit Argusaugen aus ein paar Schritten Entfernung.

»Ach, Scheich«, antwortete ich, »ich mache mir keine Gedanken über Sie. Ich weiß doch, dass Sie keine echten alten Sachen haben, niemals.«

Das Grinsen wurde breiter. Er sagte: »Ich werde Ihnen etwas wirklich Altes zeigen.«

»Lassen Sie's. Ich will Ihnen keine Schwierigkeiten mit den Behörden bereiten. Ich weiß doch, dass Sie hier nur Fälschungen verkaufen.«

Der Alte eilte hinter den Stand. Ich warf einen Blick auf Evelyn, die wie gebannt zusah. Sie sprach ziemlich gut arabisch und verstand alles, was sie hörte. Der alte Mann kam mit einer Halskette zurück.

»Sehen Sie?«

Er hielt die Kette auf seiner Handfläche. Sie war aus unzähligen kleinen Plättchen und Kettchen gemacht, die so raffiniert zusammengefügt waren, dass sie klirrten, als er sie mir zeigte. Das angelaufene Metall schien Silber zu sein. Einige der Plättchen trugen eine seltsame Verzierung. Ich streckte die Hand danach aus, aber der Alte zog sie sofort zurück.

»Nein, nein, nicht anfassen.«

»Pff«, machte ich verächtlich und wollte meiner Wege gehen. Wenn die Kette echt gewesen wäre, hätte er keine Bedenken gehabt, sie mir in die Hand zu geben.

»Carter! Dreißig Shilling!«

Ich ging weiter, indem ich mir meinen Weg durch die Menge bahnte. Doch plötzlich stand der alte Mann wieder vor mir und ließ die Kette vor meinem Gesicht baumeln.

»Fünfundzwanzig Shilling.«

»Für was halten Sie mich, Scheich? Ich gebe doch kein Geld für Imitationen aus.«

»Es ist keine Imitation! Carter, glauben Sie, Sie sind der einzige Mann in Ägypten, der sich mit Altertümern auskennt?«

Ich musste stehen bleiben, denn er hatte sich genau vor mir aufgebaut. Er rief: »Sehen Sie sich das an! Sehen Sie sich das Metall an!« Mit dem Daumen rieb er die dicke schwarze Patina von einem der Kettenglieder, und der ursprüngliche Glanz wurde sichtbar. »Sehen Sie sich an, wie die Glieder zusammengefügt sind! Zwanzig Shilling!«

Ich grinste ihn an. Der Preis fiel wirklich verdächtig schnell. Ich sagte: »Machen Sie doch noch eine Stelle sauber, Scheich! Oder lassen Sie mich mal.«

Wieder schnappte er die Halskette so, dass ich sie nicht anfassen konnte. Seine schwarzen Augen wurden schmal vor Zorn und Handelseifer. Für einen Augenblick standen wir einander so gegenüber, er mit wütendem Blick, ich lächelnd.

Endlich sagte er: »Fünfzehn Shilling.«

»Gehen Sie mir aus dem Weg, Scheich.«

Er zog sich schimpfend zurück. Ich warf einen Blick hinter mich. Die Countess und ihre Zofe hatten Evelyn in die Mitte genommen und standen am Straßenrand. Als sie sahen, dass ich mit dem alten Mann fertig war, gingen sie weiter.

Im Vorbeigehen murmelte mir die Countess zu: »War es wirklich eine Fälschung?«

»Unbedingt, my Lady.«

»Ach, wie schade.«

Evelyn lächelte mir triumphierend zu; an der Hand ihrer Mutter fühlte sie sich stark. Wir gingen weiter durch den Basar.

In der Nähe von Saïs, am Rand eines Streifens Marschland namens »Haus des Königs«, befand sich eine Quelle, die »Wasser des Königs« genannt wurde. Verleitet durch diesen erstaunlichen Namen, hatten einige Ausgräber dieses Gebiet erkundet, und jede Ausgrabung ergab genug Material, dass sich das Kommen lohnte. Aber niemand hatte hier jemals etwas von wirklicher Bedeutung gefunden.

Ein großer Teil der Gegenstände, die hier ergraben wurden, stammte aus der Zeit der achtzehnten Dynastie – Tutanchamuns Dynastie. Solange ich also nicht im Tal der Könige in Theben graben konnte, tat ich es hier.

Am jenem Abend, nachdem ich mit den Damen den Gang durch den Basar gemacht hatte, wusch ich einige Kleidungsstücke in meinem Zelt aus, als der Alte mit der Halskette plötzlich den Kopf durch den Eingang streckte.

»Carter.«

»Ja, Scheich?« Ich wrang schmutziges Wasser aus meinen Socken. Der Klappsessel und der Rahmen meines Bettes waren mit nassen Unterhosen und Hemden behängt, und das Zelt roch erbarmungswürdig. »Einen Augenblick«, sagte ich zu dem Alten, nahm die rauchende alte Laterne vom Tisch und ging hinaus, um mit ihm zu reden.

Er war nicht allein. Drei oder vier weitere Männer lungerten im Schatten meines Zeltes herum, hielten sich aber wohlweislich außerhalb des Lichtkegels. Auf der anderen Seite meines Zeltes befanden sich die Zelte von Carnarvon und seinen Leuten und Dienern und die der Ausgräber. Gerade als ich aus meinem Eingang trat, hörte ich Carnarvons Stimme im Nachbarzelt eine scharfzüngige Bemerkung machen und dann das Gelächter, das darauf antwortete.

Der alte Mann und seine Freunde zogen mich ein wenig ins Dunkel. Wir standen am Rande des Marschlandes, wo der

Mond auf das stille Wasser zwischen den Büschen schien und es zum Glänzen brachte. Ich ging vorsichtig über den unebenen Boden, wo es mir schon mehr als einmal vollkommen unverhofft passiert war, dass ich mit dem linken Fuß auf festem Boden gestanden hatte und mit dem rechten knietief im schwarzen Schlamm versunken war.

»Carter«, sagte der alte Mann, »ist das eine Fälschung?«

Sein Grinsen entblößte seine weißen Zähne. Er hielt eine Figur in der Hand, nicht mehr als handgroß, und als ich nach ihr griff, machte er keine Anstalten, sie mir zu entziehen. Ich hob die Laterne und sah mir die Figur im schlechten Licht genau an.

Es war eine Löwenstatue aus weichem, hellem Stein. Ich drehte sie um, beeindruckt von der Kunstfertigkeit, mit der sie gemacht worden war. Auf dem Boden war ein Zeichen angebracht. Ich sah genauer hin, und alle Härchen auf meinem Unterarm stellten sich auf. Es war die Kartusche des Tutanchamun.

»Wo haben Sie das gefunden?«

Der alte Mann nahm den kleinen Löwen wieder an sich. »Wir werden es Ihnen zeigen, ja? Ihnen und dem Bey.«

Ich schwenkte die Laterne hin und her, während ich nachdachte. Irgendwie war das ganze Geschäft ziemlich aus der Bahn geraten. »Wie viel?«, fragte ich.

Die Männer sahen sich an. Die vier Ägypter, die mit dem Alten gekommen waren, standen dicht beieinander, und wenn es so aussah, als könnte mein Licht sie sichtbar machen, zogen sie sich noch mehr zurück. Der Alte trat wieder zu mir.

»Hundert englische Shilling.«

»Lassen Sie mich den Löwen noch einmal ansehen.«

»O nein.« Der Löwe verschwand zwischen den Falten des weiten Gewandes, das der Alte trug. »Holen Sie den Bey, und kommen Sie mit uns.«

Ich starrte die Männer an, und mir war vor Aufregung heiß. Irgendetwas stimmte hier nicht, aber der Löwe sah echt aus. Unentschlossen versuchte ich, ihre Gesichter zu erkennen, aber sie zogen sich immer wieder vor dem Licht der schwingenden Laterne zurück.

Draußen im Marschland schrie ein Vogel, und der Wind frischte auf, als würde er darauf antworten. In meinem Nacken und an meinen Wangen spürte ich den kalten Hauch. Ich musste mich entscheiden.

»Warten Sie hier.«

Sie zogen sich ins Dunkel zurück. Ich ging zu Carnarvons Zelt.

Es war groß genug, um darin einige richtige Möbel unterzubringen. Carnarvon und seine Frau saßen sich in gepolsterten Sesseln ohne Armlehnen gegenüber. Auf dem Tisch zwischen ihnen lagen Spielkarten durcheinander. Evelyn saß im Schneidersitz auf dem Boden, die Zofe döste irgendwo hinten im Zelt, außerhalb des Lichtkegels, den die Hängelampe über dem Tisch warf. Als ich eintrat, sagte Carnarvon: »Und die Kreuz-Zehn und die Pik-Zwei«, während er die Karten auf den Tisch warf. Seine Frau jaulte auf; offenbar hatte er gewonnen; allerdings hatte ich keine Ahnung, was sie da spielten. Carnarvon blickte auf und sah mich an.

»Entschuldigen Sie, Sir«, sagte ich. »Kann ich Sie einen Moment sprechen?«

Seine Augen wurden schmal. »Ja, natürlich.«

»Es ist schon ziemlich spät«, sagte Lady Carnarvon. »Kann das nicht bis morgen früh warten?«

»Leg doch eine Patience«, warf Carnarvon ein.

»Ach, das ist so langweilig.«

Aber er verließ schon mit mir das Zelt. Im Dunkeln gingen wir ein paar Schritte dorthin, wo seine Frau uns nicht hören konnte, und ich nickte hinüber zu dem alten Mann und seinen Kumpanen, die in der Dunkelheit am Rande der Marsch warteten.

Er warf einen forschenden Blick auf die kleine Gruppe von Männern und sah mich dann mit dem gleichen Blick an. »Was wollen sie? Was haben sie gesagt?«

»Sie haben mir ein Fundstück gezeigt, das Tutanchamuns Zeichen trägt. Es sieht aus, als wäre es echt, aber irgendetwas ...« Ich schüttelte den Kopf. »Natürlich kann es viele Gründe geben, warum sie unbedingt bei Nacht dorthin gehen wollen. Aber irgendwie habe ich kein gutes Gefühl.«

»Mit den Instinkten ist das so eine Sache. Ich habe beispielsweise immer das Gefühl gehabt, dass ich jung sterben würde.« Er warf noch einen Blick auf die Ägypter. »Wir müssen allein mit ihnen gehen, natürlich?«

Ich nickte. »Und sie wollen einhundert Shilling.«

»Warten Sie einen Moment«, sagte er und ging zurück in sein Zelt.

Ich hob die Hand als Zeichen für den alten Mann, dass es voranging. Im Zelt hatte Carnarvon eine kurze Diskussion mit seiner Frau, der in einem ärgerlichen Ausruf der Countess endete. Durch die Zeltleinwand konnte man ihre beiden Schatten sehen, und ich beobachtete sie genau. Carnarvon könnte eine Dummheit begehen, indem er beispielsweise jemanden anwies, uns zu folgen. Ich hoffte, er würde das nicht tun. Dann erschien er wieder, lächelnd, die Hände in den Jackentaschen, während Evelyn hinter ihm im Eingang stehen blieb.

»Darf ich mitkommen?«, rief sie.

»Nein«, sagte er über die Schulter. Und ohne noch innezuhalten, ging er an mir vorbei auf die Ägypter zu. Ich folgte ihm und holte ihn ein, als wir bei dem alten Mann angekommen waren.

»Sagen Sie ihnen, dass ich das Geld habe«, sagte Carnarvon ruhig, »dass sie es aber erst bekommen, wenn ich gesehen habe, was sie uns zeigen wollen.«

Der alte Mann ließ sich ohne Protest darauf ein. Ich konnte sehen, dass Lady Carnarvon im Zelteingang stand und uns beobachtete. Dann gingen wir los und machten uns auf den Weg durch das Marschland.

Der alte Mann führte uns auf einem Pfad vorbei an einem Teich aus Brackwasser, an dessen Rand messerscharfes Schilfgras stand. Vor uns war das Quaken der Frösche zu hören, verstummte aber, als wir näher kamen. Kurz nachdem wir unser Lager verlassen hatten, hatte sich einer der Begleiter des alten Mannes unauffällig hinter uns eingereiht. Ich warf keinen Blick zurück, um zu sehen, wo er blieb. Er würde auf dem Weg bleiben und den alten Mann warnen, falls uns jemand folgte. Carnarvon suchte Blickkontakt mit mir. Er lächelte.

»Carter«, sagte er, »nun wurde es ja auch langsam Zeit, dass Sie mir ein Abenteuer bieten.«

Ich dachte über den Löwen nach. Ich hatte ihn nur für ein paar Augenblicke gesehen, aber die Figur kam mir bekannt vor: Sie ähnelte stark einem größeren Steinlöwen, der vor einigen Jahren in einer Werkstatt im Süden gefunden worden war, wo er wohl auch hergestellt worden war. Der Löwe war in liegender Stellung dargestellt, mit leicht gedrehtem Kopf und übereinander gelegten Vorderpfoten. Während ich über die kleine Figur nachdachte, die ich gerade gesehen hatte, bekam ich wieder Herzklopfen, und ich beschleunigte meinen Schritt. Carnarvon griff nach meinem Arm.

»Wie weit ist es noch?«, fragte ich den alten Mann.

Doch alles, was ich zur Antwort bekam, war das übliche beredte ägyptische Achselzucken.

Wir waren nun weit in die Marsch vorgedrungen, und die Insekten hatten uns gefunden. Ich fühlte ihre Stiche im Genick und in den Ohren. Die Schreie der Watvögel waren wieder zu hören, diesmal irgendwo in der Ferne rechts von uns. Schilfgürtel wechselten mit offenen Wasserflächen ab. Der Pfad wand sich und umging tiefe schwarze Pfützen, in denen sich das Mondlicht spiegelte.

Der Löwe konnte sein Talisman gewesen sein. Oder eben doch eine Fälschung, natürlich, eine Kopie des anderen steinernen Löwen. Ich machte mir Sorgen und grübelte vor mich hin.

Vor uns verengte sich der Pfad und führte in hohes Gestrüpp.

»Vorsicht!«, murmelte Carnarvon. Er war gestolpert und hielt sich an meinem Arm fest. Erstaunlich; er bat außerordentlich selten um Hilfe. Wir drangen in das dunkle Dickicht ein, wo die Äste und Zweige das Mondlicht ausschlossen.

Plötzlich verschwand der alte Mann, der unmittelbar vor mir ging, im Gebüsch. Ich stieß einen Warnschrei aus. In diesem Augenblick tauchten überall aus dem Gebüsch Männer auf, die auf Carnarvon und mich zueilten. Carnarvons Griff um meinen Arm wurde fester, er zog mich auf den Boden. Die Ägypter kreischten wie böse Geister.

Da schnitt ein schriller Pfeifton durch das Dickicht. Ich kam sofort auf die Füße, und auch die Ägypter verloren keine Zeit. So schnell wie sie gekommen waren, verschwanden sie. Innerhalb von Sekunden war das Dickicht verlassen, abgesehen von Carnarvon und mir.

Carnarvon lachte. Ich streckte mich, klopfte auf meine pfeifenden Ohren und sah mich um. Wie waren allein. Das kompakte Dickicht machte mich nervös, und ich eilte hinaus auf den mondbeschienenen Pfad. Carnarvon folgte mir.

»Wen haben Sie herbeigerufen?«, fragte ich.

Mir zitterten die Hände. Ich war schon einmal in einen solchen Hinterhalt geraten, und damals hatte ich eine böse Tracht Prügel bezogen. Ich dankte Gott, dass uns das diesmal erspart geblieben war.

Carnarvon hielt mir die silbrige Pfeife hin. »Niemanden. Ich habe niemanden herbeigerufen. Aber da können Sie sehen, wie viel Autorität doch ausmacht.«

»Du lieber Himmel! Das war alles? Sie wollen sagen, die Ägypter sind nur vor dieser Pfeife davongerannt?«

Er lachte wieder, diesmal geradezu jubelnd. Wir machten uns auf den Heimweg, nicht ohne wachsame Blicke vor und hinter uns zu werfen.

»Verdammt«, sagte ich nach einer Weile bitter. »Es war also doch eine Fälschung. Verdammt, verdammt!«

Carnarvon lachte wieder. Er warf seine Pfeife in die Luft und fing sie wieder auf. »Aber ein echtes Abenteuer. Das muss ich den Damen erzählen, Carter.« Und wieder warf er die silberne Pfeife hoch, sodass sie im Mondlicht funkelte.

Davis, der Herr möge ihn strafen, behielt die Grabungserlaubnis im Tal der Könige bis 1914, während ich meine Zeit in Saïs vertat. In dieser Zeit fand er eine Reihe von Gräbern und machte einige sensationelle Funde, von denen allerdings keiner sensationeller war als die zweifelhafte Mumie aus Grab Nr. 55.

Das Tal der Könige ist eine enge Schlucht, die sich in die Wüste unmittelbar westlich des antiken Theben gräbt. Am Ende des

Wadis, auf dem niedrigeren Abhang, entdeckte Davis den Eingang zu einem Korridor, der zurück in den steilen, steinigen Hügel führte. Der Gang endete in einer Kammer, die aus dem kalten Felsen herausgeschnitten war. Diese Kammer war leer: Alle Überreste einer Bestattung, die hier hätten sein sollen, waren verschwunden, mit Ausnahme einiger verrotteter Möbelstücke. Aber im Alkoven am Ende der Kammer entdeckte Davis eine Mumie, die in der üblichen Begräbnisstellung einer Frau lag, eine Faust an der Brust, den anderen Arm an der Seite ausgestreckt.

Davis mit seinem Talent, jeden seiner Funde falsch zu interpretieren, erklärte, diese seltsam ausgerichtete Leiche sei die der Königin Tij, der Frau von Amenophis III. und Mutter von Echnaton. Ich sage *seltsam ausgerichtet*, denn bei näherer Betrachtung stellte sich heraus, dass es sich um einen Mann handelte. Irgendjemand hatte ihn unheimlich gut getarnt. Der Name und die Titel waren aus den goldenen Bändern um seinen Körper und die Beine herausgeschnitten, und der einzelne Sarg, in dem er bestattet worden war, ließ keine Bezeichnungen erkennen. Tatsächlich war das Grab für Königin Tij ausgehoben worden, aber es gab keinen Hinweis, dass sie jemals darin gelegen hatte.

Der Tote selbst war in einem denkbar schlechten Zustand. Heutzutage wird viel über die heilige, fast schon übernatürliche Macht der ägyptischen Einbalsamierer geredet, aber Tatsache ist, dass die trockene Wüstenluft, in der die meisten Mumien gefunden wurden, oft schon ausreichen würde, um die Toten zu konservieren.

In diesem konkreten Fall hatte die Kunst der Einbalsamierer überhaupt nichts genützt, denn Wasser war in die Grabkammer eingedrungen und hatte die Holzbalken verrotten lassen, auf denen der Sarkophag stand. Sie waren zerbrochen, und der Sarkophag war zu Boden gestürzt. Der Deckel war heruntergefallen, und die ungeschützte Mumie war nicht viel mehr als Knochen und ein wenig verschlissenes, schimmeliges Leinen.

Davis war, wie es so seine Art war, so hastig und gewaltsam in die Grabkammer eingedrungen, dass er alle weiteren Hinweise auf die Identität des hier versteckten (oder hierher entführten) Leichnams zerstört hatte. Ich sah ihn, ein paar Tage nachdem Davis ihn gefunden hatte; ich suchte am Boden und in der ganzen Grabkammer nach Hinweisen, fand aber nichts mehr und konnte deshalb keine gut begründete Vermutung über die Identität der Mumie aussprechen. Mein Gefühl, was Davis' seltsamen Fund anging, war jedoch ziemlich eindeutig.

Das Grab lag sehr nahe bei der Grube, die Davis einige Jahre zuvor entdeckt hatte, gerade einen Steinwurf entfernt. Die Beweisstücke, die die Zeit der Grabräuber und Theodore Davis' Rücksichtslosigkeit überlebt hatten, schienen allesamt auf die achtzehnte Dynastie hinzudeuten. Welche Person aus dieser Dynastie konnte so geschändet werden? Ich war sicher – allerdings nur aufgrund meines Gefühls, ohne irgendetwas beweisen zu können –, dass es sich bei dem misshandelten Toten in Grab Nr. 55 um Echnaton selbst handelte.

Und wenn es Echnaton war, dann musste derjenige, der seine Mumie so übel zugerichtet hatte, dies getan haben, während Echnatons Nachfolger regierte. Und dieser Nachfolger war Tutanchamun gewesen.

Davis gegenüber ließ ich keinen Hinweis auf meine Vermutungen verlauten. Tatsächlich sprachen wir kaum noch miteinander. Mir blieb nichts anderes übrig, als zu warten, während Davis wie der sprichwörtliche Elefant durch den Porzellanladen marschierte, der das Tal der Könige war.

Ich hatte ein Haus in Luxor, am Ostufer des Nils und im Gebiet des alten Theben. Eines Tages im Jahr 1914, nach Abschluss der Grabungssaison, stand ich vor dem Spiegel meines Badezimmers und trimmte meinen Schnurrbart. Es war früh am Morgen, und ich rechnete um diese Zeit nicht mit Besuch, sodass ich das Klopfen an der Tür zunächst überhörte.

Beim zweiten, lauteren Klopfen ging ich in den Wohnraum, um zu öffnen, und fand niemand anderen als Theodore Davis auf meiner Schwelle.

»Sie müssen das hier unterschreiben«, sagte er und hielt mir mit allen Anzeichen von Nervosität einen Stapel Papiere hin, maschinengeschrieben und gefaltet.

Er trug einen schwarzen Anzug mit Weste und in der Hand einen eleganten Hut. Niemals zuvor hatte ich ihn stadtfein gekleidet gesehen. Jetzt sah er aus wie ein reicher Vater, der seinen Sohn besuchte.

»Worum handelt es sich?« Ich ließ die Schere in meine Brusttasche gleiten und öffnete den Papierstapel.

»Mein Abschlussbericht. Ich gebe die Grabungserlaubnis für das Tal der Könige zurück.«

Er trat ein, und ich schloss die Tür hinter ihm. Vor Aufregung zitterten mir ein wenig die Hände. Jetzt konnte ich tatsächlich mit der Suche nach Tutanchamun beginnen.

Mitten im Wohnzimmer blieb er stehen und warf einen Blick auf das Fenster, wo ein Stück Stoff vom Basar als Gardine hing, und den Schreibtisch, der halb unter Büchern und Papieren verschwand. Der Rest des Zimmers war mit den Schachteln voll gestellt, in denen ich meine Aufzeichnungen und meine Ausrüstung aufbewahrte.

»Sie bekommen schon Geld, oder, Howard?«, fragte er.

»Ich gebe es für Frauen aus«, antwortete ich leichthin.

Sein Bericht war zwanzig Seiten lang. Ich blätterte ihn mit dem Daumen durch. »Muss ich das alles lesen?«

»Sollten Sie. Es ist die letztgültige archäologische Beschreibung des Tals der Könige.«

Er schlenderte scheinbar unschuldig durch das Zimmer, zog den Vorhang zurück und warf einen Blick in das Zimmer, in dem meine Hängematte hing, ging an meinem Schreibtisch vorbei und verdrehte den Kopf, um einen Brief zu lesen, der darauf lag. Ich schnupperte. Er hinterließ einen Duft von Rasierwasser, wo er ging und stand. Schließlich fragte er: »Sie schreiben an Carnarvon, oder? Wo werden Sie jetzt graben?«

Ich ließ meine Finger über das teure Papier in meinen Händen gleiten. »Im Tal der Könige.«

»Sparen Sie sich die Mühe und ihrem aristokratischen Freund das Geld. Das Tal ist erschöpft.«

»Ich denke, wir versuchen es trotzdem.«

»Ich habe alles durchsiebt, Carter.«

Er brauchte meine Unterschrift für seinen Bericht. Ich klopfte meine Taschen ab, erinnerte mich dann, dass ich meinen Stift in der Küche gelassen hatte, und ging ihn holen. Davis blieb im Wohnzimmer. Ich hörte ihn mit meinen Papieren rascheln, als er auf meinem Schreibtisch herumwühlte. Auf dem Fensterbrett in der Küche breitete ich seinen Bericht aus, hielt die Seiten mit dem Unterarm fest und kritzelte meinen Namen an die Stelle, wo »Supervising Official« geschrieben stand.

»Welchen Tag haben wir heute?«

»Den 30. Juni 1914.«

Ich schrieb das Datum an die entsprechende Stelle.

Davis fragte: »Glauben Sie, die Leute in Europa werden sich auf diese Sache einlassen?«

Ich drehte mich nach ihm um. Er stand in der Tür gleich hinter mir und wippte auf seinen Absätzen vor und zurück. Ich antwortete verständnislos: »Welche Leute? Was für eine Sache in Europa?«

»Das Theater mit diesem Attentat.«

»Ach, dieser österreichische Prinz.« Ich faltete seine Papiere zusammen und hielt sie ihm hin. »Oder soll ich sie für Sie abgeben? Ich muss ohnehin nach Kairo, wegen meiner Grabungserlaubnis.«

»Erzherzog Franz Ferdinand«, sagte Davis mit Nachdruck, »war immerhin der Thronfolger von Österreich.«

»Ist er im Tal der Könige begraben? Wenn nicht, interessiert er mich nicht besonders.«

Davis drehte mit den Fingern die Enden seines Schnurrbarts hoch.

»Wenn Sie ohnehin nach Kairo müssen, nehmen Sie sie doch mit.«

»Kein Problem.«

Ich öffnete den Küchenschrank und legte die Papiere hinein. Irgendwann würde ich sie lesen müssen, aber ich hatte wahrhaftig nicht die Absicht, ihn das wissen zu lassen.

»Nun gut«, sagte er enttäuscht. »Wenn Frankreich da einsteigt, wird Großbritannien sicher nicht nachstehen.«

Inzwischen wusste ich natürlich ganz genau, wovon er sprach, aber ich konnte der Versuchung nicht widerstehen, ihn ein bisschen zappeln zu lassen. Also zwinkerte ich einige Male mit den Augen und sagte dann: »Wer steigt wo ein?«

»Der Krieg, verdammt noch mal!«, rief er. »Der Krieg! Aber rechnen Sie bloß nicht damit, dass die Vereinigten Staaten von Amerika Ihnen dabei zu Hilfe kommen.« Er setzte seinen Hut auf und zog an der Krempe. Dann ließ er seinen finsteren Blick noch einmal langsam durch meine Küche schweifen, bis er endlich auf mir ruhte.

»Howard«, sagte er, »Sie sind ein Spinner.« Und mit diesen Worten verließ er mich.

Ich hasste Kairo. Die frankophilen Türken des 19. Jahrhunderts hatten es in eine schmutzige Version von Paris verwandelt, aber in den folgenden hundert Jahren hatten sich die freien Flächen und Straßen mit winzigen kleinen Hütten und ebenso winzigen Läden gefüllt. Gizeh lag so nahe, dass man von einigen Dächern aus die Pyramiden sehen konnte, aber davon abgesehen, war Kairo wie eine fremde Insel in Ägypten. Selbst das Nilufer war gepflastert. Auf der Promenade, unter deren Schatten spendenden Palmen sich der Eselsdung häufte, überholte gelegentlich ein einzelnes Auto unter ständigem Hupen die Karren und Lasttiere. Eine tote Katze trieb im Wasser am Kai, wo mein Schiff festmachte. Ich ging den Kai entlang und die Straße hinauf. An einem Kiosk unter den Palmen stapelte ein Mann in Fes und Tweedweste Zeitungen mit französischen und englischen Schlagzeilen auf. Zwei ägyptische Studenten warteten schon, ein paar Münzen in der Hand. Die Ermordung des Erzherzogs war immer noch die wichtigste Nachricht. Ich brachte mein Gepäck in die Pension und ging hinüber zum Regierungsgebäude.

Von außen gesehen war dieses ausschweifende Konglomerat aus schattigen Innenhöfen, Säulen und Toreingängen vollkommen türkisch. Innen war es absolut englisch. An jeder Tür war ein Schirmständer zu finden, Porträts des Königs beobachteten die Arbeit der Schreiber und Bediensteten, und jedermann trug geschlossene Schuhe. Das *Department of Antiquities* befand sich im dritten Stock.

Hinter dem Schalter saßen zwei junge Männer an Schreibmaschinentischen. Der Ventilator hatte den Geist aufgegeben, die Rotorenblätter hingen bewegungslos in der Luft, und die Schnur war schwarz von Fliegen, die wegen der Hitze ins Koma gefallen waren. Während ich am Schalter stand und das Formular ausfüllte, das zu Davis' Bericht gehörte, kam ein junger Engländer eilig hinter mir zur Tür herein.

»Das war's«, rief er. »Keine Vergnügungsfahrt nach Luxor und Assuan. Die ganze Spesen-Sause ist abgesagt.«

Die zwei Männer an ihren Schreibtischen hörten auf zu tippen. Ihre Köpfe ruckten hoch, und ihre Mienen waren mehr als ärgerlich. »Was?«

»Lord Kitchener. Er kommt nicht. Hat die ganze Reise abgeblasen. Wurde ins Kriegsministerium gerufen.«

Sie jaulten auf. Mein Stift beschrieb eine schwarze Linie über das weiße Formular. In meinem Kopf schoben sich die Dinge zusammen: Es würde Krieg geben. Und wenn es Krieg gab, würde Carnarvon nicht nach Ägypten kommen. Ich unterschrieb das Formular. Mir zitterten die Hände. Ohne Carnarvons Geld würde ich wenig Gelegenheit haben, meine Grabungserlaubnis zu nutzen.

Ich zischte wie der Blitz durch Kairo, von Büro zu Büro, füllte die Bewerbung aus, alles in doppelter Ausfertigung. Ein Satz Formulare war für die Regierung des Khedive, der das Land als Vizekönig regierte, und eine für den britischen Kommissar, der tatsächlich hier herrschte. Ich stieg die Treppen des *Department of Antiquities* an diesem Nachmittag fünfmal hoch, und immer nahm ich zwei Stufen auf einmal. Ich wollte die Sache unbedingt abschließen. Wenn ich nur mit den Ausgrabungen beginnen konnte, dann konnte ich Carnarvon auch dazu bringen, sich zu verpflichten, selbst unter den Bedingungen eines Krieges. Der letzte Zug nach Luxor verließ Kairo bei Sonnenuntergang, und ich musste ihn erreichen, sonst würde es mir das Herz brechen.

Die Bürokraten schienen das zu spüren. Sie fassten alles noch langsamer an als ohnehin schon üblich. Bei den ägyptischen Beamten konnte ich das verstehen, sie kannten kein anderes Tempo, aber bei den Briten stand ich irgendwann kurz vor einem Schreikrampf.

Um fünf Uhr waren meine Kleider durchgeschwitzt, meine Füße brannten wie Feuer in meinen Schuhen, und meine Hände waren von einem Schreibkrampf verkrüppelt. Aber ich hatte die Grabungserlaubnis, und ich erreichte den Bahnhof zwei Minuten vor Abfahrt des Zuges. Ich brach auf meinem Platz zusammen. Der Zug schlängelte sich durch das Gewirr der Weichen bei Heluan am Rande von Kairo, als ich bemerkte, dass ich meinen Koffer im Hotel vergessen hatte.

Eine Woche später setzte das Hochwasser ein. Ich hatte so viele Kopten wie möglich angeheuert, die für mich schon in Saïs gearbeitet hatten, und ich ergänzte meine Mannschaft mit anderen Männern aus dieser Stadt, den besten Grabungsarbeitern in Ägypten, den Einzigen, die wirklich verstehen, was sie da tun. Ich zog mit ihnen ins Tal, und wir steckten das Grabungsareal ab. Die ganze Zeit kam ich mir wie ein Mann vor, der versucht, gegen einen Sturm anzugehen. Der Krieg brachte die ganze Welt aus dem Gleichgewicht. Mitte August war England schon mittendrin, und die Chancen standen nicht schlecht, dass die Türkei an der Seite der Deutschen gezwungen sein würde, ebenfalls in den Krieg einzutreten. Zwei deutsche Kriegsschiffe waren der britischen Flotte im Mittelmeer entkommen und ins Schwarze Meer eingefahren, wo sie nun prompt die Flagge des Osmanischen Reiches hissten und russische Befestigungen an der Küste beschossen. Die Türken leugneten jede Verbindung zu dieser Aktion, aber es war klar, dass sie sich den Deutschen würden anschließen müssen.

Ich wollte meine Ausgrabungen in dem Teil des Tals der Könige beginnen, wo Davis das Schachtgrab und die geheimnisvolle Mumie aus Grab Nr. 55 entdeckt hatte. Das *Department* wollte mir diese Ausgrabung verbieten, da auf diese Weise der Zugang zum Grab von Ramses VI. blockiert würde, das, wie ich schon erwähnt habe, ein außerordentlich attraktives Ziel für Touristen darstellte. Ich fuhr nach Kairo, um ihnen zu erklären, dass wohl kaum ein Tourist den Nil hinunterfahren würde, solange der Krieg andauerte, aber niemand hörte mir zu. Sie waren alle sehr nervös, was geschehen würde, wenn die Türkei in den Krieg gegen England eintrat, denn dann würde die britische Armee wohl Ägypten besetzen müssen. Es war einfach nicht möglich, ihre Gedanken auf etwas so Unbedeutendes wie eine archäologische Ausgrabung zu richten.

Also fuhr ich zurück nach Luxor. Zwei Tage darauf erklärte Großbritannien der Türkei den Krieg. Die britische Krone übernahm die unmittelbare Verwaltung Ägyptens, und ich erhielt eine »dringende Einladung«, mich in Kairo zu melden.

4

Ich wurde dem Stab des Dienst habenden Kommandeurs Lord Allenby zugeteilt, und zwar als zivile Verbindungsperson. Von nun an verbrachte ich meine Tage mit der vollkommen unmöglichen Aufgabe, den Ägyptern englische Anweisungen begreiflich und ägyptische Reaktionen für englische Offizielle verständlich zu machen.

Wann immer ich mich davonstehlen konnte, fuhr ich nach Luxor. Die meisten Männer aus der Stadt und aus dem nahe gelegenen Dorf Qurna waren eingezogen worden. Auch meine Kopten waren verschwunden. Ich konnte keine neue Ausgrabung beginnen, aber in meiner freien Zeit konnte ich immerhin einige halb angefangene Dinge zu Ende bringen. So räumte ich das Grab von Amenophis III. vollständig aus und stellte fest, dass Königin Tij tatsächlich dort gelegen hatte, neben ihrem Ehemann und weit entfernt von dem geheimnisvollen Grab, in dem Davis glaubte, sie gefunden zu haben.

Ich verbrachte einige Zeit damit, diesen Gedanken in meinem Kopf hin und her zu wälzen. Dabei saß ich auf der Veranda meines Hauses und fragte mich, wie das alles zusammenpasste: Das Grab war offensichtlich für eine Frau, eine Königin gebaut worden, und man hatte den Leichnam (vielleicht) ihres Sohnes hineingelegt und ihn als Frau verkleidet. Die Grube mit den Goldstücken, auf denen der Name Tutanchamun zu sehen war, der blaue Becher, der ebenfalls diesen Namen trug: Es passte alles zusammen. Wenn ich überhaupt an irgendetwas glaube, dann daran, dass geschichtliche Vorgänge in einem sinnvollen Zusammenhang stehen. Manchmal war ich in der Lage, die vorliegenden Hinweise zu überdenken und die Ordnung zu sehen, durch die sie verbunden waren – wie wenn man den Sternenhimmel betrachtet und gleich um die Ecke des Sichtbaren andere, eigentlich unsichtbare Sterne erkennen kann.

Aber es war mir unmöglich, etwas Tragfähiges, geschweige

denn Innovatives anzufangen. Der Krieg war wie ein defekter Generator: Je mehr er verschlang, desto lauter brummte er.

Eines Nachts, zwei Jahre nach der Ermordung von Franz Ferdinand, saß ich mit einem Buch auf der Veranda meines Hauses, als ein Mann aus Qurna mich aufsuchte. Er war einer der Alten aus dem Dorf, ein wichtiger Mann in der Dorfgemeinschaft, und hatte oft für mich spioniert, wenn ich wissen wollte, was Theodore Davis trieb. Wir hatten Vertrauen zueinander.

»Carter«, sagte er, »wir brauchen Ihre Hilfe. Irgendwer aus dem Dorf hat im Tal etwas gefunden …«

Ich legte mein Buch zur Seite und stand auf.

»Und einige andere Männer sind nun losgegangen, um es wegzuschaffen. Es wird ziemlichen Streit geben, Carter, es wird womöglich Verletzte geben.«

»Was haben sie denn gefunden?«

Der Alte zuckte mit den Schultern und hob beredt die Hände.

»Sie kennen ja die Leute aus Qurna. Aber Sie sind keiner von uns, Sie können unparteiisch sein, und deshalb werden die Leute Ihren Schiedsspruch annehmen. Kommen Sie, wir müssen sie dazu bringen, ihren Fund aufzugeben und ins Dorf zurückzukehren, bevor es Verletzte gibt.«

Ich ging zurück ins Haus und holte ein Seil, eine Laterne und meine festen Stiefel. Als ich wieder auf die Veranda trat, ging der Alte schon den Pfad hinunter. Ich lief ihm nach.

»Zeigen Sie mir den Platz.«

»Beeilen Sie sich!«

Wir überquerten den Nil und gingen das Tal hinauf bis zu der Stelle, wo es zur Wüste hin abfällt. Der Mond ging auf. Die flachen Erhebungen der Ruinen auf dem Ostufer des Nils lagen schimmernd im bläulichen Licht. Drüben, wo sich das Dorf Qurna zwischen den Überresten der Vergangenheit eingenistet hatte, waren einige gelbliche Feuer zu sehen. Mein Herz schlug schneller, während wir gingen. Diese Männer hatten Erfahrung damit, dem Tal seine Geheimnisse zu entreißen; mehr als eine der großen Entdeckungen hier war eigentlich das Werk eines Mannes aus Qurna gewesen.

Wir nahmen den engen Fußweg, der an der oberen Kante des Tals entlangführt, immer am Rande des Wüstenplateaus. Der Mond stand uns im Rücken, und so kamen wir schnell voran. Auf den Felsen war es viel kälter als unten. Ich trug das Seil erst über der einen Schulter, dann über der anderen. Mein alter Freund schien keine Müdigkeit zu kennen, aber er hatte auch nicht monatelang in irgendwelchen Büros in Kairo gesessen und Papiere unterschrieben. Der Weg war etwa einen Fuß tief in den Felsen ausgetreten, zweifellos existierte er schon seit Jahrhunderten – oder seit Jahrtausenden. Ganz oben wurde er steiler, und ich machte eine kleine Pause, um mich auszuruhen.

Hinter uns, wesentlich tiefer gelegen, sah man die weite Ebene. Der Nil, der sie geschaffen hatte, strömte in trägen Schleifen durch die Dunkelheit Richtung Norden. Irgendwann hatte dieser felsige Abhang einen anderen auf der anderen Seite berührt, und ganz Ägypten war ein flaches Tafelgebirge gewesen, bis der Fluss dieses Tal herausgeschnitten hatte. Ich war tief bewegt, als ich darüber nachdachte. Fragen Sie mich nicht, warum: Es war wohl einfach die Größe der Zeit, diese ungeheure Strecke Zeit.

Ich blickte in die andere Richtung, über die Wüste. Weit vor uns, auf dem höchsten Punkt des Felsens, bewegte sich etwas in der Dunkelheit.

»Gehen wir«, sagte ich und stand auf.

Auf dem Wüstensockel traf mich ein bitterkalter Wind. Das Seil zog mich zur Seite, und ich musste kürzere Schritte machen, um nicht zu stolpern. Das Mondlicht irritierte mich. Ständig fragte ich mich, ob da oben nicht irgendetwas leuchtete. Einen Augenblick später hörte ich einen Schuss; ich schrie auf und rannte los.

Über uns am Rand des Abhangs war ein Licht zu sehen. Ich stolperte über einen Felsblock und fiel auf Hände und Knie. Der Alte aus dem Dorf schnaufte und keuchte direkt hinter mir.

Über uns rief jemand.

Meine Knie schmerzten. Ich taumelte ein paar Schritte weiter und blieb stehen. Vor mir, nicht allzu weit entfernt, stand eine Gruppe Männer am Rand der Schlucht, die sich links von mir öffnete. Einer von ihnen trug eine Laterne. Sie stritten, aber einer von ihnen sah mich und zeigte auf mich, und daraufhin verstummten sie.

»Ich bin's, Howard Carter«, rief ich. »Ich komme rauf zu euch, nicht schießen.« Dann machte ich mich auf den Weg zu ihnen. Ich durfte ihnen keine Möglichkeit lassen, lange nachzudenken, sondern musste sie auf frischer Tat ertappen. Und so marschierte ich einfach auf sie zu, wobei ich mich so groß machte, wie ich nur konnte.

Sie waren zu viert oder zu fünft, die meisten noch Jungen. Einer hatte einen großen Revolver, mit dem er wild herumfuchtelte und mal auf den einen der Jungen, mal auf einen anderen zielte. Sein Gesicht war verzerrt vor Zorn. Ich streckte die Hand nach der Waffe aus.

»Was soll denn das?«, sagte ich mit der lautesten, festesten Stimme, die ich hervorbringen konnte. »Gib mir die Waffe. Ja, los, gib mir die Waffe. Und ihr anderen, bleibt dort drüben stehen, Hände an die Seiten.«

Der verängstigte Junge legte mir die Waffe in die Hand, als wäre er froh, sie los zu sein. Die anderen blieben beieinander stehen, wenn auch keiner von ihnen gerade stand, geschweige denn die Hände an die Hosennaht legte.

Mit der Waffe in der Hand war ich natürlich einigermaßen im Vorteil, und nun konnte ich wieder leiser sprechen.

»Was tut ihr hier? Das Tal gehört der Regierung, das wisst ihr ganz genau. Und das gilt auch für alles, was darin zu finden ist. Ich will jetzt wissen, was ihr hier tut.«

Der alte Mann hatte uns inzwischen erreicht. Sein Blick untersuchte die Jungen, deren Gesichter durch die Laterne erhellt wurden, die einer von ihnen immer noch in der Hand hielt. Dann wandte er sich mir zu.

»Ahmed ist nicht dabei. Ahmed ist für jeden Unsinn in Qurna verantwortlich, seit die Männer bei der Armee sind.« Er wandte sich wieder den Jungen zu. »Wo ist Ahmed?«

Der Junge, der die Waffe getragen hatte, zeigte hinunter über den Rand der Schlucht. »Da unten. Er ist in der Höhle.«

»Was für eine Höhle?« Ich trat an den Rand des Tales, das jetzt von schwarzen Schatten angefüllt war. In der Nähe meines Fußes hing ein Seil über den Rand. Ich folgte dem Seil in die andere Richtung und sah, dass es um einen großen Felsblock geschlungen war. »Wie tief unten ist die Höhle?«, fragte ich und testete das Seil.

»Ich habe Wache gestanden«, sagte der Junge hinter mir. »Diese ... Hunde ... Schweine ...«

Die anderen Jungen ließen ein wütendes Gemurmel hören. Er sprach voller Zorn weiter. »Sie wollten mir Angst einjagen, damit ich weglaufe. Und dann wollten sie ihn ausrauben, wenn er hochkommt.«

»Wer ist Ahmed?«, fragte ich den alten Mann, während ich mein eigenes Seil an dem Felsblock befestigte.

»Ein junger Kerl aus dem Dorf«, gab er zur Antwort. »Ein übler Kerl. Ein sehr unruhiger junger Mann. Was haben Sie vor, Carter?«

»Ich ziehe Ahmeds Seil hoch«, sage ich und tat es auch. Die anderen Jungen beobachteten mich und standen nahe beieinander, Ahmeds Wächter inzwischen mitten unter ihnen. »Geht nach Hause«, sagte ich. »Steckt den Kopf unters Kopfkissen, und lasst euch nicht einfallen, wieder rauszukommen, ehe eure Mutter euch zum Frühstück ruft.«

»Meine Waffe«, sagte der Wächter.

Die anderen Jungen gingen schon los, einigermaßen erleichtert, vermute ich, dass ich sie nicht festnahm. Ich hatte natürlich weder die Befugnis noch die Absicht gehabt, dies zu tun. Ahmeds Seil war nun hochgezogen, und ich ließ mein eigenes Seil, zu dem ich mehr Zutrauen hatte, hinunterfallen.

»Was haben Sie vor, Carter?«, fragte der Alte wieder. »Sie können doch da jetzt nicht hinunter! Sind Sie verrückt geworden? Sie haben ihn in der Falle, er kann nicht raus. Warten Sie bis zum Morgen.«

»Wenn ich Ihnen ein Zeichen gebe«, gab ich zurück, »ziehen Sie das Seil hoch, und lassen Sie es nicht wieder runter, bis Sie wieder ein Zeichen bekommen.«

»Carter!«

Bis zum Morgen könnte Ahmed alles zerstört haben, was er in dem Tunnel fand. Ich schüttelte den Kopf; der Alte wiegte den seinen ratlos von einer Seite zur anderen. Er zeigte auf den Jungen, der immer noch bei uns stand.

»Du bleibst hier und hilfst mir.«

Der Junge nickte.

Ich schwang mich über den Rand der Schlucht und kletterte am Seil hinunter.

Ich hatte mein Seil genau an derselben Stelle hinuntergelassen, wo Ahmeds Seil gehangen hatte, aber ich sah das Loch in der Felswand nicht, bis ich fast daran vorbei war. Es lag zu meiner Linken und war gut einen Meter breit, ein enges Schlüsselloch in der felsigen Fläche. Ich nahm meine Taschenlampe vom Gürtel.

Für einen Augenblick schwang ich da am Ende des Seils, ein Bein um das Seil geschlungen, um mein Gewicht besser halten zu können. Die Höhle war weit genug vom Rand entfernt, dass Ahmed weder den Schuss noch die Diskussion und die Unruhe dort oben gehört haben musste. In der Höhle war kein Licht zu sehen, kein Anzeichen einer Bewegung, nichts. Ich bedeckte die Taschenlampe mit meiner Hand und schaltete sie an. Dann spreizte ich die Finger ein wenig, sodass ein schmaler Lichtstrahl hindurchkam.

Nun sah ich die ersten Meter des Gangs, der in die Höhle führte. Da war niemand. Ich schaltete die Lampe aus, steckte sie zurück in meinen Gürtel und schwang mich an dem Seil in die Höhle.

Mein Fuß stieß am Rand des Eingangs an. Ich biss mir auf die Lippen, um einen Schmerzenslaut zu unterdrücken. Ahmed musste hier irgendwo sein. Ich hielt das Seil noch in der Hand, aber jetzt zog ich einmal kräftig daran und ließ es dann los. Einen Augenblick später zog der alte Mann es wieder ein.

Ich nahm die Taschenlampe in die eine Hand und die Waffe in die andere.

»Ahmed!«, rief ich.

Im selben Augenblick fiel es mir ein, über meine Schulter zurückzusehen. Ich stand genau vor der Öffnung der Höhle, und wer immer aus der Höhle kam, konnte meine Silhouette genau sehen. Ich ging in die Knie und kauerte mich zusammen.

Aus der Höhle war kein Laut zu hören. Ich rief lauter.

»Ahmed!«

»Wer ist da?«, rief eine Stimme aus der undurchdringlichen Finsternis.

»Ich bin's, Howard Carter. Komm raus, und lass uns darüber reden, wie du von hier nach Hause kommst.«

Schweigen. Ich strengte meine Ohren an, konnte aber absolut nichts hören. Ich fragte mich, wie weit entfernt er wohl war – und ob er wohl ebenfalls eine Waffe bei sich hatte.

»Ahmed«, rief ich. »Wir haben dein Seil hochgezogen, und meins auch. Du kannst jetzt herauskommen oder hier bleiben, dann allerdings für immer.«

»Dann bleiben Sie aber auch hier, Carter Bey!«, kam die Antwort aus der Dunkelheit.

»Macht nichts«, sagte ich. »Ich habe spät zu Abend gegessen.«

Wieder Schweigen. Der Wind säuselte am Rand des Felsens.

Im Tunnel war es wärmer als draußen. Ich fragte mich, wie weit er wohl in den Berg hineinreichte und was an seinem Ende liegen mochte, und mein Herz klopfte schneller bei dem Gedanken.

Der Mann im Tunnel fragte: »Wo ist Fuad?«

»Er hat sich ergeben«, antwortete ich.

Ahmed begann zu fluchen. Er war wütend, und seine Wortwahl war alles andere als gepflegt.

»Ja, ja«, sagte er nach einer Reihe von Sätzen, »ich komme. Sie sind ein schlechter Mann. Ich werde kommen, wie Sie befehlen.«

Ich streckte den Kopf aus der Höhle und rief dem alten Mann zu, er solle das Seil herunterlassen. Unter heftigen, gemurmelten Verwünschungen kam Ahmed in die Mündung des Tunnels gekrochen. Ich schaltete meine Taschenlampe ein. Der erste Anblick ließ mich zusammenfahren, denn trotz seiner Jugend war er ein wahrer Riese, schwer gebaut, muskulös, ein echter Südländer. Er rollte mit den Augen. Sein Atem zischte zwischen den zusammengebissenen Zähnen hindurch. Das Seil klatschte gegen die Wand in unserer Nähe.

»Los!«, sagte ich.

»Englisches Schwein.«

»Wie hast du mich genannt?«

Er griff nach dem Seil und schwang sich energisch über die Felswand, strampelte kurz mit den Beinen und kletterte dann über den Rand, sodass ich ihn nicht mehr sehen konnte.

Der Tunnel gehörte mir. Für einen Augenblick saß ich still da und versuchte mich von der Anspannung zu befreien. Jetzt, nachdem ich mit Ahmed fertig war, schien mir die Höhle viel geräumiger und auch einladender. Auf Händen und Knien begann ich in den Tunnel zu kriechen; die Taschenlampe schob ich vor mir her.

»Carter!«, rief der Alte aus dem Dorf. Seine Stimme klang schwach.

Ich glitt zurück zum Eingang der Höhle und streckte den Kopf hinaus. »Eine Minute. Ich komme gleich!«

»Carter!«

Mit dem Licht der Taschenlampe vor mir kroch ich wieder in den Tunnel. Drei Meter hinter dem Eingang wurde der Gang so eng, dass ich mich seitwärts hindurchschlängeln musste. Ich hielt die Taschenlampe weit vor mich, sah aber nur die rauen Wände des Gangs. Und mehr gab es hier auch nicht zu sehen: einen schmalen Gang durch den Fels.

Mein Atem klang sehr laut. Der Fels schabte an meinem Rücken und meiner Brust. Mein Genick war so verdreht, dass es schmerzte. Der Tunnel beschrieb eine Kurve, und ich versuchte mich hindurchzuwinden, blieb aber stecken.

Jetzt hatte der Fels mich fest im Griff. Ich hatte kaum genug Platz zum Atmen. Keine Ahnung, wie Ahmed hier durchgekommen war. Vielleicht hatte er aber auch schon hier kehrtgemacht. Ich strampelte mich frei, während mir ein Felsbrocken in den Rücken stach. Panisch quetschte ich mich rückwärts.

Meine Hand mit der Taschenlampe schlug gegen einen Felsblock, und ich verlor die Lampe. Sie ging aus, nun saß ich in absoluter Dunkelheit fest.

Zuerst bekam ich vor lauter Schreck keine Luft, dann kam ich allmählich wieder zu mir. Schließlich wussten ja einige Leute, dass ich hier drin war. Weniger als fünf Meter hinter mir war der Ausgang der Höhle. Ich nahm meinen Verstand zusammen. Vielleicht kam ich ja doch noch ein Stück voran. Ich drückte mich mit dem Rücken gegen den Fels und schob mich zentimeterweise vorwärts.

Das Gestein drückte gegen meine Brust, und ich hörte, wie ein Knopf von meinem Hemd abriss. Der Druck ließ nach, ich hatte es hinter mir. Ich machte einen Schritt vorwärts und war überrascht, wie schnell die engen Felswände zurückwichen, bis ich das Gefühl hatte, im Freien zu stehen oder in einem großen Raum.

Streichhölzer! Ich durchsuchte hastig meine Taschen, fand eine Schachtel und riss das erste Streichholz an.

Als sich das schwache, flackernde Licht beruhigt hatte, hielt ich das Streichholz hoch, um eine bessere Rundumsicht zu bekommen. Ich befand mich in einer großen Kammer. Die Wände waren geglättet und in eine quadratische Form gebracht worden, also war sie irgendwann einmal benutzt worden, möglicherweise als Vorratsraum.

Auf jeden Fall war sie alles andere als leer. Im flackernden Licht des Streichholzes konnte ich die glatten, weiblichen Kurven eines Vorratsgefäßes sehen, das an der gegenüberliegenden Wand auf der Seite ruhte, halb begraben unter jahrhundertealtem Staub. Was auch immer dieser Raum einmal enthalten haben mochte, er war vor langer Zeit ausgeraubt worden. Das Streichholz erlosch.

»Carter?«, rief eine Stimme vom anderen Ende des Tunnels.

»Ja«, sagte ich. »Alles in Ordnung. Ich komme.« Müde rieb ich mir die Augen.

Als ich am Morgen darauf vom Markt kam, hatte man in mein Haus eingebrochen und meinen Schreibtisch übel zugerichtet.

Es war nichts weggekommen, aber sämtliche Papiere und Bücher waren über den Fußboden verstreut. Mein Teebecher war mit Schlamm angefüllt, und in meinem Bett fand ich einen toten Vogel. Ich schickte nach Ahmed, dem Grabräuber von Qurna.

Als er kam, saß ich gerade auf der Veranda und schrieb in mein Notizbuch. Er stand gleich neben dem Pfad, der zu den Treppenstufen führte. Zwischen uns war nur das Geländer, wie eine Schranke.

»Sie wollten mich sprechen, Carter Bey?«

Ich sah an ihm hinauf und hinunter, um ihm ein bisschen Angst einzujagen. Er war wirklich enorm groß; obwohl er auf dem Weg stand, ragten sein Kopf und seine Schultern über das Geländer. Seine schmutzigen Hände, mit denen er sich über tote Vögel hermachte, hatte er hinter dem Rücken verschränkt. Wir starrten uns eine Weile an.

»Ahmed«, sagte ich, »ich habe letzte Nacht nicht auf eigene Faust gehandelt, sondern als Beauftragter der Regierung. Wenn du weiterhin persönliche Rache an mir nimmst, werde ich mich der Regierung bedienen, damit das aufhört.«

Seine Lippen verzogen sich zu einem verächtlichen Lächeln. Er legte die Hände auf das Geländer und lehnte sich darauf.

»Ich kenne Sie«, sagte er. »Ich weiß alles über Sie, Carter Bey. Sie sind ein Dieb wie ich, ein Grabräuber, nicht mehr.«

»Aber ich bin besser als du«, sagte ich. »In der Höhle, die du entdeckt hast, war nichts, Ahmed. Nichts. Und ich bin durch den Tunnel gekommen, du nicht.«

Er murmelte eine Verwünschung und ging.

In dieser heißen Jahreszeit schlief ich oft in einer Hängematte auf der Veranda. In dieser Nacht wurde ich von Rauch geweckt. Ich sprang auf; die Haare standen mir zu Berge vor Entsetzen; selbst in der Dunkelheit konnte ich erkennen, wie der dicke schwarze Qualm unter den Stufen der Veranda hervorquoll.

Mit meinem Küchenbesen zog ich schwelende Lumpen und Baumwollreste unter der Treppe hervor.

Mein Blutdruck stieg vor Zorn, ich spürte jeden einzelnen

Pulsschlag. Mit dem Besen zerschlug ich den rauchenden Haufen und setzte mich auf die Treppe. Das Holz war warm. So knochentrocken, wie es war, hätte es nicht mehr lange gebraucht, um in Flammen aufzugehen. Ich konnte von Glück sagen, dass der Idiot die Lumpen so fest zusammengeknüllt hatte; so hatten sie das Feuer fast erstickt.

Ich blickte hinauf zu den Sternen. In drei Tagen musste ich zurück nach Kairo, um wieder einmal im Dienst der britischen Armee unsinnige Nachrichten durch die Gegend zu tragen. Alles um mich herum gerann plötzlich zu bitterer Galle: Ahmed, meine Arbeit, die Regierung, die Armee, die Grabräuber und Verbrecher, die mich in diese Kammer in der Felswand gebracht hatten, die ich von hier aus sehen konnte. Ich konnte nicht wieder einschlafen. Bis zum Tagesanbruch konnte ich aber auch nichts anderes tun, also lag ich in meiner Hängematte, beobachtete das langsame Rad des Sternenhimmels und sann auf Rache.

Am Morgen ging ich ins Rekrutierungsbüro der Armee in Luxor, wo das Kriegsministerium damit beschäftigt war, Männer anzuwerben, die sich auf den Weg machten, Kanonenfutter oder leichte Beute für tödliches Gas zu werden. Je länger der Krieg dauerte, desto verzweifelter suchten sie Männer, also würden sie so ziemlich jeden nehmen. Ein verkaterter Sergeant versorgte mich mit allen notwendigen Papieren, und ich machte mich auf den Weg auf die andere Seite des Nils und nach Qurna.

Ich trabte die Straße zum Dorf hinauf. Vor mir gingen drei oder vier Frauen aus Qurna, von Kopf bis Fuß schwarz verhüllt und mit Wasserkrügen auf dem Kopf. Ich folgte ihnen an den bröckelnden Wänden der Tempel vorbei, in denen ihre fernen Vorfahren Osiris in der Gestalt eines toten Pharaos verehrt hatten. Das heutige Dorf war aus demselben Lehm gebaut, oft genug aus denselben Ziegeln. Hatten die Vorfahren so Unrecht gehabt in dem, was sie taten?

Ich ging die verwinkelte Straße entlang zum Haus meines alten Freundes, der mich hinausgeführt hatte, um Ahmed auf frischer Tat zu ertappen. Das Haus war ein Würfel aus Lehmziegeln. In den offenen Fenstern hingen Stränge von Fischlaich zum

Trocknen. Ich konnte den Eintopf aus Bohnen und Zwiebeln riechen, der auf dem Feuer köchelte.

Der alte Mann kam mir an der Tür entgegen und führte mich in sein Haus. Wir setzten uns auf die Teppichflicken, die den Boden bedeckten, und er holte seinen Tabak und seine gläserne Wasserpfeife. Wir tauschten einige Höflichkeiten aus und rauchten, bis ich endlich die Rekrutierungspapiere aus der Tasche zog.

»Wissen Sie, was das ist?«

Zu meiner Überraschung wusste er ganz genau, wovon die Rede war. Sein Sohn hatte sich bereits zur Armee gemeldet. Ich erklärte ihm, was ich vorhatte, und er saß da und atmete mit halb geschlossenen Augen den Rauch aus. Als ich zur Hälfte mit meinen Erklärungen fertig war, nickte er.

»Großartige Idee, Carter Bey, aber müssen diese Papiere nicht unterschrieben werden? Und vor allen Dingen: Wird Ahmed sie unterschreiben?«

»Kann Ahmed schreiben?«

»Ah«, machte er und lächelte.

»Ich brauche nur diese Informationen: sein Alter, seinen vollständigen Namen, die Namen seiner Eltern.«

»Ah.«

»Werden Sie mir helfen?«

»Ich mag Ahmed nicht. Natürlich wird jeder hier wissen, dass ich Ihnen geholfen habe.« Er strich über seinen grau gesprenkelten Bart. »Also gut.«

Wir füllten die Formulare aus. Als wir an die Stelle mit dem Datum der Rekrutierung kamen, schrieb ich ein Datum hinein, das zwei Monate zurücklag.

»Und Sie meinen, das wird akzeptiert?«, fragte mein Freund.

»Sie kennen die Armee nicht«, antwortete ich. »Ich muss es nur noch in die Kartei schmuggeln. Kann sein, dass sie noch zwei Monate brauchen, um es zu finden, aber dann werden sie eine halbe Kompanie losschicken, um Ahmed zu holen.«

»Carter Bey«, sagte mein Freund, »Sie sind ein echter Türke.«

Ich unterschrieb mit Ahmeds Namen. Darunter war Platz für die Unterschrift eines Zeugen, und ich unterschrieb noch einmal, diesmal mit meinem eigenen Namen. Sollte Ahmed doch ruhig erfahren, wem er seine Einberufung zu verdanken hatte. Irgendjemand würde ihm den Namen des Zeugen schon vorlesen.

Es war Mittag, und der alte Mann lud mich ein, mit ihm zu essen. Wir aßen Brot, Bohnen, Zwiebeln und Reis und diskutierten über die Frage, ob die Briten den Khedive nach dem Ende des Krieges zurückholen würden.

»Nicht den Khedive«, sagte mein Freund. »Der Khedive ist Türke. Sie werden Ägypten an die Ägypter zurückgeben.«

»Die Briten geben nie etwas zurück, wenn sie es einmal in den Fingern haben«, sagte ich. »Damit würden sie den Diebstahl ja zugeben.«

»Aber sie haben es uns versprochen. Wir sollen unsere Unabhängigkeit bekommen.«

»Sie werden ihre Versprechen nicht halten, das tun sie nie«, sagte ich. »Im Übrigen ist Ägypten jahrtausendelang von Fremden regiert worden. Ihr solltet euch damit abfinden, manche Völker sind einfach dazu ausersehen, unterdrückt zu werden.«

»Damals wurde Ägypten von Ägyptern regiert«, sagte er. »Damals. Sie wissen schon.«

Ich kehrte nach Luxor zurück. Mein Urlaub endete bei Sonnenuntergang am nächsten Tag, und ich musste an diesem Abend nach Kairo zurückfahren. In Luxor ging ich noch einmal in das Rekrutierungsbüro, bat den Sergeanten, der immer noch mit den Nachwirkungen einer ausschweifenden Nacht kämpfte, mir eine Akte aus dem anderen Zimmer zu bringen, und während er leise fluchend die Schränke öffnete, ließ ich Ahmeds Rekrutierungspapiere unter einen Stapel Papier auf seinem Schreibtisch gleiten. Ein Lächeln zog über mein Gesicht. Ich entspannte mich, atmete tief durch und verbannte Ahmed aus meinen Gedanken.

Der Krieg ging zu Ende. Die Briten holten den Khedive nicht zurück, aber sie brachten auch keine ägyptische Regierung an die Macht. Es gab über diesen Punkt einige Querelen mit einer Gewerkschaft, was die Rückkehr von Lord Carnarvon nach Ägypten schließlich bis zum Jahr 1920 verzögerte.

Am Kai von Luxor holte ich ihn und seine Familie ab. Carnarvon hatte sich dazu entschlossen, mit dem Schiff den Nil hinaufzufahren, während die meisten Touristen inzwischen den Zug nahmen. Als das Schiff in aller Stille am Kai anlegte, erkannte ich mit Schrecken den alten Mann an der Reling als Carnarvon. Ich hatte ihn sieben Jahre nicht gesehen, aber er sah aus, als wäre er in dieser Zeit um mindestens das Doppelte gealtert.

Neben ihm stand eine junge, sehr ansehnliche Frau mit Hut. Ich gab Carnarvon die Hand, und er drehte sich zu dem Mädchen um und sagte: »Sie erinnern sich doch sicher noch an meine Tochter Evelyn.«

»Oh, natürlich«, sagte ich und blickte sie verwirrt an. Ich hatte eine vage Erinnerung an gestärkte Schürzen, Zöpfe, schwarze Lackschuhe, jedenfalls an nichts, das mich auf diese groß gewachsene, schlanke junge Frau vorbereitet hätte, die mir jetzt in aller Ruhe die Hand reichte und lächelte.

»Hallo, Mr. Carter. Ich freue mich sehr, Sie zu sehen und wieder hier zu sein.«

Eine kleine Prozession von Fellachen ging hinter uns die Gangway hinauf und hinunter und schleppte Carnarvons Gepäck vom Schiff. Die braunen Lederkoffer waren voll mit Aufklebern verschiedenster Dampfschiffe.

Ich steckte die Hände in die Taschen.

»Wie war Ihre ...«, begann ich einen Satz, und gleichzeitig fragte Carnarvon: »Nun, haben Sie den Krieg einigermaßen überstanden?«

»Ja, einigermaßen. Besser, als ich zunächst erwartet hatte.«

Das Gepäck war nun auf dem Kai aufgestapelt. Ich führte die beiden zu dem Automobil, das ich gemietet hatte, um sie ins Hotel zu bringen. Lady Evelyn ging vor mir her. Sie trug ein Leinenkleid, und in ihrem Gang lag eine athletische, jungenhafte Anmut.

Carnarvon blieb links von mir. Ich verlangsamte meinen Schritt ein wenig, um nicht schneller zu gehen als er. »Ich habe alle Pläne vorbereitet«, sagte ich. »Ich denke, wir können das Tal der Könige in sechs guten Grabungsperioden abdecken.«

Als Lord Carnarvon sich räusperte, wusste ich, dass irgendetwas nicht stimmte.

Der ägyptische Fahrer saß in dem Automobil. Er stieg nicht aus, um uns die Türen aufzuhalten, und so schlingerte ich um Lady Evelyn herum, riss den Schlag auf und half ihr die hohe Stufe hinauf, sodass sie es sich auf dem Rücksitz bequem machen konnte. Carnarvon setzte sich neben sie. Sein Blick ging starr geradeaus, und er zwirbelte seinen Schnurrbart mit dem Zeigefinger. Ich erwartete, dass er die Unverschämtheit des Fahrers irgendwie kommentieren würde, aber es kam nichts.

Ich saß auf dem Beifahrersitz. Über die Rückenlehne hinweg ein Gespräch anzufangen hätte seltsam ausgesehen, also schwieg ich einstweilen. Der Fahrer startete mit röhrendem Motor und in einer riesigen Staubwolke. Während des Krieges hatte er Lastwagen gefahren. Ich hatte ihn angewiesen, uns auf einer Rundtour vorbei an den Ruinen des Großen Tempels von Karnak zum Hotel zu bringen, aber nun bereute ich diesen Plan. Irgendetwas stimmte nicht, und ich konnte mir schon vorstellen, was es war: Carnarvon hatte das Interesse an der Archäologie verloren.

Mit Höchstgeschwindigkeit rasten wir an den verstreuten Steinblöcken und Säulen des mächtigen Tempels vorbei. Der Neunte Pylon warf einen Schatten über die Straße. Wir fuhren an einem Haufen Steine vorbei, die aus dem Inneren einer anderen Säule gefallen waren. Eine amerikanische Gruppe hatte begonnen, sie zu untersuchen, und festgestellt, dass sie alle einmal Teil der Mauer eines großen Aton-Tempels gewesen waren, den Nofretete hatte bauen lassen und den der Amunist Haremhab niedergerissen hatte. Aus dem Augenwinkel sah ich, wie Lady Evelyn die Ruinen betrachtete. Ihren Hut hielt sie mit einer Hand fest. Die Schatten der Säulen bewegten sich um uns wie in einem Film. Ich wischte meine Hände an den Knien ab. Ohne Carnarvons Hilfe konnte ich die Ausgrabungen nicht beginnen.

Endlich kamen wir bei dem alten Hotel an, wo ich eine Suite

für Carnarvon reserviert hatte, und während die Bediensteten das Gepäck hineintrugen, brachte Lady Evelyn ihren Vater dazu, sich in einem Sessel im Wohnraum niederzulassen. Sie verschwand im hinteren Teil der Suite. Ich wartete am Fenster und wurde immer nervöser.

Carnarvon saß in seinem Sessel. Er sah sehr müde aus und bewegte sich nicht, ja, er schien nicht einmal den Willen zu besitzen, sich zu bewegen.

»Ist es Ihnen zu hell?«, fragte ich. Das Sonnenlicht schien durch die großen französischen Fenster.

»Ja«, sagte er, und ich schloss die Spitzenvorhänge. »Es riecht furchtbar hier«, sagte er dann in einem gänzlich ungewohnten nörgelndem Ton. »Was haben Sie gemacht, Howard, haben Sie hier Mumien gelagert?«

Ich lachte, nur für den Fall, dass er einen Witz beabsichtigt hatte. Er lehnte sich im Sessel zurück und legte die Beine übereinander, und für einen Augenblick sah ich den Carnarvon, den ich von früher kannte, perfekt gekleidet und vollkommen zufrieden mit sich selbst.

»Tut mir Leid, dass wir nicht schon letztes Jahr kommen konnten, Howard«, sagte er.

»Ich verstehe das.« Im vorangegangenen Jahr hatten wir mit der aufrührerischen ägyptischen Gewerkschaft zu tun gehabt. Lord Allenby hatte seine gesamten Fähigkeiten aufbieten müssen, um die Einheimischen in ihre Schranken zu weisen. Ich sagte: »Wir können morgen früh sofort die Ausgrabungsstelle besichtigen, wenn Sie wollen.«

»Nun, ich muss erst ...«, begann er, als Evelyn mit einem Tablett hereinkam und den Tee servierte.

Er ließ einen lauten Seufzer hören und setzte sich aufrecht hin. Mit strahlendem Lächeln stellte seine Tochter das Tablett auf den Tisch, schenkte ihm eine Tasse ein und gab Sahne und Zucker hinein. Sie trug sogar noch ihren Hut, aber als er nun seine Teetasse in der Hand hielt, trat sie einen Schritt zurück, immer noch lächelnd, nahm den Hut ab und fuhr mit der Hand über ihr locker fallendes braunes Haar. Sie lächelte mich an.

»So ist es besser«, sagte ihr Vater. »Gutes Kind.«

»Möchten Sie auch eine Tasse Tee, Howard?«

Ich schüttelte den Kopf.

Carnarvon stellte die Untertasse auf das Tischchen neben seinem Sessel. Der Raum war voll gestellt mit altmodischen Möbeln. Wenn man die verhängten französischen Fenster und die tickende Kaminuhr noch dazunahm, hätten wir ebenso gut in England sein können, im alten England aus der Zeit vor dem Krieg. Der Earl nippte an seinem Tee.

»Carter«, hob er an, »ich will es geradeheraus sagen. Ich will nicht noch einmal sechs Jahre graben.«

»Ich glaube nicht, dass wir in kürzerer Zeit mit dem Tal auf anständige Weise fertig werden«, gab ich zurück.

»Ich kann es mir einfach nicht mehr leisten. Das Geld ist seit diesem verfluchten Krieg nicht mehr viel wert ...« Er hielt Evelyn seine Tasse hin, und sie stand auf, um ihm nachzuschenken. »Sie erwarten zu viel von mir«, sagte er.

»Wir können doch jetzt nicht aufgeben!«, sagte ich. »Ich bin sicher, irgendwo da draußen im Tal der Könige liegt Tutanchamun. Wir haben die Grabungserlaubnis, die erste echte Chance, um dort zu graben.«

»*Unsere* erste Chance«, unterbrach er mich. »Alle anderen haben es nämlich schon aufgegeben. Seit Jahren tun die Ägyptologen nichts anderes, als das Tal der Könige von einer Seite auf die andere zu schaufeln, Carter. Männer, die genauso viel davon verstehen wie Sie.«

»Vater«, warf Evelyn ein. Sie hielt den Deckel der Teekanne mit einem Finger fest, während sie eingoss.

»Und dann ständig diese Probleme mit den Leuten vor Ort.«

Ich setzte mich auf einen geflochtenen Stuhl am Fenster und fummelte nervös an dem weiß geklöppelten Rand des Deckchens auf dem Tisch neben mir. »Ich glaube nicht, dass wir noch große Probleme mit den Ägyptern haben werden.«

»Das war verdammt noch mal eine Revolution«, sagte der Earl, und beim letzten Wort ruckte sein Kopf auf und ab. »Diese verdammten Juden und Bolschewiken ...«

Lady Evelyn fragte noch einmal: »Tee, Howard?«
»Nein danke.«
Sie schenkte mir trotzdem eine Tasse ein.
»Ist gut für die Nerven.«
»Ich sage Ihnen eins, Carter«, fuhr ihr Vater fort. »Das ist nicht mehr unsere Welt. Die verdammten Kaffern reißen überall die Macht an sich.«
»Ein Stück Zucker oder zwei, Howard?«
»Ich glaube, nicht ... ein Stück, bitte. Und Sahne. Die Situation in Ägypten ist wieder einigermaßen ruhig, my Lord. Allenby hat eine Menge Boden gutgemacht, als er die Arbeiterführer aus dem Exil zurückkommen ließ.« Die Ägypter, die noch nicht viel Erfahrung mit Aufständen hatten, waren naiv genug gewesen, diese Geste hoch einzuschätzen.
Ich ließ das weiße Deckchen in Ruhe, nahm meine Tasse und saß da, während ich in dem schwachen Tee rührte.
»Es war eigentlich gar keine richtige Revolution ...«
Carnarvon sagte: »Machen Sie mir nichts vor, Carter, ich weiß Bescheid.«
Sein Unterkiefer war starr und gerade wie der Sturz am Neunten Pylon. Ich rührte immer noch in meinem Tee und fragte mich, was mit diesem Mann geschehen war, was ihn so verändert hatte. Ich nippte an dem englischen Tee.
»Der verdammte Krieg«, sagte Carnarvon. Er klemmte seine Nase zwischen Daumen und Zeigefinger ein.
»Mein Vater will die Entscheidung über die Ausgrabungen von Jahr zu Jahr treffen«, warf Lady Evelyn ein. »Wenn alles gut geht ...«
»Das habe ich nicht gesagt«, wehrte sich Carnarvon.
»Wenn dieses neue Ägypten so verdammt schlimm ist ...«
»Evelyn, bitte benutze dieses Wort nicht.«
»... dann ist es deine Pflicht, das alte Ägypten zu stärken, oder nicht?«
»Pah«, sagte er. Dann stand er auf, zog die Ärmel seiner Jacke hinunter und warf uns beiden einen bitterbösen Blick zu. »Ich gehe jetzt hinauf und halte meinen Nachmittagsschlaf.« Mit die-

sen Worten verließ er das Zimmer. Seine Schritte klangen schwer auf den Teppichen.

Evelyn seufzte. Sie ging hinüber zu dem marmornen Kaminaufsatz, um sich die alte Uhr anzusehen, die von Putten gehalten wurde.

»Danke«, sagte ich.

»Keine Ursache. Wann wollen Sie mit uns ins Tal?«

»Morgen. Ich werde gegen acht Uhr hier sein, mit dem Wagen.«

»Gut«, sagte sie. »Danke für alles, Howard.« Sie lächelte mir zu, aber ihr Blick ging an mir vorbei, und sie sah erschöpft aus. Mit einem Blick auf ihre Armbanduhr öffnete sie vorsichtig die Tür der Kaminuhr und stellte die Zeiger behutsam auf die richtige Zeit ein.

An diesem Abend saß ich auf der Veranda meines Hauses und betrachtete bei Lampenlicht eine Karte des Tals. Irgendwann spürte ich, dass jemand da draußen im Dunkeln stand, gleich neben der Treppe. Ich spähte nach der großen, kaum sichtbaren Gestalt in der Finsternis.

»Ja?«

»Hallo, Carter Bey.«

Mir wurde eiskalt. Es war Ahmed, der Grabräuber aus Qurna. Ich schob meine Arbeit von mir weg über den Tisch. Ein Buch fiel zu Boden. »Oh«, sagte ich. »Hallo. Ich dachte, du bist in der Armee.«

Er kam näher ans Geländer, sodass ich ihn im Lampenlicht sehen konnte. »War ich auch.« Er warf mir ein freudloses Lächeln zu. »Aber der Krieg ist vorbei, Carter Bey.«

Sein Gesicht war voller geworden. Sein Blick, früher unstet und nervös, traf mich jetzt ganz direkt, auf eine geradezu arrogante Weise. Aber er sah nicht aus, als ob er mich angreifen wollte. Seine Hände hingen leer zu beiden Seiten des Körpers herab. Ich lehnte mich mit den Ellbogen auf den Tisch.

»Und du bist nach Qurna zurückgekommen«, sagte ich.

»Ja. Ich will arbeiten. Und da dachte ich an meinen Freund

Carter, der doch in der Vergangenheit immer so hilfsbereit gewesen ist. Vor allem, wenn es um Arbeit für mich ging.«

»Ach, wirklich?«

»Sie graben im Tal der Könige? Ich will für Sie arbeiten.«

»Ich habe meine Leute schon beisammen«, sagte ich.

Er schüttelte seinen dunklen Kopf. Das Lächeln war verschwunden, und nun sah er wütend aus. »Ich werde der Anführer sein, der Vorarbeiter, nicht nur einer von den Grabungsarbeitern.«

»Tut mir Leid, ich habe schon einen Vorarbeiter.«

»Dann haben Sie jetzt zwei.«

»Du hast keinerlei Erfahrung. Und wie ich schon sagte, ich habe keine Verwendung für dich.«

»Ich kenne das Tal in- und auswendig«, sagte er und lehnte sich über das Geländer. »Ich bin stark, ich werde härter arbeiten als jeder andere. Ich spreche englisch.«

»Nein, verdammt noch mal!« Ich griff über den Tisch nach dem Notizblock, auf dem ich geschrieben hatte. »Verschwinde!«

Er zuckte ein wenig mit den Achseln und zog sich dann in die Dunkelheit zurück. Ich lehnte mich wieder über meine Karte, aber jetzt schwirrte mir der Kopf. Ich hatte ihn vollkommen vergessen. Natürlich, gerade jetzt musste er zurückkommen, jetzt, da ich ohnehin schon genug um die Ohren hatte mit Carnarvons neuen Launen. Ich zwang mich, wieder an die Arbeit an der Karte zu denken.

Am Morgen waren alle unsere Esel davongelaufen. Wir verbrachten den größten Teil des Vormittags damit, sie wieder einzufangen, und am Nachmittag zog ich mit Carnarvon durch das Tal, sodass keine vernünftige Arbeit möglich war. Als ich ihn und Evelyn sicher zurück ins Hotel gebracht hatte, zog ich mich erschöpft in mein Haus zurück.

Das Haus war komplett verwüstet. Alle meine Bücher waren aus den Regalen gerissen worden, die Seiten zerfetzt. Ich tobte vor Wut. Zitternd vor Zorn raste ich nach Qurna auf dem westlichen Ufer des Nils.

Es war Abendessenszeit, und die Häuser zwischen den Ruinen waren voller Menschen. Aus den Fenstern drangen Stimmen und der Duft von Bohnen und Zwiebeln. Die Straßen waren leer. Ich eilte zu Ahmeds Haus am Rand des Dorfes.

Eine braune Ziege war bei der Eingangstür angebunden. Ihre Hinterlassenschaften lagen wie Murmeln überall auf dem Weg. Ich klopfte an die Tür, hörte aber nichts. Ich griff nach der Klinke, aber die Tür war verriegelt. Ich trat einen Schritt zurück, krachte mit meinem Fuß gegen die Tür, und der gesamte Türstock fiel nach innen.

Wäre Ahmed nicht so groß gewesen, hätte ich ihn nicht mehr erwischt. Er kletterte gerade aus dem Fenster, als ich in sein Haus einbrach, und das Fenster war zu klein für ihn. Ich hielt ihn an seiner Kleidung fest. Er wand sich und sah mich an.

»Was willst du?«, rief ich. »Geld? Wenn es um Geld geht, vertust du deine Zeit, Ahmed.«

Drei oder vier Leute standen in der Tür und sahen uns zu. Ahmed warf einen Blick zu ihnen hinüber. Er legte die Hand an den Mund, sagte aber nichts. Ich schrie ihm ins Gesicht.

»Wenn du noch einmal auch nur einen Finger gegen mich erhebst, Ahmed, werde ich dir Sachen zeigen, die nicht mal in der Armee üblich waren!« Ich schüttelte meine Faust vor seinem Gesicht. Am liebsten hätte ich ihn windelweich geprügelt. Hätte er mich doch nur angegriffen, dann hätte ich zurückschlagen können! Er stand still da und hielt mich von sich weg.

Ich sah mich um, keuchend. An der Wand war ein Regal angebracht, auf dem einige Krüge standen. Ich schrie los, griff nach einem der Krüge und ließ ihn auf den Boden krachen.

Die Leute an der Tür kreischten vor Aufregung. Ahmed ballte die Fäuste. Ich nahm den nächsten Krug und schmetterte ihn auf den Boden, und die ganze Zeit beobachtete ich sein Gesicht. Öl spritzte hoch und traf uns beide. Er rührte sich nicht, sagte nichts, sah mich nicht an. Ich warf ihm einen Krug nach dem anderen vor die Füße, bis er in einer Pfütze aus Öl stand und sein Haus mit den Bruchstücken der Krüge übersät war. Dann ging ich wieder auf ihn zu.

»Lass mich ein für alle Mal in Ruhe!«

Er zwinkerte. Durch die Gruppe von inzwischen einem Dutzend Leuten verließ ich sein Haus und ging heim.

Nachdem Carnarvon eine Woche mit mir auf der Ausgrabungsstelle gewesen war, kam er eines Tages zur Mittagszeit zu mir und sagte: »Da gibt es einen Fellachen in Qurna, den Sie meiner Meinung nach engagieren sollten.«

Ich musste nicht fragen, um wen es sich handelte. Wir saßen auf dem Hang an der Schlucht oberhalb der Ausgrabungsstelle. Zwei gelbe Kamele waren gleich links von mir angebunden, und die Körbe mit unserem Mittagessen hingen ihnen über den Rücken. Ahmed musste mit ihnen gekommen sein, denn da stand er, am Rand des Grabens, und blickte absichtlich nicht zu Carnarvon und mir herüber.

Der Earl saß im Schneidersitz auf dem Boden neben mir und suchte die Zwiebeln aus einem Fleischgericht. Er sagte: »Ich habe die letzte Stunde damit verbracht, mit dem Mann zu reden. Er scheint das Tal der Könige wie seine Westentasche zu kennen. Sogar besser als Sie, Howard.«

Ich antwortete nicht. Evelyn stand etwas unterhalb von uns und ging am Graben entlang, ein Notizbuch in der Hand. Lady Evelyn. Sie hatte ihren Strohhut mit einem Schal über ihrem Kopf festgebunden.

Wie alles andere hier im Tal hatte auch ihr Hut die Farbe von Staub, aber der Schal war leuchtend orange.

»Howard, ich möchte, dass Sie tun, was ich Ihnen sage«, insistierte Carnarvon.

»Jawohl, my Lord.«

Carnarvon lächelte mir zu. Die Krempe seines Hutes beschattete seine Augen. »Guter Mann, Howard.«

Ich antwortete nicht. Ich war überrascht, wie sehr ich ihn für diese Sache hasste, dafür, dass er mich auf diese Weise behandelte. Nach all den gemeinsamen Jahren hätte er ein wenig rücksichtsvoller sein können.

Ahmed nannte mich nie wieder Bey. Wenn er jetzt vom Bey sprach, meinte er Carnarvon.

5

Wir begannen die Grabung am Grund des Tales unterhalb des Grabes von Amenophis III., wo ich während des Krieges bereits gearbeitet hatte, und bewegten uns dann auf den Fuß des Abhangs zu.

Ich übergab Ahmed die Führung der Gruppe, die das Gestein aus dem Graben auf die Abraumstelle an der einen Seite des Amenophis-Grabes brachte. Gelegentlich ging ich hinauf, um den Abraum zu untersuchen, den wir wegschafften, und beim dritten oder vierten Mal, als ich dort auftauchte, versuchte Ahmed einen Streit zu provozieren.

»Sie denken, ich mache meine Arbeit schlecht«, sagte er wütend zu mir.

»Nein, überhaupt nicht.«

Ich hockte mich hin, nahm eine Hand voll von dem Abraum und ließ ihn durch meine Finger rieseln. Schwarze Abschläge von Feuerstein, dasselbe Material, das wir den ganzen Vormittag schon gehabt hatten.

»Warum sind Sie dann hier? Um mit dem Schutt zu spielen?«

Seine ganze Art irritierte mich, und ich brauchte eine Weile, um mir eine Antwort zu überlegen, die ihn das wissen ließ. Dann streckte ich mich und sah ihm ins Gesicht. »Ja, um mit dem Schutt zu spielen. Manchmal ist es das erste Anzeichen, dass wir einem Fund nahe sind, wenn sich das Abraum-Material verändert.«

Sein Gesicht wechselte den Ausdruck; für einen Augenblick sah er so aus, als ob er sich ein wenig schämte.

»War diese Antwort zufrieden stellend?«, fragte ich. »Oder willst du sie schriftlich?«

Das machte ihn so wütend, dass seine schwarzen Augen funkelten. Er wollte etwas sagen, aber ein Ruf aus dem Graben vor uns unterbrach ihn.

Ich fuhr herum. Auf der ganzen Ausgrabungsstelle rannten die

Arbeiter zu dem Graben. Am Rand stand der alte Vorarbeiter und winkte heftig mit beiden Armen. Ich sprintete über den Talboden zu ihm hinüber.

Lady Evelyn kniete am Grund des Grabens, tief unten im blauen Schatten. Sie blickte hinauf zu mir. »Howard, ich glaube, da ist eine Mauer. Kommen Sie runter, und zeigen Sie mir, was ich tun soll.«

Ich sprang neben sie in den Graben. Mit uns beiden war der Raum vollkommen ausgefüllt. Unmittelbar am vorderen Ende des Grabens, auf dem Boden, hatte sie eine bearbeitete Steinkante gefunden. Mein Herz begann heftig zu schlagen. Im Knien betastete ich die Kante mit meinen Fingern.

»Was soll ich tun?«, fragte sie noch einmal.

Beinahe hätte ich ihr gesagt, sie solle aus dem Graben verschwinden und mir die Sache überlassen, aber ein flüchtiger Blick auf ihr Gesicht zeigte mir, dass sie das kaum akzeptieren würde. Ich rief nach zwei Schaufeln, zeigte ihr, wo sie graben sollte, und dann legten wir die Kante von beiden Seiten her frei.

Am Rand des Grabens standen die Arbeiter und beobachteten uns, schnatternd vor Aufregung. Ich hörte Carnarvons tiefere, englische Stimme. Lady Evelyn kämpfte mit der Schaufel. Als sie weitere zwei Fuß der Kante freigelegt hatte, berührte ich sie an der Schulter, und sie trat keuchend einen Schritt zurück.

Die Luft war voller Staub; man konnte kaum noch etwas sehen. Ich bückte mich, um den Stein zu umfassen, und spürte einen rechten Winkel.

»Da ist die Ecke«, sagte ich. »Jetzt lassen Sie mich die Ecke auf meiner Seite finden, dann können wir Maß nehmen und sehen, was wir da gefunden haben.«

Ich hob den Kopf und fing den Blick des Mannes direkt über mir auf. Ahmed. Ich schickte ihn nach einem Korb für den Abraum.

Noch bevor er zurückkam, hatte ich die andere Ecke gefunden. Ich streckte meinen schmerzenden Rücken. Zu meinen Füßen schaute die ordentlich gearbeitete steinerne Ecke aus der Erde. Ich schüttelte den Kopf.

»Was?«, fragte Evelyn erwartungsvoll.

»Für eine Grabkammer ist es zu klein«, sagte ich. Die Kante war nur knapp einen Meter lang. Ahmed sprang zu uns in den Graben, so leicht wie eine Katze, und begann schweigend den Abraum wegzuschaufeln, den wir aufgeworfen hatten. Ich bückte mich, um die Steinmauer näher zu untersuchen.

»Vielleicht eine Vorratskammer.«

Sie legte ihre Hand auf meine Schulter. »Tut mir Leid«, sagte sie.

Allmählich erstaunte sie mich. Sie besaß allen Überschwang und alle Großzügigkeit, die Männer besitzen sollten, aber meistens eben nicht besitzen.

Den Rest des Nachmittags verbrachten wir damit, die anderen drei Wände unseres Fundes freizulegen. Ich zeigte Evelyn, wie man die Maße aufzeichnete und wie man die Diagramme zeichnete, um genau zu zeigen, was wir gefunden hatten. Während des Abendessens verbrachten wir eine Stunde damit, über die Werkzeuge und Bautechniken der antiken Menschen zu sprechen. In Ägypten gibt es kein Holz, und allein diese Tatsache sagt nach meiner Überzeugung mehr über die ägyptischen Bautechniken aus als alles andere.

Aus demselben Grund verwarf ich eine Lieblingstheorie von mir, die besagte, dass die eng gepackten Säulen der großen Tempel deshalb so viel Macht über die Menschen der Antike gehabt hatten, weil sie sie an den vorgeschichtlichen Urwald erinnerten. Lange Zeit hatte ich versucht, mir vorzustellen, dass die Ägypter von irgendwo im Süden her eingewandert waren. Aber irgendwann hatte der Gedanke seinen Reiz verloren.

Am nächsten Morgen entfernten wir den Inhalt aus der quadratischen Grube, die Evelyn entdeckt hatte. Sie war voller Geröll: vermutlich Abschläge von den Gräbern in der Nähe, hauptsächlich Feuerstein, aber hier und da auch eine Schicht von dem weicheren weißen Stein, den man am östlichen Ende des Tals fand. Ich zeichnete alles sorgfältig auf und sammelte Beispiele von jeder Gesteinsart. Evelyn machte den größten Teil ihrer Grabungsarbeit selbst.

Gegen zwölf Uhr machten wir alle eine Pause, um etwas zu essen. Ich blickte das Tal hinunter, das heiß wie ein Schmelztiegel in der Sonne lag. Zu beiden Seiten waren die bleichen Hügel in den Staub eingehüllt, den wir aufgewirbelt hatten.

Der Himmel war blau wie Lapislazuli, das Blau der altägyptischen Fayencen.

»Wunderschön, nicht wahr?«, hörte ich Carnarvon neben mir sagen. Er holte sich Wasser aus dem Vorratskrug. »Und doch wächst hier nichts, es ist kein Ort, an dem irgendetwas entstehen könnte, eigentlich ist er vollkommen nutz- und wertlos.«

Er ließ die Schöpfkelle mit einem Platschen wieder in den Krug fallen. Seine Stirn war in Falten gelegt, als ob er über irgendetwas grübelte.

Am Abend ergab unser sorgfältiges Graben an Evelyns Fundstelle eine runde Form aus Alabaster. Evelyn schrie begeistert auf und ließ sich von mir zeigen, wie man die Erde entfernte, die dicht um das runde Etwas gepackt war. Während wir das erste Gefäß freilegten, fanden wir ein zweites, und dann noch eines, allesamt Alabastergefäße, die auf der Seite lagen. Ihre Griffe hatten die Form von Lotusstielen. Evelyn lag auf den Knien, fegte mit einem kleinen Besen die Erde weg und beugte sich über ihr Notizbuch, das neben ihr im Staub lag, um die Fundpositionen aufzuzeichnen.

Rund um die Fundstelle hatten sich die Arbeiter versammelt und beobachteten sie mit breitem Grinsen. Sie bewunderten sie für das, was sie tat, noch mehr als ich.

Insgesamt waren es dreizehn Gefäße. Sie barg jedes davon selbst. Aber mehr als diese Gefäße war in der Grube nicht zu finden, und überhaupt fanden wir in diesem Jahr nichts mehr.

Im nächsten Jahr, 1921, fanden wir gar nichts.

Am Ende der Grabungssaison war Carnarvon entschlossen, aufzugeben. Evelyn sprach mit ihm, ich stritt mit ihm, und am Ende versprach er ihr zuliebe, meine Arbeit im Tal noch bis zum 1. Januar 1923 zu finanzieren, aber auch keinen einzigen Tag länger.

Ich war entschlossen, die Suche fortzuführen, auch wenn Carnarvon ausstieg. Wie ich meine Arbeit allerdings finanzieren sollte, wusste ich nicht. Dann tauchte aber während der Hochwasserzeit ein Fotograf aus dem besten Museum von New York in Kairo auf; er wollte Aufnahmen der dort ausgestellten Sammlungen machen.

Sofort reiste ich von Luxor nach Kairo. Diesen Amerikaner musste ich treffen, aber ich wollte es so einrichten, dass das Treffen ganz zufällig wirkte. Zwei volle Tage verbrachte ich im Museum, ohne ihn zu treffen, erfuhr bei dieser Gelegenheit jedoch, dass er die alten Aktenberge des *Department of Antiquities* auf der anderen Seite der Stadt durchforschte.

Das Hochwasser ließ gerade ein wenig nach. Kairo brütete in der Hitze. Die Straßen waren leer, alle Läden geschlossen; die Menschen hatten sich bis zum Abend in die Häuser zurückgezogen. Ich trottete die Stufen zum Eingang des *Department* hinauf und trat in den staubigen Schatten im Innern des Hauses.

Meine Beute saß im Büro des Finanzverwalters. Ich lungerte draußen auf dem Korridor herum, tat so, als läse ich Notizen und Zeitungsausschnitte an der Anschlagtafel, und blickte durch die offene Tür des Büros auf den Rücken des Amerikaners, der über den Schalter hinweg mit einem anderen Mann sprach. Auf dem Korridor war es dunkel, heiß und stickig. Meine Haare und mein Hemd waren schweißnass. Ich hatte die Absicht, buchstäblich in ihn hineinzulaufen, mich zu entschuldigen und dann vorzustellen. Im Geiste probte ich die Vorstellung bereits.

Ein paar Meter von mir entfernt krachte eine Tür ins Schloss.

»Howard Carter!«

Als ich meinen Namen hörte, warf ich erschrocken den Kopf hoch und sah einen großen, glatzköpfigen Mann mit rotem Gesicht auf mich zu marschieren.

»Nun, ich muss sagen, das kommt mir sehr gelegen. Ich habe da etwas, was ich Ihnen zeigen muss. Ich hatte schon Sorge, wir müssten nach Luxor schicken, um Sie zu holen.«

»Wer sind Sie?«, fragte ich verwirrt.

»Conway, Hilfskurator im Bereich Kataloge.«

Statt mir die Hand zum Gruß zu reichen, hob er sie halb an die Stirn, als wolle er salutieren. Er war zehn Zentimeter größer als ich, und seine Stimme dröhnte, sodass ich einen Schritt von ihm zurücktrat.

»Würden Sie wohl für einen Augenblick in mein Büro kommen?«

»Ich weiß wirklich nicht, wofür Sie mich brauchen könnten«, antwortete ich.

Der Amerikaner trat aus dem Büro hinter mir. Ich wollte losgehen, um ihm in den Weg zu treten, aber Conway hielt mich auf. »Ihr Bericht der letzten Ausgrabung ist unvollständig«, sagte er. »Sie haben vergessen, ihn auf der letzten Seite zu unterschreiben, wie es Vorschrift ist.«

Jetzt war der Amerikaner auf dem Korridor und bewegte sich weg von mir in Richtung Eingangshalle. Als ich versuchte, an Conway vorbeizukommen, trat er mir wieder in den Weg.

»Gleich hier entlang geht es zu meinem Büro.«

»Unterschreiben Sie's doch selbst!«, schrie ich ihn an. »Spucken Sie drauf! Küssen Sie's! Die Ausgrabung war ohnehin erfolglos.«

»Ich muss doch sehr bitten, Carter, Sie sollten nicht so schreien.«

»Zum Teufel mit Ihnen!«

»Es scheint doch so zu sein, dass all das, was man sich über Sie erzählt, der Wahrheit entspricht«, sagte Conway. Und dann stolzierte er davon und ließ mich stehen.

Als ich mich umdrehte, stand der junge Amerikaner vor mir. Der Streit hatte seine Aufmerksamkeit erregt, und er betrachtete mich mit unverhohlenem Interesse. Er sah noch jünger aus, als ich vermutet hatte, mit seinem extrem kurz geschnittenen Haar, den rosigen Wangen und der leicht sonnenverbrannten Kopfhaut.

»Sind Sie Howard Carter?«, fragte er.

Ich streckte ihm die Hand hin, atemlos nach dem lautstarken Wortwechsel. Wir beschlossen, irgendwo Tee zu trinken.

Im Innenhof meines Hotels setzten wir uns bei Tee und Sesamkuchen zusammen. Der Amerikaner hatte zwar ein Kindergesicht, aber das täuschte. Er war schlau genug, um meinen Köder zu verstehen.

Als ich dessen sicher war, fragte ich ihn: »Sind Sie interessiert daran, neue Ausgrabungen in Ägypten zu unterstützen?«

Er nahm einen Bissen von seinem Kuchen, kaute gründlich und schluckte, bevor er antwortete. »Ich hatte bisher den Eindruck, Sie würden mit Lord Carnarvon zusammenarbeiten.«

»Wir haben vor dem Krieg mehr zusammengearbeitet als danach«, sagte ich etwas rätselhaft.

»Ich weiß nicht – haben Sie besondere – sind Sie einer Sache auf der Spur, Mr. Carter?«

Ich antwortete nicht, und ich sagte schon gar nicht Nein. Alles, was ich tat, war, meine Pfeife zu stopfen.

»Wenn Sie eine neue Ausgrabungsstelle entdeckt haben, Mr. Carter, dann bin ich sicher, meine Vorgesetzten wären interessiert daran, Sie gemeinsam mit Ihnen zu untersuchen.«

»Großartig«, sagte ich und zündete umständlich meine Pfeife an.

»Was genau haben Sie gefunden?«

»Nichts.«

Er sah mich verwirrt und ein wenig verärgert an. Ich lächelte ihn strahlend an, bevor ich weitersprach: »Derzeit zahlt Carnarvon noch.« Da trat ein wissender Ausdruck auf sein Gesicht, und er nickte mir bedeutungsschwer zu.

»Wann beginnen Sie Ihre Ausgrabungen?«

»Oktober«, sagte ich kurz.

»Ich gehe davon aus, dass wir von Ihnen hören.«

Im Oktober, nachdem sich das Hochwasser zurückgezogen hatte, kam ich wieder zurück nach Luxor.

Am ersten Tag nach meiner Ankunft ging ich hinaus, um mir das Tal anzusehen und zu entscheiden, wo ich arbeiten würde. Es war ein stiller Tag, aber eigentlich sind im Tal der Könige alle Tage still. Vielleicht hat gerade die Einsamkeit und Stille an diesem Ort die Pharaonen veranlasst, ihre letzten Ruhestätten hier zu bauen. Langsam ritt ich von einem Ende des Tals zum anderen. Hinter jeder Wegbiegung war ein neuer Triumph der Ägyptologie zu sehen: das großartige Grab der Hatschepsut, der Frau, die Thutmosis II. stürzte und Thutmosis III. so viele Jahre von seinem Thron fern hielt, das Grab Amenophis' III., den man den Großartigen nannte, Vater von Echnaton und Erbauer des Palastes oberhalb von Luxor am Nil, dessen Ruinen noch zu sehen sind. Großartig waren sie alle, die Herrscher der achtzehnten Dynastie, und die Kraft ihrer Persönlichkeiten leuchtet immer noch ein wenig zu uns herüber, selbst durch die scheinbare Unendlichkeit von Tausenden von Jahren.

Sie waren keine Wilden: In einer Welt der Wilden können Frauen nicht über Männer herrschen. Ihr Reichtum war nur ein ärmlicher Ausdruck für den inneren Reichtum ihrer Kultur. Und doch musste diese Dynastie scheitern und in der Dekadenz enden – wie es wohl für alle Dynastien gilt –, und binnen weniger Generationen nach ihrem Triumph war Ägypten ein kranker alter Mann, den Eroberern hilflos ausgeliefert, senil und einem hohlen Aberglauben unterworfen.

All das wissen wir nur aufgrund der Entdeckungen, die hier und an anderen Orten in Ägypten gemacht worden sind, aufgrund der Scherben und Schätze, die die Archäologen ausgegraben haben. Trotz all meiner Arbeit hatte ich zu diesem Beweismaterial eigentlich relativ wenig beigetragen. Ich hatte unendlich viel gearbeitet und stand doch mit leeren Händen da. Gelegentlich hatte ich die Funde anderer Männer zusammengefügt oder beendet, aber der Name Howard Carter war nicht mehr wert als eine Fußnote.

Hätte ich nur einen Becher, ein Armband, eine Sandale gefunden, die mir sagte, dass Tutanchamun hier begraben lag! Selbst der kleinste Fund hätte uns geholfen, die Lücke zwischen dem Sturz Echnatons und dem Scheitern der Dynastie zu schließen. Mit solchen brütenden Gedanken im Kopf ritt ich auf meinem Esel an den antiken Herrlichkeiten des Tals vorbei.

Fast am Ende des Tals traf ich Ahmed.

Der hoch gewachsene Ägypter war zu Fuß unterwegs. Er stand auf dem Weg und wartete, bis ich zu ihm aufgeschlossen hatte. Als ich bei ihm angekommen war, sagte er ohne ein Lächeln: »Hallo, Carter, wieder da?«

»Na, wieder auf der Suche nach ein bisschen Beute?«, antwortete ich säuerlich.

»Ich habe von Ihnen gelernt, Carter.«

Nach diesem routinemäßigen Austausch von Freundlichkeiten ritt ich weiter. Er ging neben mir her, und ich muss zugeben, ich war froh über ein bisschen Gesellschaft. Im Grunde fühlte ich mich ziemlich hoffnungslos. Ich hatte meinen Kopf in die Schlinge gelegt: Wenn ich nicht irgendetwas Interessantes fand, das die finanzielle Unterstützung der Amerikaner rechtfertigte, dann wäre auch mein Kredit bei anderen möglichen Unterstützern sehr bald dahin.

Jetzt war ich hier, um eine Stelle für die neue Ausgrabung zu suchen. Das war einfach. Überall, wohin ich nur blickte, wollte ich graben. Aber ich brauchte unbedingt einen schnellen Fund.

Wir folgten der Biegung des Weges, die uns vor das große Grab von Ramses VI. brachte, ein quadratisches Loch, das am Fuß des Abhangs gähnte. Dieser Ort hatte mich immer besonders stark angezogen.

Zu meiner Linken befand sich die seltsame Grabkammer, in der Theodore Davis die Mumie gefunden hatte, die als Frau getarnt war. Näher bei mir und Ahmed lag der Schacht, den Davis als Grab Tutanchamuns bezeichnet hatte, und noch näher, fast schon zu Ahmeds Füßen, war der Felsen, an dem der blaue Keramikbecher gefunden worden war. Ich stand da und starrte auf die leeren Wände des Tals, überwältigt von dem Gefühl, dass alle diese Funde zu einem einzigen großen Fund gehörten; wenn ich sie nur zusammenbringen konnte, würde ich alles verstehen. Aber ich verstand sie nicht.

»Nun«, sagte ich laut, »vermutlich waren der Becher und die Ringe in der Grube Beute aus dem Grab. Vielleicht haben die Grabräuber die Sachen weggeworfen, um Beweisstücke zu vernichten, bevor sie festgenommen wurden.«

Und während ich das sagte, nahm etwas in meinem Kopf Gestalt an.

Ahmed starrte mich an. »Carter, wovon reden Sie überhaupt?«

»Ahmed!« Ich griff nach seinem Arm. »Wenn du etwas stehlen – wenn du hier in eine Grabkammer einbrechen würdest und gefasst würdest, in welche Richtung würdest du in so einem Fall davonlaufen?«

»Tagsüber oder bei Nacht?«

»Nachts«, sagte ich. Das Tal war vermutlich gut bewacht gewesen, nur bei Nacht hatte überhaupt die Chance bestanden, Beute zu machen.

»Hinunter«, sagte er. »Hinunter, dahin, wo es dunkel ist.«

»Dahin, wo es dunkel ist«, wiederholte ich. »Sie wären alle von dem Grab weg in die Dunkelheit des Tals gerannt.«

Mit den Augen folgte ich der Linie von der Stelle, wo der blaue Becher gefunden worden war, vorbei an dem Loch, wo die Ringe gefunden worden waren, und weiter, geradewegs über den Grund des Tals bis zu dem flachen Abhang vor dem Grab von Ramses VI.

Dort hatte noch nie jemand gegraben. Ramses' Grabkammer war eine so bedeutende Touristenattraktion, dass die Behörden jede Sperrung des Wegs dorthin verboten hatten.

»Genau da werden wir graben«, sagte ich. »Wir können den Graben ziehen, bevor die Touristen in größerer Zahl ankommen.«

Ahmed betrachtete mich verständnislos; er sah eindeutig so aus, als zweifle er an meinem Verstand. Ich sagte: »Nun? Willst du für mich arbeiten?«

»Wie Sie wollen, Carter.« Er drehte sich von mir weg, und sein Achselzucken sprach Bände.

Ich kehrte nach Luxor zurück und ließ mir eine Telefonverbindung zum *Department of Antiquities* in Kairo herstellen. Unglücklicherweise bekam ich Conway, den Hilfskurator, an den Apparat, und natürlich weigerte er sich rundheraus, mich ausgerechnet quer über den Weg zu Ramses' Grabkammer graben zu lassen.

»Ich werde den gesamten Abraum aus dem Weg schaffen lassen«, sagte ich. »Ich bin bis Januar wieder weg. Nur ...«

Aber aus dem schwarzen Telefonhörer war nur die glatte Stimme des Hilfskurators zu hören: »Das tut mir Leid. Wir können einfach nicht erlauben ...«

»Ich werde jeden einzelnen Touristen höchstpersönlich auf meinem Rücken durch die Ausgrabung tragen. Bitte ...«

»Tut mir Leid, Carter.«

»Geben Sie mir den Kurator.«

»Es tut mir Leid, Carter.«

Dann war die Leitung tot: Er hatte aufgelegt.

Ich legte den Telefonhörer aus meiner schweißnassen Hand und setzte mich auf den Klappstuhl hinter mir. Ich befand mich im Hinterzimmer der örtlichen Touristeninformation. Um mich herum war alles angefüllt mit Aktenregalen und Papierstapeln. Ich legte mein Gesicht in beide Hände und atmete tief durch.

Es gab genug andere Stellen, wo man graben konnte. Neben dem Grab des Amenophis befand sich eine Stelle, wo sehr wahrscheinlich ein weiteres Grab lag. Ich hatte 1920 dort meine Gräben gezogen und nichts gefunden, aber trotzdem ... möglicherweise hatte ich in die falsche Richtung gegraben ... oder nicht tief genug ...

Ich schloss die Augen. Im Nebenraum ging eine Tür, eine Glocke läutete, und eine ausländische Stimme rief nach Bedienung.

Für ein paar Augenblicke hatte ich weder den Willen noch die Kraft, aufzustehen. Ich dachte daran, noch einmal in Kairo anzurufen, aber ich kannte diese Leute: Wenn sie einmal Nein gesagt hatten, waren sie von der Heiligkeit ihrer Worte überzeugt.

Also eine andere Stelle. Ich hievte mich aus dem Klappstuhl und verließ das Bürogebäude.

Als ich bei meinem Haus in Luxor ankam, saß Ahmed mit einer Hand voll Männer vor den Stufen. Er war herumgelaufen und hatte alle Leute zusammengetrommelt, die letztes Jahr mit uns gearbeitet hatten und noch in Luxor lebten. Sie sahen mich an, die Augen funkelnd wie Gewehrkugeln. Ahmed trat auf mich zu.

»Ich habe das Arbeitsbuch hier, Carter. Sie haben alle unterschrieben. Wir können morgen anfangen.«

»Morgen«, sagte ich überrascht.

»Oder heute Nachmittag, wenn Ihnen das lieber ist.«

»Nein, nein.« Ich lachte über seinen Eifer und seine effiziente Art, und irgendwie ging es mir gleich besser. »Nein, morgen reicht vollkommen.«

»Sollen wir dorthin kommen?«, fragte er. »Zu Ramses VI.?«

Die Antwort entfuhr mir so glatt wie eine Lüge. »Ja.« Wir würden unsere Grabung dort beginnen. Es würde Tage dauern, bevor das *Department* davon Wind bekam, vielleicht Wochen. Ich wischte meine schwitzigen Hände an meinen Hosenbeinen ab, ging die Stufen hinauf und verschwand im Haus.

Bei Morgengrauen waren alle im Tal versammelt. Die Grabungsarbeiter hatten ihre eigenen Werkzeuge und Körbe mitgebracht, und wir begannen sofort mit der Arbeit. Der Boden bestand zu Beginn nur aus Füllmaterial aus Ramses' Grab, und wir mussten nichts anderes tun, als es in die Körbe zu schaufeln und wegzuschaffen.

Ich legte den Graben in einer Linie an, die geradewegs weg von dem Grab verlief. Damit durchschnitt ich den Weg der Touristen, aber wenn ich schon die Anweisungen des *Departments* missachtete, konnte ich es auch gleich mit ganzem Herzen tun. Jedes Mal, wenn ein Stein auf den Grund des Tals fiel oder wenn ein Schatten über den gelben Felsgrund ging, zuckte ich erschrocken zusammen und war sicher, dass sie mich jetzt erwischt hatten.

Unmittelbar nach Mittag entdeckte die vordere Mannschaft die Wände eines antiken Hauses, und innerhalb einer Stunde hatten sie ein halbes Dutzend solcher Gebäude gefunden. Es waren leere, kleine Hütten, die eng beieinander standen. Das Füllmaterial, mit dem sie bedeckt waren, hatte sie vor dem Wind geschützt, und so waren sie beinahe vollständig erhalten. Vermutlich waren sie errichtet worden, um die Arbeiter zu beherbergen, die Ramses' Grab gebaut hatten.

Das Grab selbst war groß genug, um ein ganzes Dorf darin aufzunehmen. So viel Aufwand für ein einziges großartiges Skelett …

Diese einfachen Hütten gaben einen unvergleichlich guten Eindruck davon, wie die einfachen Ägypter gelebt hatten. Sie waren roh bearbeitet wie Höhlen, eng und schnörkellos, kaum besser als Hundehütten. Ich zeichnete ihre Lage auf und machte Skizzen von einigen, und dann grub meine Mannschaft weiter – Tausende von Jahren hatten diese Häuser hier gestanden, und nun wurden sie einfach zerstört.

Drei Fuß unter dem Fußboden der Hütten erreichten wir den felsigen, unnachgiebigen Grund des Tales. Inzwischen war es Abend geworden, und wir beendeten die Arbeit und gingen nach Hause.

Die Arbeiter wohnten alle in Qurna, und mehr und mehr verabscheute ich den Rückweg nach Luxor. Dort könnte mich das *Department* jederzeit abfangen; wenn sie herausfanden, was ich tat, mussten sie nur vor meinem Haus warten und konnten mich nach Belieben verhaften. Spontan nahm ich Ahmed beiseite.

»Ich brauche eine Wohnmöglichkeit in Qurna. Weißt du etwas?«

»Ein Haus?«, sagte er und zwinkerte mir zu. »Wofür brauchen Sie ein Haus in Qurna?«

Ich sah, dass er sich mit einer einfachen Anfrage nicht zufrieden geben würde und dass ich ihn ins Vertrauen ziehen musste. Ich ging an ihm vorbei und weiter den Pfad hinunter. Er trottete hinter mir her. Sein Schatten ragte auf dem Weg über meinen hinaus. In einer halben Meile Entfernung funkelten die Lichter von Luxor durch die Abenddämmerung.

»Carter«, sagte er, »da steht ein Haus leer, gar nicht weit von meinem entfernt. Die alte Frau lebt jetzt bei ihrem Sohn.«

Zischend atmete ich aus und sagte erleichtert: »Ich werde ihr eine gute Miete zahlen.«

»Ich helfe Ihnen beim Umzug«, sagte er.

Das machte mich schon wieder misstrauisch. Schließlich war er ein Räuber, und langsam erinnerte ich mich wieder daran, dass er allen Grund hatte, mir Böses zu wünschen. Ich würde ihn von nun an genauer im Auge behalten müssen.

Einstweilen aber zog ich mit den lebensnotwendigen Dingen in das kleine Haus in Qurna. Tagsüber arbeitete ich im Tal, und die Nächte verbrachte ich in Qurna, weit weg vom modernen Luxor. Hier fühlte ich mich einigermaßen sicher vor dem *Department*. Dann, am 4. November, kam ich morgens in das Tal und fand die Arbeiter an der Ausgrabungsstelle versammelt. Aber niemand arbeitete.

Sie saßen dicht beieinander auf dem Boden und blickten mich erwartungsvoll an. Ahmed stand auf.

»Carter«, sagte er, »Sie sind ein Genie.«

»Was?«

»Wir haben etwas gefunden.«

Ich folgte ihm den sanft geneigten Abhang hinauf zur Ausgrabungsstelle. Der Graben war etwa zehn Fuß tief und fünfundzwanzig Fuß lang. Die Hütten, die wir ausgegraben hatten, waren noch zu erkennen. Am einen Ende hatte man die Hütte und den Boden darunter entfernt. Und dort, im tiefen blauen Morgenschatten am Ende des Grabens, sah ich eine Kante.

Ich sprang in den Graben und bückte mich, um die Kante zu berühren. Sie war von Menschenhand bearbeitet, ähnlich wie die Kante, die Lady Evelyn vor zwei Jahren gefunden hatte.

»Ahmed, bring ein paar Schaufeln. Und einen Korb.« Ich zog die Jacke aus.

Ahmed sprang in den Graben, mit zwei Schaufeln, die er wie Waffen in den erhobenen Händen hielt. Gemeinsam gruben wir vorsichtig um die Kante herum und schaufelten das Erdreich in den Korb. Ich folgte der Kante in einer Richtung, in der Hoffnung, eine Ecke zu finden, aber meine Schaufel scharrte über etwas Hartes unter der losen Erde, und als ich das Gestein wegschob, fand ich eine weitere Kante, die etwas tiefer gelegen war.

»Eine Stufe.«

Ich streckte mich. Das hier war mit Evelyns Fund nicht zu vergleichen. Ich deutete auf einen Punkt hinter der zweiten, niedrigeren Kante.

»Da«, sagte ich zu Ahmed. »Da solltest du graben. Ich wette fünfzig Pfund, dass wir dort die nächste Stufe finden.«

Ahmed krempelte die Ärmel seines Überwurfs auf, steckte den Saum in den Gürtel und rammte seine Schaufel in den losen Erdboden. Er ächzte vor Anstrengung. Die Schaufel scharrte über steinigen Boden. Ich kniete mich hin und schob das Gestein mit meinen Händen zur Seite.

»Ja, ich hatte Recht. Siehst du?«

Eine weitere gerade Kante war unter dem Erdreich zu sehen, eine dritte Stufe in den Hügel hinein. Ich stand auf. Ahmed lächelte mir zu, und ich nickte idiotisch, vollauf damit beschäftigt, ruhig zu bleiben.

»Ja, ja, es ist ... nun, es ist jedenfalls irgendetwas.« Ich schüttelte ihm die Hand, und er lächelte immer noch und nickte.

»Jetzt müssen wir die Sache richtig organisieren«, sagte ich, und wir kletterten aus dem Graben.

Die Männer waren dort versammelt, aber sie blickten nicht mehr auf uns. Sie starrten auf einen Punkt weit hinten im Tal. Ich beschattete meine Augen mit der Hand, um herauszufinden, was sie sahen.

Ein großes Automobil kam durch das Tal auf uns zugefahren, schaukelnd und schwankend. Schwarze Rauchwolken kamen aus seinem Auspuff.

Unwillkürlich entfuhr mir ein Fluch: Das war das berüchtigte alte Automobil des *Departments*.

Ich fluchte noch einmal. Die Männer beobachteten mich ängstlich und versammelten sich um Ahmed, dem sie fragende Blicke zuwarfen, aber er sagte nichts, sondern starrte mir nur ins Gesicht. Ich trat ein paar Schritte von dem Graben zurück, um den Männern in dem Automobil entgegenzugehen. Ein Verdacht keimte in mir auf: Hatte am Ende Ahmed dem *Department* einen Hinweis gegeben, dass ich hier grub? Aber bevor ich näher darüber nachdenken konnte, blieb der Wagen stehen, und aus allen vier Türen stiegen die Abgesandten des *Department of Antiquities*.

An ihrer Spitze marschierte Conway, der Hilfskurator, mit

dem ich am Telefon bereits über die Sache diskutiert hatte. Er kam geradewegs auf mich zu und verlor nicht viele Worte. Das Erste, was er zu mir sagte, war: »Man sollte Sie aus Ägypten ausweisen.«

Darauf gab es keine angemessene Antwort, also schwieg ich. Irgendwie musste ich da durch.

Die vier Männer, alle Engländer, standen mir gegenüber wie eine Wand. Nur Conway sprach, die anderen unterstrichen seine Worte mit Nicken und bedrohlichem Stirnrunzeln. Es erinnerte ein wenig an eine griechische Tragödie.

»Haben Sie etwas gefunden?«, fragte der Kurator.

In diesem Augenblick folgte ich meinem Instinkt. Mein bewusstes Denken suchte noch nach einer Antwort, aber mein Instinkt antwortete bereits: »Nein.«

»Ich habe Derartiges wirklich nicht einmal von Ihnen erwartet, Carter. Dies ist das unprofessionellste, respektloseste, kindischste, egoistischste Verhalten, das ich jemals bei einem Ägyptologen erlebt habe.«

Aus dem Augenwinkel sah ich, wie meine Arbeiter uns beobachteten. In Ahmeds Gesicht spiegelte sich ungläubige Furcht. Hatte er dem *Department* von der Grabung erzählt? Ich sprach nicht mit dem Hilfskurator, der mein Verhalten immer noch in den schärfsten Tönen missbilligte. Meine Hände hatte ich hinter dem Rücken verschränkt, und ich versuchte weiterhin, einen möglichst zerknirschten Eindruck zu machen. Mein Mund war trocken. In meinen Fingerspitzen konnte ich immer noch die steinerne Kante der Treppenstufe spüren.

»Es tut mir Leid«, sagte ich, als der Hilfskurator seinen Redeschwall verebben ließ.

»Ach«, machte er nur verächtlich.

»Ich hatte natürlich erwartet, etwas Außergewöhnliches zu finden«, sagte ich. »Ich dachte, der Zweck heiligt die Mittel.«

»Aber Sie haben nichts gefunden. Was nicht anders zu erwarten war. Nun, dies ist das Ende Ihrer Ausgrabung, Carter. Unmittelbar nach meiner Rückkehr werde ich in Kairo alles veranlassen, um ihre Grabungserlaubnis zu stornieren.«

»Ja, Sir.« Conway schwoll regelrecht an, man konnte es buchstäblich beobachten. Die anderen Männer murmelten etwas und schauten zwischen ihm und mir hin und her. Ich war verzweifelt; irgendwie musste ich noch ein Zugeständnis aus ihm herauspressen, ein letztes Zugeständnis.

Er sagte: »Ich warne Sie, ich werde mich durch Ihre ganze zur Schau gestellte Reue nicht beeindrucken lassen, Carter.«

»Nein, Sir.«

»Nun gut.«

»Ich werde noch heute den Graben wieder zuschütten lassen, Sir.«

Er nickte. Er war einer dieser riesigen Männer, die in südlichen Ländern einfach fehl am Platze sind: zu viel Fleisch, zu viel Appetit. Unterhalb seiner Augen und an seiner Nase entlang waren seine Wangen von vielen kleinen roten Äderchen gezeichnet. Er sagte: »Darum bitte ich.« Seine Stimme war so glatt wie Schmierseife.

»Ja, gewiss, Sir. Wenn Sie bleiben wollen, werde ich meine Männer anweisen, Ihnen etwas Schatten zu verschaffen. Die Hitze hier draußen kann bösartig sein.«

Das gab ihm zu denken. Er warf einen Blick in den Himmel, starrte dann uns alle an, die wir auf dem öden, sonnenverbrannten Hügel standen, und sagte: »Nein – ich habe noch dringende Angelegenheiten in Luxor zu erledigen. Riordon hier wird bei Ihnen bleiben, um die Sache zu überwachen.«

»Ich, Sir?«, sagte Riordon mit schmerzerfüllter Stimme.

Ich drehte den Kopf ein wenig und traf Ahmeds Blick, und ein Ausdruck des Triumphs ging zwischen uns hin und her. Er hatte verstanden, worauf ich hinauswollte. Also war er es doch nicht gewesen, der mich beim *Department* angezeigt hatte.

»Wir füllen den Graben wieder auf«, sagte ich zu ihm.

»Ja, Sir. Sollen wir hier anfangen?« Er deutete auf das hintere Ende des Grabens – auf das Ende, das den Stufen entgegengesetzt lag.

Ich nickte. Meine Männer marschierten mit energischen Schritten auf den Graben zu, und ich folgte ihnen.

Wir begannen, Erde und Gestein wieder in den Graben zu werfen. Das große Automobil fuhr dröhnend davon und hinterließ eine stinkende Abgaswolke, und der verlassene Riordon ging für einige Augenblicke auf und ab, die Hände in den Taschen vergraben. Dann zog er sich an die Seite zurück, wo es noch ein wenig Schatten gab. Ich trug einen oder zwei Körbe voller Erde und ließ sie langsam zurück in das Loch rieseln, das wir in der Wüste gegraben hatten.

Ein paar Augenblicke später kam Riordon zu mir. »Nun, Carter«, sagte er, »Sie machen das, nicht wahr? Sie sind ja schon dabei.«

»Ja«, gab ich zurück.

Er war ein kleiner Angestellter des *Departments*. Angestellte verdienen kein »Sir«.

»Dann denke ich doch, es wäre unangemessenes Misstrauen Ihrem Versprechen gegenüber, wenn ich hier weiterhin den Aufpasser spiele«, sagte er. »Ich vertraue Ihnen. Ich weiß, Sie werden Ihr Versprechen halten.«

»Danke«, antwortete ich.

»Gerade auch vor den Eingeborenen«, sagte er ernsthaft. »Wir Engländer müssen doch zusammenhalten.«

»Klar, gerade vor den Eingeborenen«, sagte ich ebenso ernsthaft.

»Kann ich einen von Ihren Eseln haben?«

»Aber selbstverständlich«, sagte ich. »Ich kann mit den Männern zu Fuß nach Qurna zurückgehen.«

»Oh, vielen Dank.«

Damit nahm er den Esel und machte sich auf dem Weg aus dem Tal hinaus. Als er um eine Wegbiegung verschwunden war, griffen Ahmed und ich gemeinsam mit den anderen Ägyptern wie ein Mann nach unseren Schaufeln.

Wir arbeiteten ohne eine einzige Pause den Rest des Tages durch und machten auch noch weiter, als die Nacht anbrach. Der Staub in meinen Schuhen hatte mir die Füße wund gerieben. Als die Dunkelheit jede Arbeit unmöglich machte, hinkte ich zusammen mit den anderen ins Dorf zurück.

Wir hatten noch acht weitere Stufen entdeckt, die geradewegs in den Felsboden des Tals hineinführten. Bisher gab es keinen Hinweis darauf, was am Ende der Treppe zu finden sein würde. Ich war zu erschöpft, um zu schlafen; in meinem Bett in dem kleinen Haus in Qurna lag ich auf dem Rücken, starrte in die Dunkelheit und fragte mich, was ich da wohl gefunden haben mochte.

Eine halb fertige Grabkammer, ein geplündertes Grab, ein Schatzhaus – ein oder zwei Gegenstände würden mir vor aller Welt Recht geben. Wenn ich nichts fand, war ich ruiniert. Kurz vor Tagesanbruch fiel ich für ein paar Minuten in einen unruhigen Schlaf, erfüllt von den seltsamen Hoffnungen und Schrecken, die normale Menschen im Traum mit sich abmachen.

Ein unglaublicher Krach weckte mich, sodass ich aufrecht im Bett saß. Die Haare standen mir zu Berge. Ein weiterer Knall war zu hören, diesmal genau über mir, über meinem Dach. Ich krabbelte aus dem Bett und zog mich an. Draußen kreischten Menschen auf der Straße, und ich überlegte, ob ich mich nicht unter meinem Bett verkriechen sollte, gab den Gedanken aber gleich wieder auf – das Bett war nicht stabil genug. Ich stürzte in den Wohnraum auf der Straßenseite, als eine weitere ohrenbetäubende Detonation durch den Himmel schlug.

Inzwischen war ich richtig wach und sah den Lichtschein, der den Donner begleitete. Ein Gewitter! Ich blieb stehen und ließ die Arme sinken.

Im Niltal ist Regen praktisch unbekannt, und so konnte man in den Pausen zwischen den Donnerschlägen die erschrockenen Dorfbewohner heulen und schreien hören. Ich trat in meine Tür. Jetzt rauschte der Regen herunter. Wie eine riesige Sturzflut schwappte er über das Dorf und überschwemmte in wenigen Augenblicken die gesamte Gegend. Schlammige Tropfen fielen von der Decke des Hauses auf meinen Kopf, und binnen kurzem wurden kleine braune Bäche daraus.

Es konnte gut sein, dass mein Dach einstürzte, wurde mir allmählich klar, und so eilte ich zurück durch die beiden kleinen Zimmer, raffte meine Aufzeichnungen, meine Bücher und Kleider zusammen und packte sie in die Kisten, in denen ich sie hergebracht hatte. Dann verstaute ich alles unter dem Bett und ging zur Tür zurück.

Die unruhige Luftströmung, die das Gewitter verursacht hatte, war schon dabei, es wieder zu vertreiben. Ein letzter kräftiger Donnerschlag war im Westen zu hören, und ein letzter Blitz zuckte über die Hügel und tauchte die Häuser des Dorfes in ein gelbliches Licht. Der Regen ließ nach, dann hörte er ganz auf, und der Himmel wurde schnell wieder heller. Die Sonne ging auf.

Die Dorfbewohner rannten ziellos durch die Straßen und Gassen, wobei sie heftig durch die Pfützen platschten und sich die Hände über den Kopf hielten, als ob sie sich auf diese Weise vor etwas Grauenhaftem schützen könnten. Gleich mir gegenüber befand sich das Haus einer Witwe, das von der Flut in einen Haufen Lehm verwandelt worden war; während ich es noch beobachtete, fiel das Dach mit einem traurig platschenden Geräusch in sich zusammen.

Ich rannte los, um zu helfen. Glücklicherweise war niemand im Haus gewesen außer der einzigen Ziege, die die Familie besaß. Die Witwe und ihre Kinder scharten sich schluchzend um mich, und ich nahm sie mit in mein Haus, wo ich sie alle zuerst einmal mit Tee versorgte. Von Evelyn hatte ich gelernt, wie wirkungsvoll eine Tasse Tee in jeder Art von kritischen Situationen sein kann.

Als die ersten fahlen Sonnenstrahlen zu sehen waren, lag das Dorf da wie eine rauchende Ruine. Aus den aufgeweichten Häusern und Straßen erhoben sich Dampfwölkchen. Eine große Wolke hüllte den Fuß der Hügelkette ein und verdeckte alles bis auf die Spitzen, die wie vergoldete Inseln im Sonnenlicht dahinzugleiten schienen. Ich brachte meine Gäste zurück zu ihrer Hütte, und sie begannen ihre Habseligkeiten aus dem Schlamm zu graben.

Ich musste zurück ins Tal. Seltsamerweise hatte ich während des Gewitters vollkommen vergessen, was dort womöglich auf mich wartete, aber nun kam die Erinnerung auf einen Schlag zurück. Während ich die Notizbücher aus den Kisten unter meinem Bett hervorkramte, trat Ahmed in mein Haus.

»Alles in Ordnung, Carter?«, fragte er.

»Ja.«

Ich ging in den Wohnraum, wo er stand. Sein Kopf stieß beinahe an die Decke, die nun mit fedrigen Stalaktiten aus getrocknetem Schlamm geschmückt war.

»Interessant«, sagte ich. »Wie oft regnet es hier?«

Er zuckte unsicher die Schultern. »Ich kann mich an das letzte Mal gar nicht mehr erinnern. Sie fürchten ...« Er gab eine Art Lachen von sich, als wäre ihm das, was er sagen wollte, einigermaßen peinlich. »Sie fürchten nicht, dass es etwas zu bedeuten hat?«, sagte er endlich mit leiser Stimme.

»Ich habe einen solchen Schrecken bekommen, dass ich beinahe unters Bett gekrochen wäre«, sagte ich. »Und jetzt lass uns gehen.«

Er lachte wieder, diesmal aber freier und eindeutig über mich. Wir traten hinaus ins Freie, wo das Dorf dalag wie ein riesiges Dampfbad.

Mit eiligen Schritten gingen wir zu den Hügeln. Ich hatte in der vergangenen Nacht fast keinen Schlaf gefunden und war mit nervöser Energie aufgeladen. Ahmed ging neben mir her.

»Ich habe noch nie von einem derartigen Gewitter gehört«, sagte er.

»Ja, grauenhaft. Eigentlich aber auch ganz aufschlussreich – jetzt kann ich manche Geschichten aus der Bibel besser nachvollziehen, die von der Sintflut zum Beispiel.«

Wir folgten dem Pfad durch die Wüste, kamen an Deir el-Medine vorbei, wo bei einer der letzten Ausgrabungen die Ruinen eines antiken Dorfes freigelegt worden waren. Ich dachte an die Menschen, die einst hier gelebt hatten, und daran, was eine solche Flut für sie wohl bedeutet hätte, bei ihrer Verbundenheit mit den Abläufen der Natur.

Jetzt, da der Regen aufgehört hatte, war es wunderbar in der Wüste, die Luft war sauber wie frisch gewaschen, jede Horizontlinie der Abhänge und Felsen war scharf gezeichnet, und die ganze Szenerie schimmerte schon wieder in der brütenden Hitze, die die Sonne brachte.

Wir gingen den steilen Abhang ins Tal der Könige hinunter. Meine Gedanken eilten uns voraus zu den Stufen, die in die Erde führten.

»Manche sagen, das war ein Vorzeichen«, begann Ahmed wieder.

»Was?«, fragte ich verwirrt.

»Das Gewitter. Ein Vorzeichen, ist das das richtige Wort?«

Jetzt ging er auf dem schmalen Pfad direkt hinter mir. Ich warf ihm einen Blick zu. So steil wie der Weg war, befand sich sein Kopf jetzt genau auf meiner Schulterhöhe. »Ja, das Wort ist vollkommen richtig.«

»Ich glaube nicht an so was«, sagte er. »Früher habe ich an so was geglaubt, aber jetzt glaube ich nicht mehr an solche Sachen. Das habe ich Ihnen zu verdanken, Carter.«

»Mir?«

»Sie haben mich zur Armee geschickt«, sagte er. »Damals habe ich Ihnen nicht dafür gedankt, aber heute tue ich es. Ich habe in der Armee sehr viel gelernt, über die Ägypter und über die Engländer.«

»Jederzeit bereit zu helfen«, sagte ich. Hinter seiner gespielten Dankbarkeit war etwas faul, das spürte ich. Er war einer Sache auf der Spur. Ich ging zwischen zwei Felsblöcken hindurch und den steilen Abhang ins Tal hinunter. Hier hatte es nicht geregnet, und der Boden war immer noch fein und trocken wie Mehl. Vor uns kam die Ausgrabung in Sicht. Ahmed ging immer noch hinter mir, er sagte kein Wort mehr über die Armee und meine Rolle bei seinem Eintritt, und ich war ganz erleichtert, dass er das Thema nicht mehr anschnitt. Ich musste sortieren, was er gesagt und getan hatte, und versuchen, ein gewisses System in seine Motive und Absichten zu bringen, um auf diese Weise herauszufinden, was er vorhatte.

Die restliche Mannschaft kam kurz nach uns zur Ausgrabungsstelle. Wir begannen sofort mit unserer Arbeit, wobei ich die Hälfte der Arbeiter damit beschäftigte, weiter an der Treppe zu arbeiten, während die anderen den Graben von der anderen Seite her auffüllten.

Ich arbeitete mit an der Grabung. Jedes Mal, wenn ich meinen Rücken streckte, blickte ich über den Rand des Grabens nach Osten und suchte den Horizont nach dem Hilfskurator ab. Die anderen arbeiteten konzentriert an dem Schauspiel, das sich zu unseren Füßen entwickelte.

Wir entfernten die Erde von dreißig Jahrhunderten von einer Treppe, die uns hinunter in die Erde und in der Zeit weit zurückführte. Was würden wir finden, wenn wir ihr Ende erreichten? Es gab Augenblicke – lange Augenblicke – an diesem Tag, an denen ich mir vorstellte, dass wir nie wieder etwas anderes tun würden, als das Erdreich von einer Stufe nach der anderen zu entfernen: Sisyphus als Ägyptologe.

Bei Sonnenuntergang erreichten wir die zwölfte Stufe.

Und gleich unterhalb dieser Stufe fanden wir tatsächlich eine Tür.

Ahmeds Triumphschrei gellte durch das Tal. Ich stolperte die Stufen hinunter und drängte die Männer aus dem Weg. Ich weiß nicht, warum, aber mein erster Impuls befahl mir, mich gegen die Tür zu werfen.

Bisher war nur die obere Hälfte der Tür freigelegt, während der untere Teil immer noch im Gestein verborgen lag. Ich tastete schnell mit den Händen über die Tür, die aus übereinander gesetzten Steinblöcken errichtet und verputzt worden war.

Meine Fingerspitzen ertasteten eine gleichmäßige Rille im Verputz. Ich stöhnte auf. Die Sonne ging schon unter, und der Raum am Fuß der Treppe wurde dunkel. Ich lehnte mich gegen die Tür und legte mein Gesicht an die Markierung, die ich gefunden hatte.

»Versiegelt«, sagte ich. Dann richtete ich mich auf und wischte mir die Hände an den Hosenbeinen ab. »Haben wir Licht?«

Ahmed stand gleich oberhalb von mir auf einer Stufe. Sein Gesicht lag im Schatten. Er reichte mir meine elektrische Taschenlampe, und als ich mich wieder umdrehte, spürte ich seine Anwesenheit immer noch sehr genau: die Anwesenheit eines gesichtslosen Grabräubers. Ich schaltete die Lampe ein und ließ den Lichtkegel über die Wand gleiten.

Es war inzwischen ziemlich dunkel geworden. Der Lichtstrahl durchschnitt die Dunkelheit wie eine weiße Klinge, und der raue Putz warf kleine Schatten auf den Eingang, sodass man fast keine Einzelheiten erkennen konnte. Ich deutete auf die längliche Einkerbung, die das Siegel verursacht hatte, als der Putz noch nass gewesen war.

»Allah 'kbar«, murmelte Ahmed hinter mir.

Und in diesem Augenblick erkannte ich sie, die Figuren auf den Siegeln: Anubis, der Hund, der die Seelen durch die Unterwelt führt, lag mit ausgestreckten Pfoten da, und darunter waren die neun gefesselten Männer zu sehen, Symbol für alle Menschenrassen, die durch den Tod gebunden sind. Das Siegel der königlichen Totenstadt.

Mein Atem ging stoßweise, meine Finger zitterten so, dass ich die Taschenlampe mit beiden Händen halten musste. Der Lichtkegel zeigte mir den oberen Rand der Tür, wo ein Stück Putz abgefallen war. Mit einem Zeigefinger bohrte ich ein Loch in den Zwischenraum an den Ecken der Steinblöcke ganz oben in der Türfüllung. Der antike Mörtel bröckelte mir entgegen. Ich erweiterte das Loch, sodass ich mit der Lampe hindurchleuchten konnte, und sah den dünnen, blassen Lichtschein auf Steinen und Erdreich. Der Raum hinter der Tür war mit Gestein angefüllt.

Dann war es fast sicher ein Korridor. Mein Herz schlug so heftig, dass es schmerzte.

»Was ist?«, fragte Ahmed. »Soll ich Schaufeln bringen lassen?«

Ich drehte und wand meinen Kopf in alle Richtungen, um mehr von dem Gang hinter der Tür zu sehen. Das Licht der Taschenlampe leuchtete auf Steine, Staub und Erde. Der Putz bröckelte immer noch und rieselte wie seidiger Regen rings um mich herunter.

»Rufen Sie nach Schaufeln, Carter«, sagte Ahmed mit brüchiger Stimme.

Ich zog mich zurück, weil mich etwas in seiner Stimme warnte. Warum war er so verrückt danach, zu sehen, was hinter dieser Tür und hinter diesem Erdhaufen lag? Er würde stehlen, was er erwischen konnte, alles, was wir fanden.

Als ich so weit gedacht hatte, wurde mir eine Reihe von Problemen bewusst. Meine Haut kühlte sich ein wenig ab, und mein Herz schlug schon wieder im normalen Rhythmus. Ich hatte eine ganze Menge zu tun, bevor ich auch nur einen Spatenstich weitergehen konnte. Ich musste meinen Fund schützen, musste mich selbst darauf vorbereiten, damit umzugehen. Ich musste beispielsweise mit dem *Department of Antiquities* zurechtkommen. Jetzt brauchte ich unbedingt Carnarvon hier.

»Nein«, sagte ich. »Es ist zu dunkel.« Ich beugte mich vor, sammelte eine Hand voll Staub auf, spuckte darauf und verschloss das Loch, das ich in der Wand gemacht hatte. »Wir bedecken die Stelle, damit sie niemand findet.«

6

Bis Mitternacht schaufelten wir das Füllmaterial wieder über die Treppenstufen und füllten meinen Fund bis zum Rand auf. Als wir endlich fertig waren, war ich am Ende meiner Kraft, meine Hände bluteten, und meine Schuhe waren voll Sand. Gemeinsam mit den Ägyptern stand ich bei den Wasserfässern, und wir leerten einen Becher nach dem anderen.

Niemand sprach ein Wort. Wir standen eng beieinander wie eine Diebesbande, dann gingen wir zurück zu unserer Fundstelle, rollten Steine darüber und traten die Erde fest.

Als der Mond aufging, wurde das Tal deutlich heller. Ich stand am Eingang zu Grabkammer 55 und blickte über das Tal hinweg, das mir wie eine Mondlandschaft vorkam, ohne Wasser und ohne Wind. Das kalte blauweiße Mondlicht ließ die Felsblöcke und Erhebungen hell herausstechen. Unsere Fundstelle war verschwunden, als wäre ein Erdrutsch darüber hinweggegangen. Ich spielte mit der Vorstellung, es wäre nur ein Traum gewesen, und wenn man nur nach dem äußeren Anschein gegangen wäre, hätte es auch leicht so sein können.

Ich rief Ahmed.

»Stell eine Wache auf. Aber ohne großes Aufsehen, verstehst du? Ich muss nach Kairo, um für Nachschub zu sorgen.«

»Wie lange werden Sie weg sein?«

»Eineinhalb Tage.« Tatsächlich hatte ich die Absicht, drei Tage zu bleiben.

Selbst in der Dunkelheit war sein Lächeln zu sehen. »Sie vertrauen mir, Carter.«

»Das stimmt«, sagte ich. Ich traute ihm insoweit, als auch er wusste, es würde länger als sechsunddreißig Stunden dauern, sich den Weg durch die Tür und durch den Korridor zu bahnen.

Er deutete eine Verbeugung an. »Ich werde Ihre Anweisungen befolgen.« Mit anderen Worten, er würde auf eine bessere Gelegenheit warten.

Ich schickte ein Telegramm nach England: »*Endlich wunderbare Entdeckung im Tal gemacht – großartiges Grab mit intakter Versiegelung – habe selbiges wieder zugedeckt bis zu Ihrer Ankunft – gratuliere.*«

Die kleinen Schwierigkeiten mit dem *Department* wollte ich nicht unbedingt jetzt schon erwähnen.

Auch an das Museum in New York schickte ich ein Telegramm. Ich wollte Carnarvon benutzen, um mit dem *Department* zurechtzukommen, und die Amerikaner, um Carnarvon im Boot zu behalten.

Als beide Nachrichten auf den Weg gebracht waren, machte ich einen kleinen Einkaufsbummel. Es kam vor allem darauf an, vorsichtig zu sein, denn wenn das *Department* erfuhr, dass ich Einkäufe machte – beispielsweise achthundert Pakete Verbandgaze, wäre sofort klar, dass ich dabei war, etwas einzuwickeln, und zwar keine Wunden. Also hatte ich wenig Zeit. Andererseits dauerte es immer lange, bis Gerüchte aus den ägyptischen Stadtvierteln in die abgeschiedenen Büros der Engländer drangen. Also würde ich in den Vierteln der Ägypter bleiben. Zwei Tage nachdem wir die Tür am Fuß der Treppe entdeckt hatten, war ich wieder in Luxor.

Die Tür ging mir nicht aus dem Kopf; ich sah sie ständig vor mir. Nur das kam mir real vor, nur diese Tür.

Unverzüglich suchte ich Conway auf, der eine staatlich finanzierte Grabung an dem Tempel auf dem Ostufer inspizierte.

»Ich bin noch mal draußen gewesen, um mir Ihre Arbeit anzusehen, Carter«, sagte er lächelnd zu mir. »Sie scheinen den Schaden ja behoben zu haben.«

»Ja, Sir«, sagte ich.

Wir standen praktisch im Schatten des Neunten Pylons. Vor uns ragten die ungeheuren Säulen des Tempels auf, und die Sonne warf streifiges Licht durch den Dunst. Wer weiß schon, ob in diesem Dunst nicht der Geist eines Pharaos wieder durch das Heiligtum der Götter schreitet? Conways grobes, fleischiges Gesicht war direkt vor mir.

»Sir«, sagte ich, »ich bin hier, weil ich Sie um einen Gefallen bitten möchte.«

Seine Augen verengten sich zu schmalen Schlitzen. »Kommen Sie, Carter, lassen Sie ...«

»Ich habe den Schaden behoben, wie Sie sagen«, warf ich schnell dazwischen. Er sollte sich auf meine Denkweise einlassen, das war mein Ziel. »Bitte, lassen Sie mir nur meine Grabungserlaubnis. Wenn Sie sie mir nehmen, bin ich ruiniert. Wir hören Ende des Jahres ohnehin auf. Es geht um weniger als zwei Monate. Bitte.«

Er starrte mich an, mit grimmigem Gesicht und Augen wie Gewehrkugeln. Seine Schläfen waren schweißnass.

»Bitte, Sir«, wiederholte ich. »Ich flehe Sie an.«

»Es wäre wider besseres Wissen«, sagte er obenhin.

»Oh, Sir, bitte.«

»Nun gut«, entschloss er sich endlich. »Ich betrachte die Angelegenheit als abgeschlossen.«

»Oh, Sir, danke«, entgegnete ich im unterwürfigsten Ton.

Er lächelte und blies sich ein wenig auf. Er gefiel sich ungeheuer in dieser Pose. Was ein bisschen Macht doch aus einem Menschen machen kann.

Ich dankte ihm noch ein paar Mal und versprach ihm, meinen unvollständigen Bericht zu unterschreiben, sobald ich wieder in Kairo war. Dann machte ich mich auf den Weg über den Fluss nach Qurna, um auf Carnarvon zu warten.

Wenige Tage später stand ich am Fluss, aber nicht, um Carnarvon zu treffen. Die Amerikaner hatten auf mein Telegramm geantwortet, indem sie den jungen Fotografen direkt zu mir geschickt hatten. Beladen mit Taschen und fast stranguliert von seinen Kameragurten, trat er von der Fähre am Kai von Luxor, stellte seine Koffer ab und sagte als Erstes: »Ich brauche einen Hut, sonst hole ich mir hier sehr bald einen Sonnenbrand.« Lächelnd streckte er mir seine Hand entgegen.

Unter den dünnen Borsten seiner kurz geschnittenen Haare wurde die Kopfhaut tatsächlich schon rot. Ich griff nach einer seiner Taschen. »Am besten kommen Sie erst mal zu mir.«

»Ich würde eigentlich lieber gleich zu Ihrer Ausgrabungsstelle gehen.«

Ich führte ihn vom Kai und auf die Straße nach Qurna.

Amerikaner sind ja bekanntermaßen sehr egalitär eingestellt. So beeilte er sich, zu mir aufzuschließen und mit mir Schritt zu halten.

»Wo ist Ihre Ausgrabung? Lassen Sie uns dorthin gehen.«

»Da gibt es noch nichts zu sehen«, sagte ich.

»Was meinen Sie damit? Sie haben uns telegrafiert, dass ...«

»Ich weiß, was ich Ihnen telegrafiert habe.« Ich bedachte ihn mit einem schnellen Seitenblick. »Ich habe alles wieder zugeschüttet. Hier gibt es jede Menge Grabräuber. Sobald Carnarvon hier ist, werden wir uns wieder an die Arbeit machen.«

»Oh«, sagte er, und sein Gesicht sah nicht mehr ganz so vergnügt aus. Aber er schien mir nicht wirklich zu glauben.

Achtzehn Tage nachdem wir die erste Treppenstufe freigelegt hatten, stand ich am Kai und beobachtete Carnarvon, der sich in einem kleinen Boot näherte. Evelyn saß neben ihm. Lady Evelyn. Als sie mich sah, winkte sie mir lächelnd zu. Sie trug einen ihrer seltsamen Strohhüte und ein schlichtes weißes Kleid, in dem sie einfach wunderbar aussah. Neben ihr saß ihr Vater, mit vollkommen ausdruckslosem Gesicht, die Hände auf den Knien.

»Nun, Carter?«, sagte er zu mir. »Was haben Sie gefunden?« Seine Stimme klang angespannt. Obwohl es ihm gelang, seinen Ton gleichmäßig zu halten, war sein Handschlag lang und warm und aufgeregt.

»Ich weiß es noch nicht«, sagte ich. »Kommen Sie, sehen Sie es sich an.«

Evelyn beobachtete das gegenüberliegende Ufer des Nils, wo die Ruinen standen und die Säulen des Tempels den Himmel durchbohrten. Sie richtete ihren gleichmäßigen blauen Blick auf mich. »Sie haben auf uns gewartet, Howard? Wie außergewöhnlich! Ich hätte angenommen, dass Sie längst alles ausgegraben haben.«

»Es ist unser gemeinsames Projekt«, sagte ich.

Niemals hätte ich gewagt, die Ausgrabungsstelle auch nur zu

betreten, bevor Carnarvon da war und seinen Einfluss bei der Regierung geltend machen konnte.

Wir gingen den Anleger hinunter zu der Stelle, wo eine ganze Reihe von struppigen grauen Eseln angebunden war. Ahmed hatte vier von ihnen für uns gesattelt. Es gab jetzt eine neue Transportmöglichkeit zum Tal, einen alten, qualmenden Lastwagen, aber die Fahrt damit war langsam und oft sehr unangenehm. Carnarvon ging neben mir her, die Hände in den Taschen.

»Höchst ehrenwert von Ihnen«, sagte er zu mir, »zu warten, bis wir hier sind. Ich hoffe nur, Sie haben mich nicht mitten in der Hochsaison der Entenjagd aus England hierher gezerrt, nur damit ich einem Ihrer Fehlalarme beiwohne.«

Ich hielt den Mund. Sollte das alte Ekel doch selbst sehen. Auf seiner anderen Seite hakte sich Evelyn bei ihm unter und beschleunigte ihren Schritt.

»Evie«, sagte Carnarvon, »das Zeug liegt da schon so lange, wir müssen jetzt nicht rennen. Carter, wie lange liegt es schon da?«

»Wenn es aus der achtzehnten Dynastie stammt«, antwortete ich, »dann liegt es da seit mindestens zweiunddreißig Jahrhunderten.«

Evelyn machte sich von ihrem Vater los. Ahmed hielt ihr die Zügel ihres Esels hin, und sie ließ sie über den Kopf des Tieres gleiten. Über den kaputten Kavalleriesattel hinweg fragte sie: »Ist es tatsächlich aus der achtzehnten Dynastie, Howard?«

»Ja, das glaube ich schon«, antwortete ich. »Einige Ruinen aus der neunzehnten Dynastie befanden sich über der Fundstelle.«

Mit athletischem Schwung stieg sie auf den Esel und zog seinen Kopf mit den Zügeln in Richtung der gelben Hügelkette. Ich stieg ebenfalls auf und trabte mit meinem Esel hinter ihr her. Evelyn – Lady Evelyn – klemmte sich eine Reitgerte unter den Arm.

»Ich kann es kaum abwarten«, rief sie.

»War die Reise von England schwierig?«

Ihr schneller Seitenblick sagte mir mehr als eine ganze Buchseite. Carnarvon und Ahmed klapperten hinter uns her, wobei der Earl gut und aufrecht im Sattel saß, mit lang herunterhängenden Steigbügeln wie ein Husar. Vor uns tauchten die Terrassen der Hügelkette allmählich aus dem Dunst auf. Ich drängte meinen Esel auf den Weg hinüber, der ins Tal führte.

Ahmed hatte die Männer unserer Grabungsmannschaft ins Tal beordert, aber sie hatten die Anweisung, erst mit dem Graben zu beginnen, wenn wir dort ankamen. Und so war unsere Ausgrabungsstelle unsichtbar, als Carnarvon und ich dort auftauchten. Dieser Teil des Tals sah nicht anders aus als jeder andere, mit honigfarbenen Steinwänden und dem metallisch blauen Himmelsbogen darüber. Zu unserer Linken befand sich Grab Nummer 55, wo ein kleiner Hügel aus blauen Mineralwasserflaschen aufgehäuft war. Direkt vor uns öffnete sich der klaffende Eingang zu der Grabkammer von Ramses VI. im Berg.

Der amerikanische Fotograf war zugegen, beladen mit Kameras. Ich stellte ihn Lord Carnarvon und Lady Evelyn vor. Der Amerikaner war so verschüchtert, dass er in der kurzen, höflichen Konversation, die auf die Vorstellung folgte, selbst über die Worte »my Lord« stolperte. Carnarvon ließ seinen Blick über das Tal schweifen.

»Nun, Carter?«, sagte er.

Ich hatte genau Maß genommen, und unter den gespannten Blicken von Carnarvon, Evelyn und den Grabungsarbeitern schritt ich die Entfernung bis zu der Stelle ab, wo wir zu graben beginnen würden.

Dann griffen wir nach den Schaufeln.

Beim ersten Mal hatte es nur ein paar Tage gedauert, bis wir diese Stelle ausgegraben hatten, die langen Gräben über den Talboden eingeschlossen. Nun, da wir genau wussten, wo wir ansetzen mussten, und da Erde und Steine bereits gelockert waren, erreichten wir die erste Stufe innerhalb weniger Stunden.

Wir gruben wie die Wilden, rastlos, den ganzen Tag. Ein paarmal machte ich Pause und versuchte, ein wenig mit Carnarvon und seiner Tochter zu reden, aber irgendwie gingen uns jedes Mal die Worte aus, und nach ein paar Augenblicken ungeschickter Höflichkeiten starrten wir alle wieder schweigend auf unsere Grabung. Ich beobachtete währenddessen ständig den Weg durch das Tal, wo meine Feinde aus dem *Department* jederzeit auftauchen konnten.

Unmittelbar vor Sonnenuntergang hatten wir die letzte Stufe erreicht. Carnarvon und ich gingen hinunter zum Fuß der Treppe, um uns die Tür anzusehen. Ich schaltete meine elektrische Taschenlampe ein; den unteren Teil der Tür hatte ich selbst noch nie gesehen, nur die obere Hälfte.

Das Erste, was ich sah, war, dass der Verputz in der oberen Hälfte sich von dem unteren Teil unterschied.

»Verdammt«, sagte ich. »Die Tür ist schon einmal geöffnet worden. Da war schon einer drin.«

Carnarvon kauerte sich hin und sah die Tür genau an. Evelyn stand hinter ihm. Sie sagte: »Was? Woher wollen Sie das wissen?«

»Sehen Sie, die obere Hälfte der Tür ist nachträglich noch einmal verputzt worden, nach der unteren Hälfte. Und die Siegel sind unterschiedlich.« Mit meiner Taschenlampe deutete ich auf das Siegel der Totenstadt. »Dies ist das normale Siegel der Totenstadt. Dies hier ...« Ich beugte mich hinunter, um ihr die Siegel unten auf der Tür zu zeigen.

Das Licht der Taschenlampe funkelte auf dem Putz. Die längliche Vertiefung des Siegels saß auf dem Türrahmen. Zuerst dachte ich, ich müsste mich irren, als ich die Piktogramme in dem schlechten Licht las; sie waren mir so vertraut, dass ich meinen Augen nicht traute.

»Das sind die Siegel Tutanchamuns«, sagte ich.

Dann stand ich auf. Es stimmte. Es war tatsächlich wahr. Die ganze Zeit, während alle diesem Grab nachgejagt waren, hatte es hier gelegen, einfach so. Carnarvon schenkte mir ein breites Lächeln.

»Das ist doch der Kerl, nach dem wir suchen, oder?«

»Irgendwer war da schon vor uns drin«, sagte ich und hob den Kopf. Das Stückchen Himmel über dem Treppenhaus war immer noch blau. Ein dunkler Kopf erschien über dem Rand des Grabens, eingewickelt in ein Kopftuch.

Evelyn sagte: »Aber die Ruinen darüber – sie waren doch so alt!«

»Die Grabräuber waren dort, unmittelbar nachdem dieses Grab versiegelt wurde«, sagte ich. »Die Priester haben das bemerkt und die Tür ein zweites Mal versiegelt.« Ich erhob meine Stimme. »Ahmed, was ist?«

»Dieser Mann kommt«, sagte Ahmed. »Der Mann in dem Automobil.«

Conway. Es drückte mir die Kehle zu. Carnarvon betrachtete mich mit einem Lächeln.

»Na dann: meinen Glückwunsch«, sagte er.

»Es kann sein, dass es leer ist. Und dann ist da dieser Mann.« Ich lief die Stufen hinauf.

»Welcher Mann?« Carnarvon folgte mir nach oben. Wir erreichten das obere Ende der Treppe, gerade als das Automobil des *Departments* hundert Fuß von uns entfernt ruckend stehen blieb. Der Hilfskurator stürzte förmlich aus der Beifahrertür. Mit großen Schritten marschierte er durch das Tal. Er schwang die Fäuste, und sein Gesicht war ebenfalls wie eine Faust zusammengeballt. Endlich stand er vor mir und schrie mich an.

»Verflucht sollen Sie sein, Carter – und ich habe Ihnen vertraut! Sie haben mich zum Narren gehalten! Verschwinden Sie aus dem Tal! Sie – Sie werden Ägypten noch in dieser Woche verlassen.«

»Was soll das denn, Carter?«, fragte Carnarvon.

Ich schwieg; ich hatte gar keine Chance, irgendetwas zu sagen. Der Hilfskurator wandte sein dunkelrotes Gesicht ruckartig Carnarvon zu und sprach ohne Pause weiter.

»Dies ist die unverschämteste, respektloseste Tat, von der ich jemals gehört habe, seit ich Ägyptologe bin. Sie werden alle dafür bezahlen, das garantiere ich Ihnen.«

Carnarvons steinerne Ruhe war wirklich beeindruckend. Er sagte: »Darf ich fragen, wer Sie sind?«

Der Hilfskurator wurde unsicher. Er warf mir einen Blick zu, sah dann zu Carnarvon zurück und begriff, dass er es hier mit einem anderen Kaliber zu tun hatte. Dann sagte er: »Ich bitte um Verzeihung. Erlauben Sie mir, mich vorzustellen. Conway vom *Department of Antiquities* in Kairo.«

»Ich bin Carnarvon«, sagte er Earl. »Wo liegt nun genau das Problem? Wir haben doch die Erlaubnis, hier im Tal zu graben, oder nicht, Carter?«

»Ja«, antwortete ich.

»Es gab die unmissverständliche Anweisung an Carter, den Eingang zum Grab von Ramses VI. nicht zu blockieren«, beeilte sich der Hilfskurator einzuwerfen. »Und eines Tages stellte ich fest, dass er hier Ausgrabungen durchführte ...« Während er sprach, wurde sein Ton wieder fester. Jetzt fühlte er sich wieder auf sicherem Boden. »Er versprach mir, den angerichteten Schaden wieder in Ordnung zu bringen und die Ausgrabungsstelle zu verlassen, und nun sehen Sie sich das an! Er hat alles wieder ausgegraben!«

Carnarvon warf mir einen schnellen Blick zu. »Sieht so aus«, sagte er trocken.

»Die Stelle muss sofort wieder in ihren korrekten Zustand zurückversetzt werden. Und diesmal werde ich darauf bestehen, dass Sie Ihre Grabungserlaubnis verlieren, und möglicherweise haben Sie sich auch strafbar gemacht.«

Der Earl sah langsam von einem zum anderen. Die Sonne ging unter, und Dunkelheit begann das Tal zu füllen. Endlich wandte Carnarvon seine Aufmerksamkeit wieder dem Hilfskurator zu.

»Wir haben hier eine wirklich außergewöhnliche Entdeckung gemacht«, begann er. »Wir haben die Absicht ...«

»Nein, nein«, unterbrach ihn der Hilfskurator. »Ich will nichts davon hören. Keine Lügen mehr!«

Carnarvon blickte ihn leicht ungläubig an. »Haben Sie mich eben unterbrochen?«

»Keine Tricks!«, rief Conway. »Ich höre mir nicht mehr ...«

»Schreien Sie mich nicht an«, sagte Carnarvon, und plötzlich fehlten dem Hilfskurator die Worte. Sie starrten einander an, der Bürokrat mit seinem hochroten Gesicht und der Earl mit seiner geradezu unheimlichen Ruhe. Schließlich tat Conway einen

Schritt rückwärts und senkte den Blick. Ich spürte den Triumph in meinen Eingeweiden. Wieder ein Kampf gewonnen!

»Wir haben hier etwas gefunden«, sagte der Earl, »das dem armen alten Ramses für eine ganze Weile die Schau stehlen wird. Nun, ich bin sicher, dass Sie nichts dagegen haben, wenn Ihr Name in diesem Zusammenhang irgendwo in den Berichten erwähnt wird. Das ist auch kein Problem, wenn man bedenkt, wie hilfreich Sie bisher gewesen sind.«

Der Hilfskurator atmete tief ein, hielt dann die Luft an und stieß hervor: »Das ist Verleumdung!«

Aber Carnarvon drehte ihm schon den Rücken zu. »Verdammter Idiot«, sagte er. »Verleumdung ist etwas vollkommen anderes, das sollten Sie mal im Wörterbuch nachschlagen.« Und dann ging er seelenruhig zurück zu dem Loch in der Erde. Über den leeren Platz hinweg, den er zwischen uns hinterließ, warf mir Conway wenig liebenswürdige Blicke zu. Wir wussten beide, dass ihm jetzt nichts anderes mehr übrig blieb, als zu akzeptieren, was ich getan hatte. Er ging zurück zu seinem Automobil, das schwarz wie ein großer Käfer im letzten Abendlicht stand.

Der Amerikaner hatte uns von der Seite der Ausgrabung her beobachtet, wo Ahmeds Männer bereits Sandsäcke füllten, um eine Mauer aufzuschichten. Er warf mir einen eindringlichen Blick zu. Ich fragte mich, wie viel von unserem Wortwechsel mit Conway er wohl gehört haben mochte. Er hob wieder seine Kamera und deutete damit auf den Anfang der Treppe.

Carnarvon stand auf der ersten Stufe und blickte hinunter in die Finsternis. Als ich wieder neben ihm stand, sagte er: »Soso, Carter, deshalb haben Sie also alles wieder zugeschüttet.«

»Keineswegs«, gab ich zur Antwort.

Er hob den Kopf und lächelte mir zu. »Denken Sie sich nichts dabei. Es war mir ein Vergnügen, Ihnen behilflich zu sein.«

»Ja, Sir«, sagte ich. »Das waren Sie immer.«

»Und was ist mit diesem amerikanischen Kamera-Heini da drüben? Wie haben Sie den hierher bekommen?«

»Oh«, sagte ich, »ich dachte lediglich, es wäre eine gute Idee, fotografische Aufnahmen von allem zu haben, gleich von Anfang an.«

Carnarvon knurrte leise. Ich konnte ihm ansehen, dass er begriff, wie ich hinter seinem Rücken die Amerikaner ins Boot geholt hatte.

»Er ist der Beste seiner Zunft, Sir«, beteuerte ich.

»Da bin ich sicher«, gab Carnarvon zurück, während er sich wieder den Stufen und dem Eingang zur Grabkammer zuwandte. »Aber wie auch immer, gnade Ihnen Gott, wenn das, was wir da unten finden, nicht ebenfalls richtig gut ist.«

Am nächsten Morgen brachen wir die Tür zur Grabkammer auf.

Ich war entschlossen, alles zu erhalten – nicht nur das Material, das wir in der Grabkammer finden würden, wenn wir denn etwas fanden, sondern die gesamte Umgebung. Das bedeutete, wir mussten jeden Zoll, den wir freilegten, fotografieren und in Diagrammen aufzeichnen. Nun erwies es sich als Glücksfall, dass wir den jungen amerikanischen Fotografen bei uns hatten, und im ersten Morgenlicht machten wir Fotos von den Siegeln im Putz und von der ganzen Tür, bevor wir sie niederrissen.

Dahinter lag ein Gang, voll mit Gestein und Erde, hauptsächlich gelbliches Gestein, Abraummaterial, das beim Graben des Gangs angefallen war. Am linken oberen Rand dieses Füllmaterials war eine Ader aus dunklerem Stein zu erkennen, wo derjenige, der irgendwann in der Antike die Tür aufgebrochen hatte, sich seinen Gang gegraben hatte. Die Beamten der Totenstadt mussten den Tunnel später mit diesem dunklen Gestein wieder aufgefüllt haben.

Ein einziger Blick genügte, um festzustellen, woher dieses Gestein kam. Der gesamte hintere Hang des Tals war mit diesem Gestein angefüllt; selbst die Grube, in der Davis die Goldstücke gefunden hatte, war aus diesem Material gewesen.

Den ganzen Tag entfernten wir tonnenweise Füllmaterial. Ich war selbst sehr beschäftigt dabei, denn insgeheim fürchtete ich mich vor der Wahrheit. Aber die Priester hätten das Grab nicht wieder versiegelt, wenn es komplett ausgeräumt worden wäre.

»Niemand setzt einen Korken auf einen leeren Krug«, sagte ich zu dem amerikanischen Fotografen. »Das hat irgendjemand irgendwann einmal zu der Mutter von Alexander dem Großen gesagt.«

Während wir das Füllmaterial aus dem Gang räumten, fanden wir hier und da Scherben und kleinere Gegenstände. Ich ließ alles fotografieren, ein Stück von einer Vase, eine Scherbe, ein gebrochenes Siegel. Er hatte Gefallen daran gefunden, Schnappschüsse von den Arbeitern zu machen, nicht von ihrer Arbeit, sondern von den Männern selbst. Da ich das Gefühl hatte, er könnte sich vielleicht langweilen, versuchte ich ihn in unser aufgeregtes Warten einzubeziehen. Aber jedes Mal, wenn ich nach ihm sah, fand ich ihn wieder bei den Arbeitern, wo er Nahaufnahmen machte. Das irritierte mich: typisch für einen Amerikaner, der mit seinen Gedanken nicht bei den wirklich wichtigen Dingen bleiben konnte.

Langsam, aber sicher gruben wir uns durch das Innere des Ganges. Er war sechs Fuß breit wie die Eingangstür und mindestens sieben Fuß hoch und schmiegte sich unter den ersten sanften Abhang der Wände, die das Tal begrenzten. Drinnen war es so dunkel, dass wir selbst am helllichten Tage mit unseren Taschenlampen hantieren mussten. Zuerst erwartete ich nach jedem Meter, den wir uns vorarbeiteten, die nächste Tür.

Der Einbruch der Nacht stoppte unsere Arbeit einstweilen. Wir hatten etwa zwanzig Fuß Füllmaterial aus einem leeren Gang geschaufelt. Als der letzte Arbeiter nach oben gekommen war, ging ich noch einmal hinunter und schritt den Gang bis zu seinem vorläufigen Ende ab. So tief unter der Erdoberfläche war die Luft feucht und kalt. Ich legte meine Hand an die Wand aus Gestein. Irgendwo musste dieser Gang enden. Irgendwohin musste er führen. Ich erinnerte mich an den Tunnel, in dem ich zum ersten Mal Ahmeds Bekanntschaft gemacht hatte. Antiker Staub, leere Gefäße.

Zwei Schreiner in Luxor hatten mir eine hölzerne Gittertür angefertigt, mit der wir Diebe fern halten wollten. Mit Ahmeds Hilfe hängte ich sie auf eigens angebrachte Scharniere am Eingang, und wir verriegelten sie und kehrten nach Qurna zurück, um dort die Nacht zu verbringen.

An diesem Abend machte sich eine trübsinnige Stimmung in mir breit. Ich aß mit Carnarvon und Evelyn zu Abend, aber wir schwiegen alle drei, und ein Blick in Evelyns Gesicht zeigte mir, welche wilden Spekulationen in ihr tobten. Danach vermied ich es, sie überhaupt noch anzusehen. Was auch immer wir am Ende des Ganges finden würden, es war nur ein Sport für sie, während für mich das Wohl und Wehe meines gesamten Lebens daran hing.

Die ganze Nacht lang konnte ich nicht schlafen. Ich lag nur da, wie gelähmt vor Entsetzen. Die Geräusche des Dorfes drangen in mein Zimmer, und jedes Mal, wenn ich in leichten Schlummer fiel, holte mich irgendein Krach wieder zurück: Ein Hahn krähte, jemand ging durch die Gasse. Noch vor Morgengrauen war ich wieder auf, kochte mir meinen Tee, zog mich an und packte meine Aufzeichnungen zusammen. Als die Sonne aufging, hatte ich den halben Weg in das Tal schon zurückgelegt.

Auch meine Männer waren an diesem Tag früh da, und sie machten sich unverzüglich an die Arbeit. Sie sangen nicht einmal dabei. Carnarvon saß im Schatten nahe bei Ramses' Grab, die Hände auf die Knie gelegt. Jetzt gab er sich keine Mühe mehr, ruhig zu wirken. Immer wenn ich mich ihm näherte, funkelten unausgesprochene Fragen in seinen Augen. Neben ihm saß Evelyn und half mir bei den Aufzeichnungen für einige Stücke aus Keramik, Alabaster und Glas, die wir aus dem Füllmaterial herausgesiebt hatten.

Dann fanden wir die zweite Tür.

Sie war genauso groß wie die erste, zugemauert, verputzt und versiegelt. Auch hier war der Putz am oberen Ende ausgebessert worden. Mein Feind war vor mir hier gewesen. Ich schickte nach Carnarvon.

Auf einer Kiste stehend, bohrte ich ein Loch in die obere Hälfte der Tür, während Ahmed mir die Lampe hielt. Ich klopfte mir den Staub von den Händen, als ich die Schritte Seiner Lordschaft auf der Treppe dreißig Fuß hinter mir heranklappern hörte. Ich hatte weiche Knie, und mir war regelrecht übel. Plötzlich kam mir die ganze Angelegenheit vollkommen unwirklich vor, als ob ich das alles nur träumte.

Ahmed reichte mir eine schmale Eisenstange, mit der ich durch das Loch fahren konnte, das ich in die Tür gemacht hatte.

Nichts. Ich traf nur nachgiebige Luft.

»Zünde die Kerze an«, sagte ich zu Ahmed.

Immer noch fuhr ich mit der Eisenstange hin und her durch den leeren Raum hinter der Tür. Ich traf auf gar nichts, keine Gegenstände, kein Füllmaterial, keine Wand. In meiner Vorstellung sah ich es schon vor mir: einen leeren Raum voller Staub. Eine Frage ohne Antwort.

Atemlos fragte Carnarvon: »Was haben Sie gefunden?«

»Hinter dieser Tür scheint eine Kammer zu sein», gab ich ihm zur Antwort.

Ahmed riss ein Zündholz an. Das schwache Licht zeigte mir Carnarvons Gesicht, voll von Vertiefungen und von Falten beschattet, erschreckend gealtert.

Ich nahm die Kerze, fuhr mit ihr durch das Loch in der Tür und hielt sie so weit in den Raum hinein, wie mein Arm reichte. Manchmal befanden sich giftige Dämpfe in Räumen, die so lange von jedem Sauerstoff abgeschlossen gewesen waren. Ein bösartiger Gruß der Vorväter, auch wenn keine Absicht dabei war. Die Kerze flackerte in dem Luftzug, der durch das neue Loch hereinzog. Ich drückte mein Auge auf die Öffnung und spürte diesen Luftzug auch auf meiner Wange.

Für einen Augenblick konnte ich durch die Öffnung nur die kleine, flackernde Kerzenflamme sehen. Ich streckte meinen Arm aus und bewegte ihn hin und her, während mein Auge, das ich oberhalb meines Arms an die Öffnung gedrückt hielt, sich allmählich an die Dunkelheit gewöhnte.

Dann tauchten andere Lichter auf. Sie blinkten und funkelten hier und dort in der schwarzen Tiefe hinter meiner Kerze auf. Ich zuckte erschrocken zusammen, und die Lichter zuckten auch.

Es waren Spiegelungen meiner Kerzenflamme. Dutzende von ihnen tanzten dort in der Dunkelheit, vielleicht Hunderte. Je mehr sich mein Auge an die Lichtverhältnisse gewöhnte, desto mehr Lichter sah ich, und immer noch mehr, flackernde Bilder, die von goldenen Oberflächen zu mir zurückfunkelten.

Dann begann mein Auge Formen in der Dunkelheit zu unterscheiden. Gegenüber von mir tauchte der Kopf einer großen Katze auf. Links von mir, zehn Fuß entfernt, stand ein Mann mit einer Lanze. In seiner Nähe erschien der runde Deckel einer Kiste. Weitere Kisten waren zu meiner Rechten aufgestapelt. Das da waren ein Sessel und eine Liege oder ein Bett. Der Raum war angefüllt mit Möbeln, die sich bis zur Decke stapelten. Und überall, über allem, das sanfte, verführerische Glimmen von Gold.

»Können Sie irgendetwas sehen?«, fragte Carnarvon hinter mir.

»Wunderbare Dinge!«, sprudelte es nun aus mir heraus. »Wunderbar!«

Ich zog die Kerze heraus und reichte sie Ahmed. Dann erweiterte ich das Loch in der Tür und trat zur Seite, damit Carnarvon hineinsehen konnte.

7

Nachdem wir die Mauersteine aus der Tür entfernt hatten, betrat ich die Grabkammer zum ersten Mal. Die Aufregung hatte mich verwandelt, ich fühlte mich wie ein anderer Mensch, als wäre ich plötzlich unsterblich geworden. Eine elektrische Laterne vor mir ausgestreckt, schritt ich durch ein Zauberreich, in dem ich der König war. Und ich setzte meine Füße so vorsichtig, dass ich nicht einmal den Staub aufwirbelte.

Ein kleiner Becher aus Alabaster lag auf dem Fußboden am Eingang. Neben ihn war etwas aufgehäuft, was ich zuerst für braunes Papier hielt. Aber als ich mich bückte, sah ich, dass dort eine Blumengirlande lag, so trocken, dass die Blütenblätter im Luftzug von der geöffneten Tür zu Staub zerfielen.

Die Trauernden hatten diesen Kranz hier hinterlassen, als sie gingen, fünfzig Generationen vor unserer Zeit.

Gestern. Für die Grabkammer waren die vergangenen Jahrhunderte wie ein einziger Augenblick des Schweigens. Ich stand in den Spuren der alten Ägypter. Ich betrat einen Ort, der für sie Gegenwart gewesen war, atmete die Luft, die sie geatmet hatten, brachte das erste Licht in diese Dunkelheit, die schon geherrscht hatte, als Mose das Volk Israel auf den Sinai geführt hatte.

Endlich, endlich konnte ich die Jahre zurücklassen und in die Welt zurückkehren, in der ich mich stets mehr zu Hause gefühlt hatte als in meiner eigenen Wohnung. Hierher gehörte ich wirklich.

Der Raum war klein, etwa von der Größe eines englischen Salons, und so voll gepackt mit Möbeln und Kisten, dass Carnarvon, Evelyn und ich im Gänsemarsch gehen mussten, um in die Mitte zu gelangen. Alles, was ich sah, war aus Gold. Vor mir standen die großen Tierköpfe, die ich schon bemerkt hatte, als ich zum ersten Mal durch das Loch in der Tür gestarrt hatte. Das Lampenlicht malte ihre ungeheuren Schatten an die gegenüberliegende Wand. Ihre überlangen und flachen Körper bildeten das Untergestell der Liegen. Auf ihnen musste er zu Lebzeiten gelegen haben, versunken in Tagträume, in Erwartung des Schlafes.

»Howard, sehen Sie doch!«

Ich drehte mich um. Evelyn kauerte vor einer Kiste, die wie ein Schatzkästchen geformt war, wunderbar bemalt in Schwarz, Weiß und Schattierungen von Rot und Gold. Das Motiv zeigte einen Bogenschützen in einem Wagen. Die ganze rechte Szene war angefüllt mit wild davonrennenden Tieren, die er vor sich hertrieb. Ich ging zu Evelyn, und als mein Blick die Wand hinter ihr traf, drang aus meiner Kehle ein unterdrückter Schrei.

An der hinteren Wand standen zwei lebensgroße Figuren einander gegenüber. Es waren Männer, schwarz bemalt, in der Farbe der Toten, und mit goldenen Kleidern. Zwischen ihnen war die Wand verputzt und versiegelt worden. Die beiden Figuren trugen Lanzen in den Händen.

Wächter. Sie hielten Wache an einer Tür, hinter der nur eines liegen konnte: der Leichnam des Königs. Fetzen ihrer heiligen Begräbnisschals hingen ihnen noch von den Schultern und den Armen, wie Flechten von einem Baum. Er musste noch hier sein.

Ich stand wie versteinert da. Was wir da sahen, war so ungeheuerlich, dass ich es zuerst gar nicht fassen konnte. Langsam begriff ich, dass wir ein Grab gefunden hatten, das praktisch unversehrt war und das aus der größten und reichsten Dynastie des Neuen Reiches stammte. Wo wir uns bisher mit Bruchstücken hatten zufrieden geben müssen, mit zwei oder drei von Tausenden von Stücken, hatten wir nun das ganze, unversehrte Bild vor uns. Dieser Tag würde eine neue Epoche in der Ägyptologie einläuten.

Carnarvons heisere Stimme brach unser Schweigen. Evelyn und ich stakten wie Störche über den verstreut liegenden Schatz hinüber zu ihm. Er beugte sich gerade hinunter, um unter die Nilpferd-Liege zu sehen, wo weitere wunderbar bemalte Kisten standen. Evelyn ließ ein leises, sinnliches Murmeln hören und kniete sich neben ihren Vater, um sie sich anzusehen.

Dann hörte ich noch ein anderes Murmeln hinter mir. Als ich mich umdrehte, sah ich Ahmed, der an der Tür zum Gang stand. Seine schwarzen Augen bewegten sich durch den Raum. Mit einer Hand stützte er sich am Türrahmen ab, als hätte er Angst, zu stürzen vor lauter Ehrfurcht vor dem, was er sah.

Ich beugte mich zu Evelyn hinunter. Mit Ahmed würde ich mich auch noch befassen müssen.

»Howard, was sind das für Kisten?«

Die Kisten, die da vor mir aufgestapelt standen, waren mir vertraut, obwohl ich sie bisher immer nur in Bruchstücken oder auf Bildern gesehen hatte.

»Sie enthalten Vorräte für die Mumie.« Während ich das sagte, blickte ich schon an ihnen vorbei, denn ein goldener Flügel hatte meine Aufmerksamkeit erregt.

Es war ein Flügelpaar, ausgebreitete Geierflügel, die die Armlehnen eines Sessels bildeten. Ich hob die Laterne, und das Licht glitt nach oben über ein vergoldetes und glasiertes Bild auf dem Rücken des Sessels.

Zwei königliche Ägypter waren dort als Basrelief angebracht. Der Mann saß in einem Sessel, einen Arm auf dem Rücken. Seine Frau lehnte sich an ihn, eine Hand ausgestreckt, um ihn mit Öl aus einem kleinen Topf zu salben, den sie in der anderen Hand hielt. Eine exquisite Arbeit. Die beiden Figuren waren so natürlich geformt, dass ich zu sehen erwartete, wie sie sich bewegten. Das war er, der Mann in dem Sessel. Er musste es sein.

Carnarvon und Evelyn plapperten neben mir vor sich hin. Ich senkte die Laterne. Die Entdeckungen nahmen kein Ende. Wohin ich auch blickte, fand ich etwas Neues. Das Kästchen, das Evelyn bemerkt hatte, stand ein wenig offen. Meine Hand bewegte sich darauf zu. Wie sehr sehnte ich mich danach, es zu öffnen!

Aber zuerst mussten Diagramme gezeichnet werden, mussten Aufzeichnungen gemacht werden, alles musste nummeriert und fotografiert werden. Und dies war ja erst der Anfang. Hinter der verputzten Wand befand sich mindestens noch eine Grabkammer. Ich vermutete eher mehrere Kammern, eine Kette von Räumen, jeder voll gestopft mit Grabbeigaben. Vor mir lag jede Menge Arbeit.

Aber zuallererst musste ich mich um Ahmed kümmern. Er stand immer noch in der Tür und verschlang mit seinen Räuberblicken meinen Schatz. Ich drehte ihm den Rücken zu. Ich wusste schon, womit ich ihn von all dem fern halten konnte.

»Sehen Sie sich das an«, sagte ich mit unnatürlich lauter Stimme. »Was ist das?«

»Was?«, fragten Carnarvon und Evelyn gleichzeitig.

»Schriftzeichen«, sagte ich, griff nach der Laterne und streckte sie unter die Liege, um die Wand dahinter zu beleuchten, als ob ich etwas lesen würde, was dort geschrieben stand. »Etwas über einen Fluch.«

»Was?«, fragte Evelyn noch einmal, mit einer Stimme, die laut und skeptisch klang.

»Hier steht geschrieben, das Osiris den Pharao Tutanchamun an jedem rächen wird, der seine Totenruhe stört.« Ich kam wieder hoch, streckte mich und sah ihr ins Gesicht. Aus dem Augenwinkel beobachtete ich Ahmed, der schräg hinter mir stand. Dann verzog ich das Gesicht, damit Carnarvon und Evelyn mein Spiel mitspielten. »Osiris«, sagte ich, »war der Totengott.«

»Lächerlich«, sagte Carnarvon.

Evelyn legte den Kopf schief. »Wirklich, Howard. Was für ein Unsinn.«

»Ein Fluch gegen jeden, der irgendetwas aus diesem Grab entfernt«, sagte ich feierlich. »Wir sollten darüber nachdenken. Wir sollten uns klar machen, welches Risiko wir eingehen.«

»Blödsinn«, explodierte Carnarvon. Er wurde jetzt richtig ärgerlich. Glaubte er es ein Stück weit selbst?

Ich wandte mich wie zufällig der Tür zu. Ahmed war verschwunden, der Gang war leer. Zufrieden richtete ich mich auf und griff nach meiner Laterne.

»Wir haben eine Menge Arbeit vor uns«, sagte ich und ging zur Tür.

Wenige Tage später wurde mein Spiel auf ebenso makabre wie unerwartete Weise bestärkt: Einer der Arbeiter, ein älterer Verwandter von Ahmed, starb während der Nacht. Von da an wollte keiner der Arbeiter sich der Grabkammer mehr nähern. Es gab auch so genug für sie zu tun, denn an der Oberfläche musste eine Wand um den Eingang gebaut werden. Ich brauchte sie da unten nicht mehr.

Aus meinen Notizen über die Objekte, die wir in den ersten Tagen nach der Öffnung der Grabkammer fanden:

1. Skulptur eines Kinderkopfes, sechs Zoll hoch, aus Holz, bemalt und stuckverziert. Der Kopf taucht aus den Blütenblättern eines Lotus auf: ein Sinnbild der Wiedergeburt.

2. Kleiner Schrein aus Holz, komplett blattvergoldet und auf einen versilberten Schlitten montiert. Der Schrein hat die Form eines Miniatur-Gebäudes, etwa zwanzig Zoll hoch und breit und zehn Zoll tief. Das Gold ist mit Abbildungen des Königs und seiner Frau Anchesenamun geprägt. Die vorderen Türen sind mit einem winzigen Ebenholz-Bolzen verschlossen, und dahinter befindet sich eine Kammer, in der wohl eine Skulptur des Königs aufbewahrt wurde. Der Ständer mit seinem Namen ist noch vorhanden, die Statue wurde wohl von den Grabräubern mitgenommen.

3. Der goldene Thron, den ich schon beim ersten Besuch in der Grabkammer bemerkt hatte. Es handelt sich dabei nur um einen von mehreren Thronsesseln, die wir in der Grabkammer fanden. Er ist am Rücken fünfundvierzig Zoll hoch und fünfundzwanzig Zoll tief. Rücken und Beine sind vergoldet; der Rücken hat die Form von ausgebreiteten Geierflügeln. Die Beine sind geformt wie Löwenbeine und mit Löwenköpfen geschmückt. Rund um die Beine des Sessels befinden sich die Überreste einer Durchbrucharbeit, die einmal die Lilie und die Papyrus-Pflanze gezeigt hat, Symbole der Königreiche Oberägypten und Unterägypten.

Die Szene auf dem Rücken des Sessels ist hinreißend. Ich habe sie stundenlang betrachtet, völlig gefangen vom Zauber dieser jungen Gesichter, der Anmut und Natürlichkeit ihrer Haltung. Das Bild ist wie ein Fenster in diese ferne Zeit. Ich habe das Gefühl, ihn zu kennen, ich würde ihn in einer Menschenmenge sofort erkennen, und ich könnte einfach mit ihm sprechen, so wie mit Evelyn beispielsweise, oder mit Carnarvon.

Seine Frau beugt sich zärtlich über ihn. Ich bin ein wenig eifersüchtig; sie ist so schön.

4. Ein Kästchen zur Aufbewahrung von Salböl, in der Form einer doppelten Kartusche, auf der gewöhnlich der Name des Königs steht. Hier ist statt des Namens auf jeder Kartusche sein Bild angebracht. Das Kästchen ist aus Holz und vergoldet. Blaue, grüne und rote Glasuren bringen die Details des Bildes zum Leuchten. Auf der Oberseite jeder der beiden Kartuschen sind eine runde Sonnenscheibe und zwei darüber aufragende Straußenfedern zu sehen. Das Kästchen ist jeweils sechs Zoll hoch und breit.

5. Der Becher, den wir am Eingang des Grabes fanden, ist aus Kalzit gemacht und in der Form einer sich öffnenden Lotusblüte modelliert. Die einzelnen Blütenblätter sind in Basrelief genauestens herausgearbeitet. Die zwei Henkel des Bechers sind wie Lotusblüten geformt, auf denen eine menschliche Figur in einem Boot fährt. Die Figur trägt in beiden Händen das Symbol des Lebens. Vermutlich wurde dieser Becher bei der Bestattungszeremonie benutzt, und zwar als Teil der Riten, die dem König Unsterblichkeit verleihen sollten. Der Becher ist sieben Zoll hoch.

6. Die Dinge, die wir aus der Grabkammer entfernten, bewahrten wir in den großen leeren Räumen des Grabes von Ramses VI. auf, die in dem Abhang gleich über Tutanchamuns Grab gelegen waren. Mit einem schweren Gittertor verschlossen wir die Tür, und nur Carnarvon und ich besaßen einen Schlüssel.

Allerdings lieh ich meinen Schlüssel an den jungen amerikanischen Fotografen aus, der, so nahm ich an, noch weitere Fotos von dem Schatz machen wollte. Als ich aber am nächsten Morgen hinaus zum Grab kam, war er schon dort, mitten zwischen den Fundstücken, und zeigte einem Dutzend Einwohnern von Qurna die Schätze, als wäre er ein Angestellter der staatlichen Museen.

Sie standen alle dicht zusammengedrängt vor dem langen Tisch, auf dem mehrere kleinere Gegenstände aufgereiht waren. Ich konnte mir lebhaft vorstellen, wie die kleinen Dinge in den weiten Ärmeln der Umhänge verschwinden würden. So stellte ich mich eilig zwischen die Leute und den Tisch.

»Bitte«, sagte ich und drückte sie ein wenig von dem Tisch weg. »Bitte …« Ich musste vorsichtig sein und eine Notlüge benutzen; es würde mir nur ihren Hass eintragen, wenn ich sie irgendwie beschuldigte. Aber mir fiel schnell etwas ein. »Diese Dinge sind seit Tausenden von Jahren nicht angefasst worden. Sie sind äußerst empfindlich. Eine unvorsichtige Berührung kann sie zu Staub zerfallen lassen. Selbst euer Atem kann sie beschädigen. Versteht ihr?«

Sie glotzten mich an. In dem schwachen Licht verschwanden ihre Gesichter hinter Masken aus Schatten. Der Amerikaner mit seinen wenigen Brocken Arabisch kam mir zu Hilfe, und wir brachten es fertig, die Bewohner von Qurna hinauszukomplimentieren.

Noch auf der Schwelle griff der junge Amerikaner nach meinem Arm. Wir standen da, genau im Eingang der Grabkammer, und beobachteten die Menschen, die sich langsam entfernten. Als sie außer Hörweite waren, wandte ich mich ihm zu.

»Was soll das?«, fragte er. »Was soll der Blödsinn?«

»Sie bringen nie wieder einen Menschen in diesen Lagerraum«, antwortete ich ihm mit leiser Stimme. »Sie und ich, Carnarvon und Evelyn können hier hinein, sonst niemand.«

Er machte große Augen. Dann streckte er eine Hand nach den Dorfbewohnern aus, die inzwischen weit weg waren. »Aber es gehört ihnen! Der Schatz gehört ihnen, das Grab …«

»Ihnen?«, fragte ich mit blankem Staunen. »Ihnen?«

Er steckte die Hände in die Hosentaschen. »Es ist ihre Geschichte.«

»Richtig«, sagte ich, »aber es ist *mein* Fund. Geben Sie mir meinen Schlüssel.«

Schweigend zog er den Schlüssel aus der Hosentasche und reichte ihn mir. Ich drehte mich um und zog das Tor zu. Mit einer Hand rüttelte ich an den Gitterstäben, um sicher zu sein, dass das Schloss tatsächlich eingerastet war.

»Gehen Sie doch mal zu Carnarvon, und fragen Sie ihn, wem der Fund gehört.« Jetzt, da die Tür abgeschlossen war, gelang mir sogar ein Lächeln. »Erzählen Sie doch *ihm* mal, das alles gehöre den Fellachen. Er wird Sie für einen Bolschewiken halten.« Lachend ging ich hinunter zur Ausgrabungsstelle.

»Vier Kammern, sagten Sie.« Ein amerikanischer Journalist kritzelte eifrig in seinem Notizbuch.

»Ja, genau. Die Vorkammer, die seitliche Kammer, die wir den Anbau nennen ...«

»Wo befand sich der Thronsessel?« Diese Frage kam von einer Französin; sie hatte sich an meinen Arm gehängt wie ein Vogel, der seine Krallen um einen Zweig legt.

»Der Thron befand sich in der Vorkammer«, sagte ich.

»Würden Sie bitte wiederholen, was Sie gesagt haben?«

»Wie bitte?«

So ging es, seit die ersten Fotografien unseres Fundes in der Weltpresse erschienen waren. Plötzlich war das Tal der Könige ein wahrer Versammlungsort von Journalisten. Sie belagerten Qurna wie ein Schwarm Wanderheuschrecken. Sobald ich mein Haus verließ, musste ich mich an ihnen vorbeikämpfen. Und es nützte nichts, ihre Fragen zu beantworten, denn das verleitete sie nur dazu, sich neue auszudenken.

»Sie sagten, der Thron sei das größte Kunstwerk, das bisher in Ägypten gefunden wurde.«

Dieser Satz hatte mir bereits den Hass der deutschen Ägyptologen eingebracht, die den bisherigen Rekordhalter gefunden hatten, die große Specksteinbüste der Nofretete, die inzwischen jedes Schulkind kannte. Ich versuchte, mich durch die Menge zu drängen. »Bitte lassen Sie mich vorbei. Ich habe heute eine Menge Arbeit vor mir.«

»Einen Augenblick noch, Mr Carter.«

»Wer war überhaupt dieser Tutanchamun?«, fragte der amerikanische Journalist clever.

»Ein Mann, der gestorben ist«, gab ich ihm zur Antwort. Ein sehr junger Mann übrigens, soweit unsere Funde diesen Schluss zuließen. Natürlich hatten wir den Sarkophag noch nicht geöffnet. Ich schob mich weiter, inzwischen ohne Rücksicht darauf, ob ich jemandem auf die Füße trat. Hinter mir murmelte jemand: »Ist er nicht wunderbar? So natürlich, so gar nicht affektiert.«

»Aber was tat er während seiner Regierungszeit als König, dieser Tutanchamun?«

»Nichts.«

Ich kämpfte mir einen Weg durch das Dickicht der Leiber. Zögernd machten die Presseleute Platz und ließen mich vorbei. Vor mir war das Grab zu sehen. Die Mauer, die wir gebaut hatten, stand geradlinig und allzu modern vor dem Eingang. »Das Wichtigste, was Tutanchamun getan hat, war, zu sterben und begraben zu werden«, sagte ich. Hoffentlich war das unaffektiert genug.

Ich kam an die Tür in der Mauer und tauchte die Treppe hinunter in den Schutz des dunklen Ganges, in den mir niemand folgen konnte. Dort, in der Grabkammer, war ich in Sicherheit. Ich konnte tun, was ich tun musste, nämlich den Schatz aufzeichnen und an einen sicheren Ort bringen.

Wir arbeiteten immer noch im ersten Raum des Grabkomplexes, obwohl ich inzwischen festgestellt hatte, dass tatsächlich vier Räume vorhanden waren, jeder voll gepackt mit Grabbeigaben. Bisher hatte ich erst die Hälfte der ersten Kammer ausgeräumt, aber bei dieser Gelegenheit hatte ich immerhin wenigstens ein wunderbares Objekt gefunden: den Thronsessel. Ich hatte es nie laut gesagt – gesagt hatte ich lediglich, dass der Thron das schönste Kunstwerk war, das bisher in diesem Grab gefunden worden war –, aber ich war der festen Überzeugung, dass es der schönste Gegenstand war, der in Ägypten jemals entdeckt worden war. Und *ich* hatte ihn gefunden. *Ich* hatte diesen wundervollen Gegenstand gefunden. Das Bild auf dem Rücken des Sessels war für mich wie ein Fenster zur Vergangenheit. Ich konnte mir vorstellen, wie das Leben dieses lächelnden jungen

Mannes ausgesehen hatte, der mit dem kunstvollen Kopfschmuck der ägyptischen Könige angetan war und den seine wunderschöne Frau anbetend mit Öl salbte. Über den beiden leuchtete das Sonnenzeichen und überschüttete sie mit seinem Leben spendenden Segen. Die Schriftzeichen auf dem Bild benannten das Paar als Tutanchamun und Anchesenamun.

Ich liebte dieses Bild. Bis zu dem Zeitpunkt, da wir die Mumie finden würden, erzählte es mir mehr über den Menschen, der in meiner Grabkammer lag, als irgendetwas anderes, was wir gefunden hatten. Und angesichts der Mengen von Grabbeigaben, die noch zwischen mir und der eigentlichen Grabkammer lagen und die sortiert und identifiziert und konserviert werden mussten, war klar, dass es noch eine geraume Weile dauern würde, bis wir die Mumie auch nur zu Gesicht bekamen. Aber der Thron war da, und er war ein klares Beweisstück.

Die beiden Menschen auf dem Bild waren jung, und sie waren offensichtlich verliebt. Vielleicht verehrten Sie Aton noch heimlich – in ihren Herzen. Sie waren noch so jung, dass die Sorgen und Probleme der Macht und des Amtes noch nicht auf ihnen lasteten. Sie hatten wohl in einem kleinen, abgeschlossenen Paradies gelebt, in dem alles, was sie sich auch nur im Entferntesten ersehnten, sofort bereitstand, während die Bediensteten des Hofes sie umschwärmten und ihnen jeden Wunsch von den Augen ablasen.

Manchmal, wenn ich auf diese zauberhafte kleine Szene auf dem Thronsessel blickte, wurde ich von einer seltsamen Sehnsucht erfüllt, als wäre ich irgendwann dort gewesen und wünschte mir, dorthin zurückzukehren.

»Carter, sind Sie da drin?«

»Ja«, sagte ich kurz.

Ich hatte mich gerade wieder an die Arbeit gemacht, kniete über einer Schachtel und zog die Perlen eines Halsbandes mit der Pinzette heraus. Die Schnur war zu Staub zerfallen, und die Perlen mussten eine nach der anderen entfernt werden, wobei ich ihre Position zueinander sorgfältig aufzeichnete, um die

Machart der Halskette nachvollziehen zu können. Eine schwierige Arbeit, vor allem in dem grellen Licht, das wir inzwischen in der Kammer installiert hatten. Jede Unterbrechung zerrte an meiner Konzentration und an meinen Nerven.

Carnarvon kam den Gang entlang, einen Fotografen im Schlepptau. »Carter, der Herr braucht noch ein Foto.«

»Ich bin gerade mitten in der Arbeit«, protestierte ich.

»Es dauert nur ein paar Minuten«, wiegelte der Fotograf ab. Es war nicht mein amerikanischer Freund; der ging mir inzwischen aus dem Weg. Drei Kameras hingen um den Hals des Mannes, und er trug einen Koffer und ein dreibeiniges Stativ in der Hand.

»Machen Sie's ohne mich«, sagte ich. All dieser moderne Kram war mir zutiefst zuwider.

»Howard«, sagte Carnarvon. »Adel verpflichtet.«

»Ich muss arbeiten – nein! Nicht dahin!« Ich stürzte mich auf den Fotografen, der seinen Koffer auf einem Schrein abgestellt hatte, und riss ihm den Koffer aus der Hand. Der Fotograf sah mich an, als hielte er mich für vollkommen durchgedreht.

Carnarvon brach in Gelächter aus. »Kommen Sie, Howard! Je eher Sie nachgeben, desto schneller haben Sie es hinter sich.«

Während wir steif vor den Fundstücken posierten, stieß Evelyn zu uns. Sie hatte oben gearbeitet und sich Notizen gemacht; hinter ihrem Ohr steckte ein Bleistift. Ihr kurz geschnittenes Haar war unter einem Schal versteckt.

»Lord Allenby ist eben angekommen, Vater«, sagte sie.

»Großartig«, sagte Carnarvon. »Sie müssen mit uns Tee trinken, Carter.«

Ich stöhnte auf. Der Tag zerrann mir unter den Händen. Der Fotograf beugte sich über sein Stativ, während das Balgenobjektiv seines Apparates vor- und zurücktanzte. Über den gebeugten Rücken des Mannes hinweg lächelte Evelyn mir zu. Dann sah sie ihren Vater an und legte den Finger an ihre Wange. Er tat dasselbe, bemerkte das winzige Stück Pflaster auf seiner Wange, wo er sich morgens beim Rasieren geschnitten hatte, und nahm es für das Foto ab.

»Stillhalten, bitte«, sagte der Fotograf und machte eine Geste mit seiner rechten Hand wie ein Dirigent. Nichts passierte.

»Verdammt!«

»Vater«, drängte Evelyn. »Lord Allenby ...«

»Bitte entschuldigen Sie mich«, sagte Carnarvon zu dem Fotografen. Ich hielt immer noch still, meine Augen waren entzündet, und in meinem Hinterkopf hatte sich ein dumpfer Kopfschmerz eingenistet.

Unter der Lampe, die direkt über mir hing, schmorte ich leise im eigenen Saft.

»Der Blitz hat nicht funktioniert«, sagte der Fotograf.

»Lord Allenby wartet«, sagte Evelyn.

Der Fotograf kramte wie wild in seinem Koffer. »Einen Augenblick, nur einen Augenblick.« Er zog die unbotmäßige Lampe aus der Fassung. »Nur einen Augenblick.«

Carnarvon ging bereits zur Tür. Mit einem sorglosen Lächeln ging er an dem Fotografen vorbei. »Entschuldigung ...«

»My Lord!«

Der Earl schaltete bereits seine Taschenlampe ein. »Machen Sie ein Foto von Carter. Schließlich hat er das alles hier gefunden.« Mit diesem Worten verschwand er in dem Gang.

Der Fotograf fluchte noch einmal. Er starrte mich wütend an und nahm die Kamera vom Stativ. Evelyn und ich beobachteten ihn, wie er alle Einzelteile wieder in seinem Koffer verstaute, wo sie alle von Gummischnüren an ihrem Platz gehalten wurden. Bei jeder Bewegung, die er machte, war ich auf dem Sprung, um die wertvollen Gegenstände in diesem Raum vor seiner Ungeschicklichkeit und seiner idiotischen Unwissenheit zu schützen. Mit einem letzten Fluch stolperte er hinter Carnarvon her in den Gang.

»Armer Howard«, sagte Lady Evelyn. »Das war Ihnen nicht klar, dass so etwas passieren würde, oder?«

Ich kniete mich wieder neben die Schachtel mit den losen Perlen. »Sie haben keine Vorstellung, wie viel Post ich bekommen habe. Ich habe nie gewusst, dass es so viele Irre auf der Welt gibt.«

Sie lachte, nahm den Stift aus ihrem weichen Haar und steckte ihn in die Tasche ihrer Jacke. »Sie haben es sich verdient. Nicht die Irren – die Anerkennung! Kommen Sie zum Tee?«

Ich schloss den Deckel der Schachtel. »Einer hat mir geschrieben und gefragt, ob ich irgendeine Verbindung zwischen dem Grab und den belgischen Morden im Kongo gefunden hätte. Und einer in Amerika war wütend auf mich; er sagt, jetzt, da das Grab gefunden ist, wird das Ende der Welt kommen.«

»Ich werde das für Sie beantworten«, sagte sie heiter.

Ich griff nach meinem Notizbuch und streckte mich. Wir standen allein in dem Raum zwischen den Fundstücken. Ich hatte jedes mit einem Zettel und einer Nummer versehen, sodass es in der Kammer inzwischen aussah wie in einem Museum. Sie hob ihr Gesicht zu mir, sanft und warm und lebendig. Ihre Augen waren klar und ruhig wie die eines Jägers.

»Lady Evelyn«, sagte ich. »Evelyn!« Ich griff nach ihrer Hand, bereit, ihr alles zu sagen: Was ich für sie empfand, wie zärtlich und freundlich meine Gefühle für sie waren, wie sehr ich sie begehrte, jetzt, da ich mich ihrer wert fühlte.

Sie wich vor mir zurück. »Howard, nein«, sagte sie mit einem heftigen Kopfschütteln. »Nein.« Dann drehte sie sich auf dem Absatz um und verschwand in der Dunkelheit des Tunnels. Mit offenem Mund stand ich da und starrte auf die Stelle, wo sie eben noch gestanden hatte. Ich fühlte mich wie ein Idiot. Lange blieb ich dort stehen, unfähig zu arbeiten, mit einem dumpfen Brummen in meinem Kopf, bis es Zeit war, heimzugehen.

Mein Haus in Qurna befand sich nahe dem nördlichen Ende des Dorfes. Eine kleine Treppe mit vier kleinen Stufen führte von der Straße zum Eingang. Als ich darauf zuging, bemerkte ich eine Frau, die sich von der obersten Stufe erhob.

»Mr Carter?«

»Was wollen Sie von mir?«, fragte ich.

Das dämmerige Abendlicht verschleierte ihr Gesicht. Eine lange weiße Hand streckte sich nach meinem Hemd aus. »Wollen wir hineingehen?«

Ihre Hand fingerte an meinen Hemdknöpfen herum, und der Stoff ihres Rocks raschelte wie nervöses Blätterwerk. Ich ging weiter, an ihr vorbei und in mein Haus. Sie folgte mir und sagte in klagendem Ton: »Mr Carter?« Ich schlug ihr die Tür ins Gesicht.

Inzwischen hatte sich mein Kopfschmerz weiter ausgebreitet, und zudem knurrte mein Magen. Eine Viertelstunde saß ich auf dem Sessel im Wohnraum, bis ich mich dazu aufraffen konnte, die Lampe anzumachen. Währenddessen schlich die Frau draußen ums Haus; ich konnte sie hören, und einmal sah ich sogar ihr Gesicht am Fenster.

Als ich einigermaßen sicher war, dass sie weg war, kümmerte ich mich um das richtige Licht, das sich schwach im Zimmer verbreitete und die leeren Wände zum Vorschein kommen ließ. Ich hatte keine Möbel hier, hatte sie auch nie vermisst, denn ich wollte ja nur näher bei der Grabkammer sein – deshalb war ich hier. An diesem Abend vermisste ich sie zum ersten Mal. Mein Kopf schmerzte. Ich schüttete einen Schluck Whisky in die Tasse, aus der ich meinen Morgentee getrunken hatte.

In diesem Augenblick klopfte es an der Tür. Da ich dachte, es sei die fremde Frau, fluchte ich und marschierte durch das Zimmer zur Tür, um sie aufzureißen, entschlossen, die Frau jetzt endgültig zu vertreiben. Aber es war Lady Evelyn.

»Nun«, sagte ich.

»Es tut mir Leid, dass ich Sie belästigen muss, Howard. Es geht um meinen Vater. Er ist krank.«

Ihr Anblick machte meinen Zorn noch größer. Ihre heitere Ruhe, die mich bisher immer verzaubert hatte, wirkte jetzt wie ein Affront auf mich. Wie konnte sie nur so unbewegt sein, so rücksichtslos meinen Gefühlen gegenüber? Ich legte die Hand an meinen schmerzenden Schädel.

»Krank«, wiederholte ich.

»Kam er Ihnen heute früh noch gesund vor?«

Ich trat zurück in das Zimmer und ließ sie an mir vorbei ins Haus. »Kommen Sie herein. Nein, also, er kam mir in keiner Weise anders vor als sonst. Was fehlt ihm?«

Sie stand in der Mitte des kleinen Zimmers und rang die Hände. »Er hat sich beim Rasieren geschnitten. Am Nachmittag sagte er, er fühle sich seltsam, und fuhr deshalb zurück nach Luxor, und nun hat er Fieber. Und er erlaubt mir nicht, einen Arzt zu holen.«

Die Teetasse mit dem Whisky stand auf dem niedrigen Tischchen bei der Lampe. Ich leerte sie und goss gleich wieder nach. »Das sollten Sie aber tun. Wir sind hier in Oberägypten, nicht in Surrey.«

»Es tut mir Leid, wenn ich Sie damit belästige«, sagte sie steif und missbilligend.

»Es tut mir auch Leid. Ich habe scheußliche Kopfschmerzen.« Damit trank ich meinen Whisky.

»Oh, wie unangenehm. Sie finden also, ich sollte einen Arzt für meinen Vater rufen?«

Ich stellte die Whiskyflasche auf das Regal. »Wie hoch ist das Fieber?«

»Achtunddreißig.«

»Und er hat sich geschnitten? Ich denke, Sie sollten ihn nach Kairo bringen. Das klingt mir nach einer richtig schönen Blutvergiftung.«

Sie wurde weiß wie die Wand. »Ja«, sagte sie. »Können Sie mitkommen und mir helfen?«

Carnarvon saß im Salon ihrer Suite, das Kinn auf eine Faust gestützt. Er sah wirklich krank aus. Die Haut an seinen Wangen war vom Fieber dünn wie Papier, und er hatte offensichtlich Schmerzen, auch wenn er es nicht zugeben wollte.

Als Evelyn ihm mitteilte, dass wir ihn nach Kairo bringen würden, sagte er nur: »Mach dich nicht lächerlich.«

»Howard ist hier«, gab sie zurück. »Und das Automobil steht schon vor der Tür.«

»Carter?«, wehrte er sich. »Sagen Sie meiner Tochter, sie ist eine dumme Gans.«

Er nahm das Kinn von seiner Faust. Seine Augen waren glasig, und er sah mich mit einem Blick an, aus dem verzweifelte Angst sprach. Ich räusperte mich.

»Nein, sie ist eine kluge Frau. Evelyn, haben Sie schon gepackt?«

»Nein«, hörte ich sie hinter mir.

»Dann packen Sie die nötigsten Sachen in eine Tasche. Nachtzeug, Kulturbeutel …«

Dann trat ich zu Carnarvon, um ihm aus dem Sessel zu helfen. Zuerst dachte ich, er wehrte sich, aber dann spürte ich, dass er meine Hilfe tatsächlich brauchte. Er konnte kaum noch gehen.

Das Automobil brachte uns durch die Nacht, von einem schweigenden, dunklen Dorf zum anderen. Selten verließen wir den Nil, der im Mondlicht leuchtete. Für einige Zeit begleitete uns der Kanal zur anderen Seite der Straße. Die winzigen Dörfer standen wie Außenposten zwischen den weiten, ordentlich angelegten Baumwollfeldern und den turmhohen Stämmen der Palmen. Die schlanken Bäume erhoben sich aus ihren freigelegten, verknoteten Wurzeln wie der Teil eines Bühnenbildes, der vom Publikum nicht gesehen werden kann und deshalb nicht verkleidet wird. Hier und dort schnitt der Kanal durch die Landschaft, wie mit dem Lineal gezogen.

Ich lenkte den Wagen. Auf dem Rücksitz saß Evelyn neben ihrem Vater.

»Er schläft«, sagte sie irgendwann.

»Gut.« Wahrscheinlich war er eher bewusstlos.

»Howard, was da zwischen uns heute früh passiert ist …«

»Ich möchte lieber nicht darüber sprechen.«

Eukalyptusbäume säumten die Straße. Man hatte sie gepflanzt, um Schwellen für die Eisenbahn aus den Stämmen zu machen. Auf dem Straßenpflaster lagen Blätter und Rindenstücke. Der Mond ging auf. Der Weg nach Kairo war lang; sie würde mich für einen Teil des Weges am Steuer ablösen müssen, und ich fragte mich, ob sie überhaupt wusste, wie man fuhr. Aber eigentlich war ich sicher, dass sie es konnte. Wie der kurze Haarschnitt und die geistige Unabhängigkeit war wohl auch das ein Kennzeichen ihrer Bürgerrechte in der Nachkriegswelt.

»Howard«, sagte sie nun. »Was bedeutet das alles für Sie? Das Grab. Warum ist es so wichtig?«

»Es ist der größte Fund, der jemals in Ägypten gemacht wurde«, antwortete ich.

»Ja, das weiß ich, aber warum war es so wichtig, dass ausgerechnet Sie diesen Fund machen?«

Ich drückte meinen Rücken in den Ledersitz. Meine Handgelenke waren schon steif vom langen Fahren. »Irgendjemand musste ihn machen.«

»Warum?«

»Stellen Sie sich doch nicht dumm, Evelyn. Unwissenheit ist kein Segen. Oder glauben Sie nicht daran, dass man Wissen um seiner selbst sucht?«

»Wissen«, sagte sie mit verträumter Stimme, »ist eine trügerische Sache. Wie können wir irgendetwas über die Vergangenheit wissen? Vor allem über eine Vergangenheit, die so weit zurückliegt wie das Ägypten der Pharaonen.«

»Es gibt Hinweise. Das Grab ist ein solcher Hinweis. Je mehr derartige Hinweise wir entdecken, desto mehr wissen wir.«

»Desto mehr glauben wir zu wissen.«

»Evelyn, worauf wollen Sie hinaus?«

»Nun, mir scheint, die einzige Wirklichkeit über jede beliebige historische Epoche ist diejenige, die nie eine Spur hinterlässt. Ich meine, die Art, wie die Menschen damals ihr eigenes Leben sahen.«

Allmählich machte sie mich wütend. Sie versuchte mir zu erzählen, dass mein Tun keinen Sinn hatte. Laut sagte ich: »Unsinn.«

Sie schwieg. Im Rückspiegel konnte ich sehen, wie sie mich beobachtete.

»Ein geschulter Kopf kann aus den Hinweisen manches über die Haltungen der Menschen schließen«, versuchte ich zu erklären. »Wir setzen diese und jene Ideen zusammen …«

»Der geschulte Kopf interpretiert«, warf sie ein. »Und letzten Endes können wir immer nur aufgrund unserer eigenen Erfahrungen interpretieren. Wir drehen uns im Kreis, Howard, so ist es doch! Wir können in die Vergangenheit blicken, aber was wir sehen, ist nur ein Spiegelbild unserer selbst.«

Ich fuhr eine Weile auf der leeren Straße dahin, bevor ich mich zu einer Antwort aufraffen konnte. Und endlich konnte ich nichts anderes sagen als: »Wenn ich das akzeptiere, liebste Lady Evelyn, dann lösche ich mein ganzes Leben aus.«

»Warum?«, rief sie mit Leidenschaft in der Stimme. »Ist es denn so nutzlos, wenn wir lernen, uns selbst zu verstehen?«

»Jetzt werden Sie melodramatisch, Evelyn, beruhigen Sie sich erst einmal.«

»Oh, das tut mir Leid.«

Aber sie klang nicht so, als täte ihr irgendetwas Leid, sondern sie warf mir ihren ganzen Sarkasmus an den Kopf. Danach sprachen wir mehrere Stunden lang nicht miteinander. Später, als sie selbst fuhr und die Sonne schon wieder aufgegangen war, fragte sie plötzlich: »Woran denken Sie?«

»Ich hätte eine Wache am Grab aufstellen lassen sollen.«

»Ahmed wird schon aufpassen.«

»Ahmed! Eben seinetwegen wollte ich die Wache aufstellen.«

Sie warf mir einen erstaunten Blick zu. »Warum das?«

»Ahmed stammt aus Qurna. Er ist ein Grabräuber. Seine Leute haben die Gräber im Tal der Könige jahrhundertelang ausgeraubt.«

Vor uns führte ein Mann einen Wasserbüffel die Straße entlang. Sie bremste und lenkte den Wagen um den Büffel herum. Auf seinem Rücken zwischen den breiten, nach hinten gebogenen Hörnern lag ein Kind und schlief. So flogen wir in den Morgen.

»Ich denke, Sie irren sich«, sagte sie, als der Wagen wieder die normale Geschwindigkeit erreicht hatte. »Ahmed ist ein engagierter und fleißiger Arbeiter, und er ist Ihnen treu ergeben.«

Ich musste lachen, wollte ihr aber auch nicht erzählen, weshalb Ahmed allen Grund hatte, mir Ärger bereiten zu wollen.

»Nun, vielleicht nicht Ihnen persönlich«, schränkte sie ein. »Aber seiner Arbeit, er liebt seine Arbeit, und er ist immer dort zur Stelle, wo die schwerste und produktivste Arbeit anfällt.«

»Er beobachtet«, gab ich zurück. »Er passt auf, ob er etwas zum Stehlen findet.«

»Wirklich, Howard«, sagte sie. »Sie sind nicht nur dickköpfig, Sie sind verbohrt.«

Danach sprachen wir kein Wort mehr, bis wir nach Kairo kamen. Das war kurz nach Mittag. Lord Carnarvon war immer noch einigermaßen bewusstlos. Lady Evelyn machte sich auf den Weg zu einem französischen Arzt, und ich brachte den kranken Earl in einer Suite im Continenta-Hotel unter. Dort scharten sich die Bediensteten des Hotels um ihn, und ich war die Verantwortung los.

Vom Fenster des zweiten Schlafzimmers in der Suite konnte ich die gewundenen Straßen der Altstadt und die geraden, an Paris erinnernden Boulevards übersehen, die einfachen weißen ägyptischen Häuser mit den eisernen Jalousien über den Fenstern, die Türme der Moscheen, die grotesken modernen Gebäude, die wie Pilze aus dem Boden schossen, und das alles umwunden mit den Stromleitungen, dem Stolz der Stadt. In den Straßen wetteiferten Wasserbüffel und Esel erfolgreich mit den wenigen Automobilen um den knappen Platz.

Die Nil-Schleife verlief praktisch unter meinem Fenster. An den Ufern des langsam fließenden, schmutzigen Wassers saßen die allgegenwärtigen Jungen, die Arme lässig auf den Armlehnen der Bänke ausgebreitet und die hübschen Gesichter dem Fluss zugewandt. Scharen von Tauben bevölkerten das Straßenpflaster. Eine Zeitungsseite hatte sich um den Stamm einer Palme gewickelt.

Ich wandte mich ab. Der Schlafmangel, die Gegenwart des kranken Mannes im Bett hinter mir, die Tatsache, dass ich nicht dort war, wohin ich gehörte, alle meine Schwierigkeiten belagerten mich. Ich fühlte mich gefangen.

Evelyn kam stundenlang nicht zurück. Als sie endlich wieder auftauchte, drehte sich die Welt nur noch um Krankenschwestern in grauen Uniformen, Ärzte, denen das Stethoskop um den Hals hing, und den kranken Mann. Keinen Augenblick waren wir allein, hatten keine Möglichkeit, miteinander zu sprechen – der Bruch in unserem nächtlichen Gespräch ließ sich nicht schließen. Sie schien immer weiter von mir wegzutreiben.

Inzwischen hatte sie ihre Mutter informiert, und Lady Carnarvon würde mit dem Flugzeug aus England kommen, den Hausarzt der Familie im Schlepptau, mit kleinen Flugzeugen von einer Stadt zur anderen hüpfend, bis sie endlich in Kairo landete. Bis dahin war Evelyn am Bett ihres Vaters beschäftigt; dann übernahm der Hausarzt das Kommando am Bett des Earls, und Evelyn musste sich um ihre Mutter kümmern. Ich drang einfach nicht zu ihr durch.

Für einen Augenblick dachte ich daran, nach Luxor zurückzukehren, aber es nützte ja nichts. Ich konnte nicht arbeiten, solange Carnarvon krank war, nicht solange die Aufmerksamkeit der ganzen Welt auf uns gerichtet war. Ich war in Kairo gefangen. Der Zustand des Earls schien sich zu bessern, sodass wir wohl bald wieder ins Tal zurückkehren würden.

Dann wurde es wieder schlimmer mit ihm, und diesmal glaubte niemand mehr an eine Heilung. Evelyns Bruder, Lord Portchester, wurde aus Indien herbeigerufen. Die Suite füllte sich mit Ärzten und Krankenschwestern und Telegrammen und Blumengrüßen, und ich stand unnütz in einer Ecke und beobachtete das Ganze. Wenn ich gelegentlich hinausging, machte ich einen Spaziergang und versuchte, meine Gedanken zu ordnen.

Evelyn versorgte ihre Mutter, beaufsichtigte die Pflege ihres Vaters, organisierte den ständig wachsenden Haushalt, sah nie müde, nie furchtsam oder erregt aus. Ich sah sie nie sitzen, geschweige denn schlafen. Irgendwann einmal trat ich ins Zimmer und sah sie am Fenster stehen, wie sie hinausblickte auf die Stadt. Ihr Gesicht wirkte starr und entschlossen. Als ich hinter sie trat, sagte sie leise: »Was für ein seltsamer Ort. Es ist wie bei einer schweren Geburt.«

»Kann ich Ihnen nicht irgendwie helfen?«, fragte ich. »Ich möchte so gern etwas für Sie tun.«

Sie hob ihr Gesicht zu mir. »Eine Tasse Tee wäre gut.«

»Das werde ich tun.«

»Danke.« Sie legte ihre Hand auf meinen Arm und drückte ihn für einen Augenblick mit den Fingern. Ein tröstliches Gefühl, auch wenn ich eigentlich gekommen war, um sie zu trösten. Vielleicht war es auch nur eine übliche Geste von ihr. Dann ging sie zur Tür hinaus. Ich sah aus dem Fenster und fragte mich, was die seltsame Bemerkung über die Geburt ausgelöst hatte, aber es war nichts zu sehen außer der breiten Straße, die vom Gewühl der Esel und Menschen verstopft war, mittendrin ein offenes Automobil, das sich hupend und mühsam seinen Weg bahnte. Als ich mich umsah, hatte Evelyn den Raum schon verlassen.

Portchester kam spät am Abend an, ein junges, glattes Kindergesicht, das in seiner großartigen Husarenuniform reichlich verloren wirkte. Er warf einen Blick auf seinen Vater, der inzwischen fantasierte, und begab sich dann zu Bett. Gegen zwei Uhr morgens hörte ich eilige Schritte auf dem Korridor vor meinem Zimmer, das nur ein paar Türen von Portchesters Zimmer entfernt lag. Ich sprang aus dem Bett und trat in die Tür.

Der Korridor war hell erleuchtet von den elektrischen Lampen an den Wänden. Die Krankenschwester sprach hastig an der Nebentür mit jemandem, den ich nicht sehen konnte.

»Es geht um Seine Lordschaft, Eure Lordschaft – er ist soeben von uns gegangen. Ihre gnädige Frau Mutter ist bei ihm.«

Während sie noch sprach, wurde das Lampenlicht im Korridor schwächer. Die Schwester kreischte auf. Ich streckte die Hand nach dem Lichtschalter aus und bewegte ihn wie ein Idiot ein paar Mal auf und ab, aber das nützte natürlich nichts. Das Licht ging ganz aus, und der Korridor fiel in Finsternis.

Ich ging zurück in mein Zimmer und versuchte die Lampe neben meinem Bett anzuschalten. Sie war ebenfalls tot. Als ich zum Fenster ging, sah ich, dass in der gesamten Stadt kein einziges Licht brannte.

»Also, zum Teufel, jetzt halten Sie doch mal den Mund! Ich will meinen Vater sehen«, bellte ein Mann im Korridor.

Die Krankenschwester schluchzte. Ich drehte mich um und sah durch die offene Tür meines Zimmers Lord Portchester den Gang entlangmarschieren, eine elektrische Taschenlampe in der Hand und die Schwester dicht auf den Fersen.

Wenige Augenblicke danach war das Licht in ganz Kairo wieder da. Ich ging zu Bett, konnte aber nicht mehr einschlafen.

Die Morgenzeitung machte groß mit der folgenden Schlagzeile auf:

CARNARVON VERFLUCHT!
ER STARB AN EINER KRANKHEIT AUS DER FERNEN VERGANGENHEIT!
ALS ER STARB, FIEL KAIRO IN DUNKELHEIT!

Natürlich war das Unsinn. Das Licht war eine ganze Weile nach seinem Tod ausgegangen. Ich trank meinen Mokka auf der Terrasse des Hotels und versuchte, die Fliegen von meinem Frühstück fern zu halten. Dann faltete ich die Zeitung auf ein angenehmes Maß zusammen und las den Artikel, während ich aß.

Aber die Schlagzeile erzählte bereits die ganze Geschichte. Irgendein Schreiberling der Lokalpresse hatte sich in die Idee verrannt, Carnarvon habe ein uraltes Tabu gebrochen, als er die Grabkammer öffnete – dabei hatte Carnarvon das Grab ja gar nicht geöffnet –, und sei nun vom langen Arm der Vergangenheit niedergestreckt worden. Die böse Kraft des Pharaos habe ihn über dreißig Jahrhunderte hinweg vernichtet, weil er den friedlichen Schlaf des Tutanchamun gestört hatte.

Als ich den Artikel zur Hälfte gelesen hatte, merkte ich, dass mir einzelne Formulierungen bekannt vorkamen, beispielsweise bei die Erwähnung des allgemeinen Schreckens bei den Arbeitern. Ich dachte an Ahmed, und ein kaltes Kribbeln meiner Nerven warnte mich. Ich war schon viel zu lange in Kairo – ich musste so schnell wie möglich nach Luxor zurück.

So machte ich mich auf die Suche nach Evelyn, um mich von ihr zu verabschieden. Sie saß im Salon, die Hände in den Schoß gelegt, die Schultern eingesunken. Ich blieb in der Tür stehen, als ich sie sah, so jung und so zerbrechlich sah sie plötzlich aus. Sie drehte sich zu mir um und sah mich dort stehen, sagte aber nichts.

»Ich muss nach Luxor zurück.«

»Leben Sie wohl, Howard«, antwortete sie. Sie drehte sich von mir weg, und ihre Hände öffneten und schlossen sich ein paarmal. Ich hätte noch etwas sagen sollen, aber diese Bewegung schloss mich aus ihrem Leben aus. Sie brauchte mich nicht, und ich ließ sie allein.

Auf der Treppe hinunter in die Lobby kam mir der junge amerikanische Fotograf entgegen. Wir blieben auf gleicher Höhe stehen, und mit verkniffenem Gesicht sagte er: »Tut mir Leid, von Carnarvons Tod zu hören.«

»Ja«, gab ich zurück. »Ein großer Verlust. Was tun Sie in Kairo?«

»Ich hörte, dass er im Sterben lag.«

»Und Sie wollten mich daran erinnern, dass Ihre Leute das Vorkaufsrecht haben, wenn es um die Weiterführung der Grabung geht?«

»Nein«, schnappte er nach mir. »Es mag Ihnen seltsam vorkommen, aber deshalb bin ich nicht hier.« Er sah wütend aus, und ich wäre an seiner Stelle ebenso wütend gewesen, wenn man mich derartig angegriffen hätte. Aber ich glaubte ihm kein Wort: Natürlich wollte er das Grab. Er starrte mich zornig an.

»Ich war doch nur deshalb hier«, sagte er. »Als Gegengewicht. Sie haben mich benutzt.«

»Sie benehmen sich wie ein Schuljunge«, antwortete ich. »Sie sind naiv. Die Welt ist komplizierter, als Sie denken.«

»Mir kommt die Sache ganz einfach vor«, sagte er, und sein ausgeprägter amerikanischer Akzent war deutlicher denn je. »Wir kommen Ihnen gar nicht real vor, nicht wahr, Carter? Die Menschen in Ihrer Umgebung.«

Ich stöhnte einigermaßen irritiert und ging weiter. Aber seine Stimme klang hinter mir her.

»Tutanchamun ist auch nicht real für Sie, Carter. Das kann er gar nicht sein. Sie können nicht in seiner Welt leben, und Sie missachten Ihre eigene.«

Die Leute in der Lobby wurden aufmerksam auf uns. Ich spürte, wie mir das Blut in den Kopf stieg. Dann erreichte ich das Ende der Treppe.

»Sie sind aus der Zeit herausgefallen, Carter!«

Ein heller Sonnenstrahl zeigte mir, wo die offene Tür zur Straße zu finden war. Ich ging darauf zu, so schnell ich konnte.

8

Ich fuhr mit dem Automobil nach Luxor zurück. Die Straße war breit und führte immer geradeaus. Die meiste Zeit konnte ich zügig fahren, nur bei der Durchfahrt durch die Dörfer musste ich abbremsen. Es war ein heißer Tag, und die Hitze wurde noch schlimmer, als die Sonne hochstieg. In den riesigen Feldern, die durch Jahrtausende von Überschwemmungen zu einem perfekten Abhang geformt worden waren, pflückten die Fellachen Baumwolle, die Büffel trotteten rund um die Wasserpumpe, die zur Bewässerung der Felder benutzt wurde, und der Nil flutete durch das Land.

Irgendwann endete die Straße in einer engen, gewundenen Gasse durch die Außenbezirke von Luxor. Eine Gruppe Jungen sperrte die Straße, und als ich hupte, grinsten sie mir nur über die Schulter zu und schlenderten weiter die Straße entlang. Die weißen Ziegelwände reichten bis an das Straßenpflaster heran, und allmählich umschloss mich die Altstadt. Die Luft war schwer von widerstreitenden Gerüchen: Bohnen, Fisch, Saatgut und Räucherwerk.

Ich ließ den Wagen auf dem Kai stehen. Die Fähre war da, aber die Mannschaft reinigte gerade das Deck, und es würde ein paar Minuten dauern, bis ich den Fluss überqueren könnte. So vertrat ich mir in der Gasse ein wenig die Beine. Flussabwärts waren die zerzausten Köpfe der Palmen zwischen den Säulen und Portalen des Großen Tempels zu sehen, aber direkt mir gegenüber ragte das Minarett einer Moschee über die Dächer der Altstadt hinaus.

Natürlich gab es auch Obelisken im Großen Tempel, die goldenen Nadeln von Hatschepsut und Thutmosis, die die Sonnenstrahlen symbolisierten. Ich marschierte auf dem Fähranleger hin und her, den Blick abwechselnd auf die Moschee und den Tempel gerichtet. Die alten Obelisken waren inzwischen nicht mehr dort. Die Griechen hatten ihnen diesen Spitznamen gegeben, der in etwa die Bedeutung »Bratspieß« hat. Die verschiedenen Eroberer Ägyptens hatten sie im Laufe der Zeit mitgenommen: nach Karkamesh, Rom, London und New York. Meine Blicke kehrten zu der Moschee zurück.

Die Schiffssirene war zu hören und forderte die Passagiere auf, an Bord zu gehen. Ich machte mich gemeinsam mit einer Gruppe Touristen auf den Weg.

Das breite Schiff schob sich über den Nil, vorbei an einer kleinen Insel mitten im Fluss, auf der die Bauern arbeiteten, die dort Tomaten anbauten. In der Mitte des Nils weitete sich der Blick auf den Großen Tempel. Er hatte mit seinen dicht gestellten Säulen und den schweren, Platz greifenden Toren mit den Querbalken etwas Geheimnisvolles an sich, das mich an Evelyns Theorie von der Geschichte denken ließ, oder sollte ich sagen: ihre Theorie von der Nicht-Geschichte? Ich wandte mich wieder dem Bug der Fähre zu, während mein Kopf unter den ersten Anzeichen einer Migräne zu pochen begann.

Die Touristen gingen im Pulk von Bord und hasteten zu den Führern und dem Kutschendienst, der sie zum Tal bringen würde. Inzwischen gab es noch einen Krachmacher mehr an dieser Stelle, einen großen Lastwagen, und mehrere hässliche Schilder machten Werbung für geführte Touren zum »Grab von König Tut«.

In dieser Saison war der Preis für die Tour auf das Doppelte gestiegen. Am Brunnen von Qurna mietete ich mir einen Esel und ritt ins Tal, um festzustellen, welche Auswirkungen all diese Dinge auf meine Ausgrabung haben würden.

Am Eingang der Schlucht warf ich einen Blick zurück und sah, wie die Touristenherde zu den zwei Kolossalstatuen von Amenophis III. am Flussufer geführt wurde. Die Führer würden dafür sorgen, dass die Europäer alles in schönster Reihenfolge zu sehen bekamen.

Ich trieb meinen Esel zu höchster Eile an, als ich durch das Tal ritt. Jetzt, da ich hier war, sehnte ich mich danach, das Grab wieder zu sehen. Wenigstens dieser Ort war beständig und real, wo sich die Dinge seit der Graböffnung doch so völlig anders entwickelt hatten als von mir beabsichtigt. Der Esel begann zu schnauben, ein sicheres Zeichen, dass er mich bald im Stich lassen würde. Ich stieß ihm die Fersen in die Rippen, eine Art Gegenwarnung, und beschloss, nicht mehr über Lady Evelyn nachzudenken.

Dann kamen wir um die Biegung in der Schlucht, die mich zum Grab bringen sollte. Das Panorama der Felswand breitete sich vor mir aus, und darüber wölbte sich ein vollkommener, unendlich blauer Himmel. Eine kleine Menschenmenge stand bei der Ziegelmauer, die das Grab umgab. Das Grab von Ramses VI. direkt darüber lag verlassen.

Glücklich zügelte ich den Esel, um in würdigem Tempo dort anzukommen.

Zwei bewaffnete Ägypter in Armee-Uniformen standen am Eingang Wache. Ich ließ meinen Esel bei der Mauer stehen und ging zum Tor, aber die Wachen wehrten mich mit ihren Waffen ab.

»Hier kommt niemand hinein«, sagte der Soldat zur Linken.

»Ich bin Howard Carter«, sagte ich. »Ich bin gerade angekommen und will mich davon überzeugen, dass alles in Ordnung ist.«

»Hier kommt niemand hinein.«

»Haben Sie mich nicht verstanden?«, fragte ich. »Ich bin Howard Carter.«

Der Soldat zur Linken machte eine verständnislose Geste und zuckte mit den Schultern. Der Soldat zur Rechten sagte: »Diese Ausgrabungsstätte steht unter der Aufsicht der ägyptischen Regierung. Hier kommt niemand hinein.«

Ich verstand es nicht. Ich starrte von einem Gesicht zum anderen und fragte mich immer noch, warum sie mich nicht in das Grab ließen. Die ägyptische Regierung. Was sollte das heißen? Das waren meine Leute!

»Carter!«

Vom schmaleren Ende der Schlucht her kam Ahmed auf mich zu. Er stellte sich zwischen mich und das Eingangstor. »Dieser Ort gehört dem ägyptischen Volk. Das bestreitet nicht einmal der britische Kommissar. Sie werden über das Nationalmuseum in Kairo einen Antrag stellen müssen ...«

»Das Museum in Kairo?«

»Es hat die Aufsicht hier übernommen«, bestätigte er.

Ich wich einen Schritt von ihm zurück. Die Soldaten hinter ihm standen ruhig da, die Gewehre fest im Griff. Im ersten Augenblick war ich nicht einmal in der Lage, Ahmed gegenüberzutreten, aber dann gewann ich die Kontrolle wieder und schimpfte drauflos: »Du! Du verfluchter Grabräuber! Du hast das die ganze Zeit geplant! Du und das *Department* ... ich wette, die waren so richtig froh, mir das antun zu können.«

»Nur die Ruhe, Carter.« Er streckte die Hand nach mir aus. »Ich will versuchen, es Ihnen zu erklären.«

»Erklären!«, schrie ich. Überall in unserer Nähe drehten sich die Köpfe zu uns herum, und unter den Touristen erhob sich ein Murmeln. Ich brüllte inzwischen. »Was willst du mir erklären ... du stiehlst einem Mann sein Lebenswerk ...« An dieser Stelle hielt ich plötzlich inne. Mir blieb der Mund offen stehen bei dem Gedanken, dass genau dies seine Absicht war.

»Nein«, sagte er. »Ich stehle gar nichts, Carter. Dies hier ist meine Vergangenheit. Dies hier gehört Ägypten, das Grab und alles, was darin ist, und alles, was es bedeutet. Das haben Sie mir beigebracht. Ich habe einmal versucht, Ihnen das zu erklären, dass Sie mir den Wert dieser Dinge beigebracht haben. Und ich bin Ihnen dankbar dafür.«

Ich gab ihm keine Antwort, denn ich war überhaupt nicht mehr in der Lage, zu sprechen. Im Hintergrund, gleich bei den gelben Felsen, war ein Pulk von Automobilen zu hören. Neben einem von ihnen stand ein Mann und beobachtete mich: Conway, der Hilfskurator, der für die Katalogisierung zuständig war. Da erst begriff ich wirklich, wie gründlich mein Verlust vorbereitet worden war.

Ich würde beim Museum in Kairo einen Antrag stellen, dass man mich in der Grabkammer arbeiten ließ, und vielleicht, vielleicht würde man diesen Antrag positiv bescheiden. Aber davon wurde der Verlust nicht kleiner. Mein ganzes Leben war auf diese Suche hin ausgerichtet gewesen, und nun, da die Suche endete, blieb mir nichts als Enttäuschung. Ich würde den Augenblick nie wieder erleben, in dem ich durch das Loch in der Mauer geblickt hatte und die funkelnden Spiegelungen meiner Kerzenflamme auf dem Königsschatz gesehen hatte. Das war der wahre Fluch der Grabkammer. Ich würde nie wieder glücklich sein.

Die Menschen rund um das Grab beobachteten mich und sprachen über mich. Mit steifen Schritten verließ ich das Grab des Tutanchamun.

9

Sonnenuntergang. Die Lotusblüte schloss sich. Der Sonnengott Re wurde alt, seine Kraft schwand, und bald war er nur mehr ein rotes, geschwollenes Auge, das vom westlichen Rand der Welt auf Ägypten herabblickte.

Voller Sehnsucht dachte der Steinmetz Hapure an sein Dorf, wo nun wohl seine Tochter das Abendessen zubereitete. Sie würde in den Töpfen rühren, und der Duft von Bohnen und Brot würde die Arbeiter willkommen heißen. Aber Hapure ging nicht nach Hause. Der untersetzte Mann, eher klein gewachsen und kräftig gebaut, trug seine Werkzeuge in einem Sack über der Schulter. Während er die Straße entlangging, beobachtete er seine Umgebung, denn in diesen unruhigen Zeiten waren Diebe und Mörder allzu oft zu finden – jedenfalls nach Einbruch der Dunkelheit.

Hinter ihm lag der Nil, der auf seiner Brust die Spiegelungen der großen Stadt trug, die sich an seinem östlichen Ufer entlangzog. Hapure ging Richtung Westen, und mit jedem Schritt gewann er an Höhe: Die Straße stieg vom Tal zur Wüste an, er verließ den Bereich der Lebenden und begab sich in das Reich der Toten. Mit seinen Fingern hielt er die Amulette umschlossen, die er um seinen Hals trug, während er an seine Frau dachte, die krank und allein in ihrem Haus lag und schlief. Ihretwegen hatte er seinen Namen bei dem Aufseher angegeben, um die Arbeit zu tun, die am Ende seiner Reise auf ihn wartete.

Der Weg wand sich über den unebenen Wüstenboden. Hapure warf einen Blick über die Schulter, aber das Niltal war bereits nicht mehr zu sehen, die Wüste umgab ihn von allen Seiten. Wie ein plötzlicher Windstoß überkam ihn das kalte Gefühl der Einsamkeit.

Beim Gedanken an seine Frau musste er schlucken.

Die ersten Sterne funkelten am Nachthimmel, als er weiter Richtung Westen ging.

Schließlich erreichte er den Rand einer schmalen Schlucht, die sich wie ein Messerschnitt durch den Körper der Wüste zog. Vorsichtig tastete er mit den Füßen nach dem Pfad, der die steile Felswand hinunterführte.

Er kannte diese Schlucht, denn er war oft genug dort gewesen; eigentlich hatte er jeden Tag seines Arbeitslebens dort verbracht, immer mit der einen oder anderen Aufgabe betraut. Es war das Tal der Könige, wo die ewigen Häuser der ägyptischen Herrscher gebaut wurden. Hapure war als Steinmetz Teil der Mannschaft, die diese Häuser baute. Aber nie zuvor war er bei Nacht hier gewesen.

Auf halbem Wege hinunter in die Schlucht machte er eine Pause, um zu Atem zu kommen. Unter ihm versank das schmale Bett des Tales in Dunkelheit. Vor ihm schnitt sich die scharfe Felskante durch den sternenklaren Nachthimmel. Er kniff die Augen zusammen. Es wurde heller, als der Mond hinter ihm im Osten aufging.

Er machte sich auf den Weg hinunter in das Tal und blieb kurz stehen, um herauszufinden, wohin er sich wenden musste. Eine leise Stimme rief nach ihm: »Hapure!«

Die Haare standen ihm zu Berge, als er sich umdrehte, die Amulette fest in der Hand.

Ein Mann in weißem Gewand stand auf dem Weg, ein paar Meter von ihm entfernt.

»Ich bin Hapure«, sagte der Steinmetz mit leiser Stimme.

»Dann komm«, gab der Fremde zurück und machte ihm Zeichen, dass er ihm folgte.

Hapure tat wie ihm geheißen, die Amulette weiterhin fest in der Hand, um sich zu beruhigen. Er zwang sich, geradeaus zu blicken, aber sein Mund war trocken vor Angst, und das Mondlicht narrte seine Augen. Ein Schatten zog über ihn hinweg; er wich aus und warf den Kopf zurück, starrte auf den Mond, ohne etwas entdecken zu können.

Der Fremde in dem weißen Gewand blieb stehen, damit er zu ihm aufschließen konnte, und sie gingen nebeneinander über den Boden des königlichen Tals. Der Fremde schwieg, und obwohl Hapures Gedanken schwer von Fragen waren, wagte er es nicht, zu sprechen.

Der Weg folgte der Kurve des Tals, und danach weitete sich das Tal zwischen steilen, windzerklüfteten Felswänden, auf deren Steinen das Mondlicht glitzerte. An der breitesten Stelle des Tales waren zwei Eingänge in den Fels gegraben, je einer zu jeder Seite des Weges.

Hapure zog die Schultern zurück und atmete tief ein. Diesen Ort kannte er, denn er hatte an diesen zwei Gräbern gearbeitet. Hier fühlte er sich zu Hause, selbst bei Nacht.

Der Fremde wandte sich ihm zu. »Du sollst hier im Geheimen arbeiten«, sagte er. »Du wurdest auserwählt, weil du als vertrauenswürdig bekannt bist. Schwörst du, das Geheimnis dieses Ortes zu bewahren?«

Hapure sah sich noch einmal um. Soweit er sehen konnte, war er mit dem Fremden allein. »Ja«, sagte er. »Natürlich.«

»Dann wird es nicht notwendig sein, die Geheimnisse mit Hilfe eines Messers in dir zu versiegeln«, sagte er Fremde. »Geh dort hinein, und warte.« Er deutete auf die Tür zu ihrer Linken.

Hapure warf sich den Sack mit den Werkzeugen wieder über die Schulter und stieg den kurzen Pfad hinauf, bis er zu der Öffnung im Felsen kam. Ein Gang führte in den Felsen hinein. Auf der Schwelle ließ er seinen Sack sinken und ging ein paar Schritte den Gang hinunter, bis die Dunkelheit sich vollständig um ihm schloss und es ihm unmöglich machte, dem Weg weiter zu folgen. Er drehte sich um, ging zurück und setzte sich auf die Schwelle des Eingangs.

Er hatte einen Laib Hirsebrot und einen kleinen Krug Bier mitgebracht, das musste als Abendessen genügen. Der Mond, Res bleicher Bruder, stand inzwischen hoch am Himmel, Symbol des rätselhaften Zyklus, der alle Wahrheit in sich einschloss. Hapure liebte den Mond, er liebte es, über die Bedeutung des Nachtgestirns für Wachsen und Vergehen, Leben und Tod, Macht und Schwäche nachzusinnen. Er kaute sein Hirsebrot, trank sein Bier und sagte sich, dass Ägypten und auch er selbst bleiben würden, was sie waren, solange der Zyklus nicht unterbrochen wurde.

Ein schwaches silbriges Klingeln drang an sein Ohr.

Er hob den Kopf, den Mund noch voller Brot, und lauschte angestrengt. Der Wind? Ein fallender Stein? Nein, jetzt hörte er es deutlicher, es war die Musik von Sistra und Flöte.

Er stand auf und zog sich in den Eingang zurück, um ungesehen zu bleiben. Dann schielte er um die Ecke, um festzustellen, was da vor sich ging. Die Musik schien nun lauter zu werden, sie kam aus dem Tal und bewegte sich auf ihn zu.

Ein unterdrückter Schrei entfuhr ihm, denn in diesem Augenblick kam die Prozession um die Biegung des Tales.

In Dreierreihen tauchten die Musiker auf und gingen auf die zwei Gräber zu. Einige hielten die Sistra in der Hand, deren Zweige mit winzigen Silber- und Goldstücken behängt waren, die klingelnd zusammenkamen, wenn die Sistra geschüttelt wurde. Einige hielten Flöten, und einige hatten kleine Trommeln bei sich. Sie gingen im Takt, und ihr Lied war wunderschön. Frauen folgten ihnen mit Urnen und Kisten. Und während sie so gingen, stimmten die Frauen uralte Klagelieder für die Toten an, bückten sich von Zeit zu Zeit in den Staub des Weges und verteilten ihn über ihre Gewänder.

Hapure drückte sich an die innere Wand des Ganges, während er sich den Hals verrenkte, um mehr zu sehen. Der erste Musiker hatte den Eingang erreicht, der Hapures Versteck gegenüberlag, und immer noch wand sich die Prozession den Weg entlang, von der Biegung, wo immer mehr Menschen auftauchten, bis zum Eingang des Grabes.

Die Musiker stellten sich mittlerweile dort auf. Sie wiegten sich von einer Seite zur anderen und verbanden die zarten Stimmen ihrer Instrumente zu einer Musik, so traurig und flüchtig wie der Wind.

Als die Frauen das Grab erreichten, stellten sie sich zu beiden Seiten des Eingangs auf. Ihre Stimmen klagten weiter, und sie wiegten sich ebenfalls von einer Seite zur anderen.

Hapure zitterte in seinem Versteck. Die Arme hatte er um seinen Oberkörper geschlungen, und er wagte kaum noch zu atmen.

Sechs große Ochsen kamen nun in Sicht. Sie zogen einen Schlitten hinter sich her, der mit den Zeichen des Totengottes Osiris behängt war.

Auf dem Schlitten lag ein Leichnam, und dahinter gingen weitere klagende Frauen in weißen Gewändern, die vom Staub des Weges beschmutzt waren, die Arme zur trauernden Klage erhoben.

Die Ochsen zogen den Toten auf seiner Bahre mit langsamen Schritten, bis sie zwischen Hapures Versteck und dem anderen Eingang stehen blieben. Die Männer traten vor, um den toten Osiris vom Schlitten zu heben und ihn in sein Haus des ewigen Lebens zu tragen.

Eine der Frauen hinter dem Schlitten eilte hinzu. Sie warf sich über den Leichnam des Osiris und schrie verzweifelt auf. Hapure rang die Hände vor Mitleid. Die Männer hoben sie auf und trugen den toten Ehemann in seine Grabkammer.

Unter Singen und Seufzen folgten die Frauen in den dunklen Korridor. Hapure schüttelte die Starre aus seinen Gliedern. Sein Herz klopfte laut, denn nun begriff er, welches Geheimnis er in seinem Herzen bewahren sollte.

Der Fremde in dem weißen Gewand, der ihn hierher gebracht hatte, kam den Abhang hinauf auf ihn zu. Hapure sammelte sich und rieb die schweißnassen Hände aneinander.

»Komm«, sagte der Fremde.

Hapure nahm den Sack mit dem Werkzeug auf seine Schulter und folgte dem Mann den Weg hinunter und an den Ochsen vorbei den steilen Weg zu dem anderen Grab hinauf. Kalt leuchtete das Mondlicht, und Hapure schauderte zusammen, als ein Windstoß ihn traf. Er ging zwischen den Musikern hindurch, deren Sistra und Flöten das Tal mit ihrer Musik füllten. Der Fremde führte ihn in das Grab.

Am Ende des langen, gewundenen Korridors erleuchtete eine Lampe eine niedrige Türöffnung. Hapure senkte den Blick, voller Angst vor dem, was er bereits wusste. Der Fremde führte ihn zu der Tür und in einen großen, leeren Raum, der in den Felsen gegraben war.

Zwei Durchgänge führten von diesem Raum zu weiteren Kammern. Der Fremde ging mit Hapure durch den Raum auf den entfernteren der beiden Durchgänge zu.

»Diese Tür wirst du verschließen. Hier sind die Ziegel.« Der Führer deutete mit seiner Hand auf einen Stapel Steine.

Hapure machte sich an die Arbeit, den Blick immer noch gesenkt. Er versuchte, so zu tun, als wisse er nichts, als würde das Wissen nicht in ihm brennen.

Aber dann warf er, fast ohne es zu wollen, einen Blick in die Kammer, die er verschloss, und er sah den großen Sarkophag, der aus Stein gehauen war, so alt wie die Welt, und der jetzt den Leichnam des Osiris enthielt.

Er legte Ziegel um Ziegel gleichmäßig in die Türöffnung, in gleichmäßigen Abständen, sodass sie die Öffnung exakt ausfüllten. Mörtel und Wasser standen bereit, und er mischte beides und strich es zwischen die Ziegel. Irgendwann spürte er, dass sich jemand hinter ihm befand, neben seinem Führer stand und ihn beobachtete.

Er setzte den letzten Ziegel ein und nahm hinter sich einen Seufzer wahr, so leise, dass man es fast nicht als Hören bezeichnen konnte.

Dann gab er noch mehr Wasser zu dem Mörtel, verrührte ihn gründlich und verteilte ihn über der gemauerten Oberfläche. Er arbeitete, so schnell er konnte. Allein seine Kelle war zu hören, wie sie in das Gemisch getaucht wurde und über die Ziegelwand strich. Er bedeckte die gesamte Fläche, glättete die Kanten und trat einen Schritt zurück. Der Mörtel trocknete bereits.

Eine schmale, hoch gewachsene Gestalt trat neben ihn, kniete nieder und drückte ein Siegel in den noch feuchten Putz. Es war eine Frau. Sie erhob sich und versiegelte die Tür ein weiteres Mal, diesmal auf Augenhöhe. Ihr einziges Kleidungsstück war ein Leinenkleid, das zerrissen und von dem Trauerzug beschmutzt war. Hapure leckte sich die Lippen und konnte den Blick nicht von ihr wenden. Sie trug kein Zeichen ihres Rangs, aber er kannte sie, wie ganz Ägypten sie kannte: Nofretete, die Schöne.

Als sie sich umwandte, das Siegel noch in der Hand, trafen sich ihre Blicke. Für einen Augenblick konnte er nicht wegsehen, so gefesselt war er von ihrer Schönheit.

»Ich danke dir«, sagte sie.

Er fiel auf die Knie und senkte den Kopf.

Eine raue Stimme sprach leise hinter ihm. »Sollen wir die Möbel hereinbringen, o Lotus des Gottes?«

»Es sei«, sagte sie.

Wenig später betraten die Diener des Osiris einer nach dem anderen die Kammer, und jeder brachte einen Gegenstand mit, der dem Toten das Leben jenseits des Grabes so bequem wie möglich machen sollte.

Hapure lag immer noch auf den Knien und biss sich auf die Zunge, um nicht vor Staunen aufzuschreien. Er sah, wie sie Sessel und Liegen aufstapelten wie für einen Scheiterhaufen – unendlich wertvolle Dinge, deren Verzierungen aus Gold und Juwelen im Licht der Lampen funkelten. Sie brachten Krüge mit Essen für Osiris und kleine Statuen, die sie selbst darstellten und die dem Gott im ewigen Leben ebenso dienen sollten, wie sie selbst es im Diesseits getan hatten. Sie brachten kleine Boote, mit denen er den ewigen Fluss befahren konnte, und Netze für den Fisch- und Vogelfang. Sie brachten Kästchen mit Edelsteinen und Arme voll Kleidung und legten alles nieder und verschwanden wieder.

Der Raum, der so riesig gewirkt hatte, solange er leer war, schrumpfte mit jeder neuen Opfergabe, bis zuletzt kein Platz mehr blieb außer an der Stelle, wo Hapure kniete und Nofretete stand.

Sie verließen den Raum, und Hapure verschloss auch diese Kammer mit Ziegeln. Nofretete versiegelte sie.

Draußen standen immer noch die Musiker und spielten ihr zeitloses Lied. Hapure stand an der einen Seite und rang die Hände. Eine nach der anderen knieten die Frauen am Eingang nieder und küssten die Schwelle zum Abschied für den, der nun in der Ewigkeit wohnte. Sie standen auf, gingen um Hapure herum, als wäre er aus Stein, und beachteten ihn nicht. Die Musiker verließen das Tal, und allmählich verklang das Lied. Die Frauen folgten mit leeren Händen, und zuletzt kam der leere Schlitten mit den Ochsen davor.

Hapure stand da und sah ihnen nach, bis sie verschwunden waren. Dann wandte er seinen Blick wieder dem Tal zu. Nichts bewegte sich, es war so einsam wie vorher. Am äußersten Rand seines Hörens nahm er noch ein letztes Flüstern der Musik wahr, und dann verstummte auch das.

Der Fremde kam auf ihn zu. »Du darfst gehen«, sagte er und reichte ihm einen Beutel mit Münzen. »Sprich mit niemandem darüber.«

Hapure schloss die Finger um den Geldbeutel. Er wusste, er würde das Geheimnis nicht bewahren können, er musste das Wissen teilen, das in seinem Herzen brannte. Auf flinken Füßen eilte er den Weg hinunter, der zu seinem Dorf führte.

»Die Königin«, spottete Sennahet ungläubig.

»Nofretete selbst! Oh, sie ist so schön, viel schöner noch als alle Bilder, lebendig und warm …« Während er sprach, legte Hapure eine Hand auf seine Brust.

Sie hatten sich in der belebten Straße am Fähranleger getroffen. Alle paar Augenblicke streifte irgendein Vorübergehender Sennahet oder trat ihm auf die Füße – er stand mitten in der Menschenmenge, Hapure ihm gegenüber, aufgeregt und eindringlich sprechend. Sennahet kratzte sich am Kinn. Hapure war eigentlich einer, der bei der Wahrheit blieb, aber diese Geschichte war einfach zu fantastisch: Er konnte doch unmöglich mit der Königin gesprochen haben.

»Komm, lass uns ein Bier trinken gehen«, sagte Sennahet, »und dann erzählst du mir die ganze Geschichte.«

Sie schoben sich dicht hintereinander durch die Menge, Hapure voraus. Über die Schulter sagte er: »Aber nur einen Krug, meine Frau ist immer noch sehr krank.«

»Sie liegt in Isis' Händen«, gab Sennahet zurück.

Vor ihnen standen die beiden Palmen, die mit ihren Kronen hoch über die Menge hinausragten und mit ihren schlanken

Stämmen den Eingang markierten, durch den die beiden Männer das Gasthaus betraten. Die Steinbänke, die den Hof umgaben, waren alle besetzt, und so nahmen Hapure und Sennahet ihre Bierkrüge mit in eine Ecke bei der Mauer und stellten sich dort in den Schatten.

»Jetzt kannst du erzählen«, sagte Sennahet.

»Halte ich dich auch nicht auf?« Hapure strich sich mit Daumen und Zeigefinger übers Kinn und blickte ihn listig an.

»Nein, natürlich nicht«, beteuerte Sennahet. »Ich bin auf Arbeitssuche. Es gibt aber im Augenblick keine Arbeit, und so war ich auf dem Weg zum Tempel; dort wollte ich um Brot und Bohnen bitten. Jetzt erzähl deine Geschichte, Onkel, und lenke mich von meinen unerfreulichen Zukunftsaussichten ab.«

»Nun denn«, begann Hapure. Dann erzählte er, wie man ihn für eine zusätzliche Arbeit angeheuert hatte, dass man ihm gesagt hatte, er solle in das Wüstental gehen, zu einer alten, unbenutzten Grabkammer. Dass dann eine Trauerprozession gekommen sei, die einen Toten in die Grabkammer getragen und ihn mit einer großen Zeremonie dort bestattet hatte.

»Und ich habe danach den Eingang verschlossen und verputzt, und sie hat das Grab versiegelt. Nofretete. Die Königin. Keine andere ist so strahlend schön wie sie. Ihre Größe und Macht sind deutlich auf ihrem Gesicht abzulesen.« Mit der Hand fuhr Hapure die Linien dieses Gesichts nach. Sennahet stöhnte, den Mund voll mit Bier aus Theben. An einem Ort wie diesem war alles Gerede von der Königin wie die Wiedergabe von Träumen. Der Hof des Gasthauses war voll gestopft mit Leibern und heiß wie die Unterwelt. Hier und da war ein Mann auf einer Bank eingeschlafen, und die Wächter gingen herum und warfen die Schläfer zu Boden. Wer davon nicht erwachte, wurde aus dem Hof gezerrt. Sennahet spürte das Jucken auf seinem Rücken, den einige Schweißperlen hinabrannen. Er sehnte sich nach einem ausgedehnten Nachmittag im Badehaus, aber er hatte kein Geld dafür. Er schluckte das Bier hinunter.

»Nun, glaubst du mir jetzt?«, fragte Hapure eindringlich.

»Ich glaube allmählich, ihr werdet ein bisschen seltsam im

Kopf, ihr Leute aus Kalala«, gab Sennahet zurück. Kalala war Hapures Dorf, das vom Rest Thebens isoliert war, weil dort diejenigen lebten, die in der königlichen Totenstadt arbeiteten.

Hapures Gesicht spiegelte seine Enttäuschung. »Ich wusste es, ich hätte nie darüber sprechen sollen.«

»Und wer soll in letzter Zeit im Palast gestorben sein?« Sennahet versuchte es mit Logik, während er seinen Krug leerte. »Wen soll die Königin da bestattet haben?«

Hapure nahm ihm den Krug aus der Hand. »Denk mal drüber nach«, antwortete er und ging hinüber zum Ausschank, wo sechs Männer mit dicken Knüppeln darüber wachten, dass niemand mehr trank, als er bezahlte.

Sennahet blieb im Schutz der Mauer stehen. Er hatte keine Zeit, über Fürsten nachzudenken, sein Leben war auch so schon schwierig genug. Er hätte kein Geld für das Bier ausgeben sollen; er hatte ohnehin schon Mietschulden. Der Gedanke an das Badehaus ging ihm nicht aus dem Kopf. Vielleicht würde ihm Hapure das bisschen Geld geben, damit er ein paar Stunden in den Schwitzkammern verbringen könnte. Da kam er auch schon zurück, lächelnd, zwei Bierkrüge in den Händen.

»Nun? Hast du darüber nachgedacht?«

Sennahet tauchte seine Lippen in den Schaum. »Es dauert siebzig Tage, den Leichnam eines Mannes für Osiris vorzubereiten. Niemand in der königlichen Familie ist vor siebzig Tagen gestorben.« Er nahm einen tiefen Zug aus dem Krug.

»Genau!« Hapure strahlte ihn an. Er war kleiner als Sennahet und besaß noch fast alle seine Zähne, die weiß aus seinem dunklen Gesicht leuchteten und sein Lächeln zum Schimmern brachten. »Niemand ist gestorben, schon seit drei Jahren nicht mehr.«

»Also, wen soll sie begraben haben? Aber ...« Sennahet stockte und starrte Hapure dringlich an. »Drei Jahre? Du meinst, seit dem Tod des Pharaos? Was willst du damit sagen?«

Hapure hüpfte vor Vergnügen auf und nieder. »Es war kein frisch Verstorbener, den sie da begraben haben. Es war ein alter Freund der Erde.«

»Echnaton?«

»Wer denn sonst?«

»Du bist verrückt! Der Pharao wurde im Norden bestattet, in seiner eigenen Stadt.«

»Und Nofretete blieb dort, im Norden. Aber nun haben die Priester sie gezwungen, nach Theben zurückzukehren. Sollte sie ihn dort lassen? Dort, wo seine Feinde ihn finden würden? Nein.« Hapure nahm einen großen Schluck von seinem Bier und wischte sich hastig den Schaum vom Mund. »Nein, wirklich nicht. Sie hat ihn hierher gebracht, nach Theben, und ihn im Geheimen bestattet.«

»Das kann doch gar nicht sein!«

Sie hatten nicht bemerkt, dass sie immer lauter sprachen. Zwei oder drei Männer in ihrer Nähe wurden allmählich aufmerksam.

Sennahet leckte sich über die Lippen und hob seinen Bierkrug mit zittriger Hand. Hapures Grinsen war so breit wie der Nil im Sommer.

»Verflucht soll er sein!«, sagte Sennahet, und das Grinsen verschwand. »Ja, verflucht soll er sein.« Sennahet warf seinen leeren Krug zu Boden. »Verflucht sei Echnaton. Er hat den Göttern den Krieg erklärt, und deshalb haben sie ihn ins Verderben gestürzt, und uns mit ihm.«

Die Hälfte aller Gesichter in dem Hof beobachtete Sennahets Auftritt. Er senkte den Blick, als schämte er sich für seinen Ausbruch. Ein dicker Mann in seiner Nähe hob die Faust.

»Lügner! Echnaton hat versucht, uns nichts anders als die Wahrheit zu lehren.«

Ein Mann in der Nähe drehte sich wortlos um und schlug dem Dicken mit der Faust in den Magen. Seine Lippen bewegten sich, aber Sennahet konnte im allgemeinen Getümmel nicht verstehen, was er sagte. Überall im ganzen Hof herrschte plötzlich Streit und Geschrei. Irgendwer krachte von hinten gegen Sennahet, sodass er stolperte.

Hapure griff Sennahet am Arm und schob ihn Richtung Ausgang. Sie wichen zwei Männern aus, die sich gegenüberstanden und Beleidigungen schrien. Nach jedem neuen Ausbruch schlugen sie einander ins Gesicht. Sennahet trat auf die Straße, Hapure dicht auf den Fersen.

Draußen atmeten sie erst einmal tief durch. Hapure schüttelte den Kopf. »Seit drei Jahren ist er jetzt tot, und kaum erwähnt man seinen Namen, geht der Tumult wieder los.« Die Schreie und Kampfgeräusche aus dem Gasthaus waren bis auf die Straße zu hören und erregten die Aufmerksamkeit der Passanten, sodass sich bereits ein kleiner Menschenauflauf am Eingang bildete. Sennahet und Hapure machten, dass sie wegkamen.

Sennahet wischte sich mit der Hand über den Nacken. Die Sonne stand hoch am Himmel, und Theben schmorte in der Backofenhitze des Mittags. An einer Ecke wartete eine Menschenschlange bei einem Schreiber, der im Schneidersitz auf seiner Matte saß. Sennahet und Hapure trennten sich kurz, um ihm auszuweichen. In der Menge waren einige Priester und einige Huren zu sehen. Hapure holte Sennahet ein, der immer noch mit schnellen Schritten dahineilte.

»Echnaton war ein Fluch für Ägypten«, sagte Sennahet. »Ich hatte meinen eigenen Hof, eine reiche Braut ... und dann fing Echnaton an, die Götter zu beleidigen.«

»Es war der Hof deines Bruders, nicht deiner.«

»Ich hätte ihn nach seinem Tod geerbt.« Sennahet ballte die Fäuste. Er hielt den Kopf gesenkt, und die Entgegenkommenden mussten ihm ausweichen, um nicht von ihm überrannt zu werden. Dann plötzlich blieb er stehen und starrte Hapure an: Ein neuer Gedanke schien in seinem Kopf zu brennen.

»Als sie ihn bestattet haben, hatten sie Gold dabei?«

Hapure machte ein langes Gesicht, bevor er einen Schritt von seinem Neffen zurücktrat. »Was meinst du?«

»Würdest du das Grab wieder finden?«

»Was redest du da? Das ist Gotteslästerung!«

»Wir könnten reich werden!«, rief Sennahet.

Hapure drehte sich auf dem Absatz um und ging durch die Menschenmenge davon. Sennahet schickte ihm einen Fluch hinterher. Das Bier machte ihn bösartig, und die Hitze tat ihr Übriges. Eine Weile starrte er Hapure nach, bis er ihn in der Menschenmenge verloren hatte. Dann irrte er ziellos die Straße hinunter. Ein Mann ritt auf einem Esel an ihm vorbei, und ein weiteres Lasttier trabte an einem Seil hinterher. Sennahet ging dem Tier aus dem Weg, die Schultern gebeugt. Selbst die Tiere waren mehr wert als er.

Er ging an den Ständen der Kürschner und der Töpfer vorbei. Der Gestank der Färbereien drang ihm in die Nase. In einer Nebenstraße stimmte ein Priester einen Gesang an. Sennahet ging weiter, den Kopf gesenkt, ohne große Lust, beim Tempel um Brot zu betteln, aber ebenso wenig wollte er zu seinem gemieteten Zimmer zurückkehren und dem Vermieter begegnen, und während er weiterirrte, dachte er voller Neid und Gier an das Gold des Pharaos.

10

Die Leibdienerin der Königin hieß Meryat. Sie war zwar nicht von königlichem Blut, aber Nofretete liebte sie wie eine Tochter. Das Mädchen sorgte für die Katzen der Königin und diente als Botin, und wenn Nofretete krank war, was neuerdings häufiger der Fall war, dann saß Meryat mit einem Fächer neben ihr und kühlte ihr das Gesicht.

So saß sie auch dabei, als der Wesir zu Nofretete kam und sie ansprach: »Strahlende, wir haben böse Nachrichten aus dem Süden des Landes. Das Nil-Hochwasser will nicht kommen. Die Hungersnot wird dieses Jahr nicht enden.«

Meryat erhob sich, um sich zurückzuziehen, aber Nofretete befahl ihr zu bleiben. »In drei Tagen weiß es ohnehin das ganze Land.«

Der Wesir sprach rituelle Verse, die Trost und Bestätigung bringen sollten. Sie befanden sich im eingefriedeten Garten der Königin, wo die durchbrochenen Alabasterwände den Wind einfingen und die Sonne abhielten. Ein Junge saß in einer Ecke und spielte auf einer Flöte. Meryat mit ihrem Fächer aus Reiherfedern fächelte der Königin eine kühlende Brise zu.

Nofretete war bleich wie das Leinen auf ihrer Bettstatt, und ihre Augen glänzten vom Fieber.

»Noch ein Jahr der Hungersnot. Sie werden mich dafür verantwortlich machen, mich und meinen Gott.«

»Meine Königin«, sagte der Wesir, »ich habe die Wahrsager kommen lassen.«

»Noch mehr Orakel! Letztes Jahr haben sie mir gesagt, wenn ich an den Königshof in Theben zurückkehrte, würden die alten Götter Ägypten wieder zulächeln. Als Nächstes werden sie weissagen, ich müsse einen Ochsen und eine Ochsenladung Gold für jeden Wahrsager spenden.«

Der Wesir verbeugte sich mehrmals murmelnd: »O Leuchtende, o Leuchtende.« Die geflochtenen Strähnen seiner altmodischen nordägyptischen Perücke schwangen über seinen Schultern hin und her.

»Meryat«, sagte die Königin in klagendem Ton, »bring mir meine Sandalen.« Die Dienerin legte den Fächer aus der Hand und ging zum Fußende der Liege, unter deren Polster sich die Sandalen befanden. Der Wesir sprach von Botschaften, die man in ganz Ägypten herumschicken müsse, um das Ausbleiben des Nils zu erklären. Meryat wünschte, er würde endlich gehen. Die Königin war so blass! Meryat kniete vor ihr nieder, um ihr die Sandalen anzuziehen.

»Genug!«, sagte die Königin endlich zu dem Wesir. »Ich werde später darüber nachdenken.« Sie stand von ihrer Liege auf, die Hände an die Schläfen gelegt. »Meryat, mein Pomander!«

Meryat eilte durch den Raum, um den Pomander aus der Zedernholztruhe unter dem Fenster zu holen. Während sie noch vor der Truhe kniete, bauschte sich der Vorhang an der Terrassentür in einem kurzen Luftzug, und durch die flatternden Vorhänge trat die junge Königin Anchesenamun ins Zimmer.

»Mutter, ich brauche Euren Rat.«

Ihre Stimme war so klar wie der Ton einer gut gestimmten Saite. Der Blick aus ihren schwarzen unbemalten Augen ging geradeaus. Groß und schlank und mit ihrer Verachtung für jeden Schmuck sah sie eher wie ein Junge aus als wie eine junge Frau, geschweige denn wie die Große Ehefrau des Pharaos. An ihrem linken Unterarm war ein lederner Bogenschutz zu sehen, und von ihrem Gürtel hing ein Löwenschwanz. Sie liebte die Jagd. Meryat bewunderte sie ebenso sehr, wie sie sie fürchtete.

Der Wesir verbeugte sich tief. »Willkommen, Vertraute der Isis.«

Nofretete war durch das Zimmer an Meryats Seite getreten. Sie nahm den Pomander, einen Beutel mit duftenden Gewürzen, und hielt ihn an ihre Nase.

»Mein Rat, Tochter, ist folgender: Meide meinen Rat. Alles, was ich tue, scheint vergiftet zu sein, alles, was ich anfasse.«

Anchesenamun antwortete ruhig: »Soll das ein Rätsel sein? Was ist geschehen, Mutter?«

»Der Nil schwillt nicht an – es wird kein Hochwasser geben, das Ägypten Nahrung bringt.«

Anchesenamun erschrak sichtlich; sie zuckte zusammen, als hätte man sie geschlagen. Sie wandte sich dem alten Wesir zu und sah ihn scharf an. »Vielleicht war es also doch ein Fehler, unseren Gott Aton zu verlassen.«

Das Gesicht des Wesirs wurde hart. Er stand breitbeinig da: »Wir leiden immer noch unter den Untaten der Aton-Verehrer! Die Götter nehmen Rache an uns, weil wir ihnen ungehorsam geworden sind, obwohl sie uns über Generationen hinweg versorgt haben.«

»Pah!«, gab Anchesenamun zurück und wandte sich von ihm ab.

Der Wesir schob das Kinn vor. »Die Geliebte Ägyptens tut Unrecht, wenn sie von den Fehlern anderer spricht, denn wie kann der Nil anschwellen oder irgendetwas Gutes entstehen, wenn der Starke Stier Ägyptens eine jungfräuliche Königin ist!«

Meryat sah das schnelle Erröten auf den Wangen von Anchesenamun, aber die junge Königin entgegnete nichts; sie wandte dem Wesir weiterhin den Rücken zu. Nofretete ließ den Pomander sinken.

»Ihr vergesst Euch«, sagte sie zu dem Wesir. »Der König ist noch ein Kind – Ihr erwartet offenbar Wunder. Bitte! Mein Kopfschmerz! Wir werden das alles später besprechen, wenn wir Zeit finden.« Damit wandte sie sich Anchesenamun zu und streckte traurig und tadelnd die Hand nach ihr aus.

»Meine liebste Tochter, in einer Viertelstunde beginnt die große Audienz. Du kannst nicht in diesem Aufzug neben dem Pharao sitzen, gekleidet wie die Frau eines Ziegenhirten.«

»Ich sitze nicht neben dem Pharao«, antwortete Anchesenamun.

»Meryat, hilf ihr. Ich will, dass sie schön aussieht.«

»Ich werde nicht neben dem Pharao sitzen.«

Während sie noch die letzten Worte sprach, betraten zwei Männer in goldbestickten Röcken den Raum. Sie traten an die eine Seite und klatschten gleichzeitig in die Hände. Zwei weitere Männer traten ein, beide eine Sistra in der Hand, die geformt war wie ein Gesicht, mit Glöckchen als Augen und Zunge, und ihr silbriges Klingeln klang wie das Schnurren einer Katze. Schwer lag der Duft von Räucherwerk in der Luft. Meryat sank in die Knie und legte ihr Gesicht zwischen ihren Händen auf den Fußboden.

Erst betraten einige Kinder mit Blumen den Raum, dann kam der Pharao selbst. Meryat beobachtete die Szene aus dem Augenwinkel, und es schien ihr, als würde die Luft in dem Zimmer vergoldet, wo immer er sich befand. Tutanchamun war kostbar gekleidet; nicht einmal die Götterstatuen waren so reich geschmückt wie er, der lebende Gott. Goldene Armbänder umschlangen seine Arme, die Krone mit dem Federschmuck thronte auf seinem Kopf, und um seinen Hals und über seine nackte Brust hing ein Halsband mit Edelsteinen. In der Mitte des Schmucks war das große Auge des Re zu sehen, gefertigt aus Lapislazuli und Elfenbein.

Seine Frau und die regierende Königin knieten vor ihm. Der Pharao drückte die Brust heraus und stolzierte vor ihnen auf und ab. Er war vierzehn Jahre alt und sah noch immer aus wie ein Kind, bartlos, schmal gebaut. Während der höchsten Zeremonien trug er einen falschen Bart.

»Meine Audienz beginnt in wenigen Augenblicken«, sagte er. »Bist du bereit? Ich bestehe darauf, dass du als meine Frau neben mir sitzt. Es gibt Gerede, wenn du nicht neben mir sitzt.«

Nofretete erhob sich. »Wir haben gerade ...«

»Bleibt, wo Ihr seid. Ihr dürft nicht aufstehen ohne meine Erlaubnis.«

Anchesenamun ließ einen bösartigen, amüsierten Seufzer hören. Sie sprang auf und stolzierte aus dem Zimmer.

»Geh!«, sagte Tutanchamun zu ihrem Rücken. Dann winkte er Nofretete lässig zu und sagte mit gelangweilter Stimme: »Ihr dürft Euch erheben.«

Aber die Königin stand bereits. Meryat schob sich auf Händen und Knien über den bemalten Boden, um ihren Platz direkt hinter Nofretete einzunehmen.

Tutanchamun erzählte verächtlich von seinem Unterricht. »Die ganze Zeit rezitieren sie nur irgendwelche Predigten, die ich abschreiben soll. Ich denke, ich werde meine Vormittage künftig hier im Garten verbringen. Ich brauche keinen Unterricht, meine Mitgötter werden mich unterrichten.«

»Wir werden einen besseren Lehrer für Euch finden«, versprach Nofretete. »Aber nun, Eure Majestät, haben wir schlechte Nachrichten aus Edfu am Ursprung des Nils. In diesem Jahr wird der Fluss nicht ansteigen, wenn Sothis, der Große Stern, aufgeht, und die Hungersnot wird nicht enden.«

Tutanchamun zuckte mit den Schultern und warf einen Blick auf das heilige Auge vor seiner Brust. »Ist es nicht wunderschön? Haremhab hat es mir geschenkt. Ich werde ihm tausend Wagen dafür geben, obwohl er nur fünfhundert haben wollte.«

Die Stimme der Königin wurde etwas schärfer. »Majestät, dies sind schlimme, schwerwiegende Nachrichten. Ihr müsst Euch damit beschäftigen.«

Er drehte sich um, die Ellbogen zur Seite gestreckt. Sein Rock, schwer mit Gold behängt, klirrte, wenn er sich bewegte. »Das Nil-Hochwasser kommt, wenn ich es rufe, ich, der Pharao. Wenn es nicht kommt, werde ich wohl einen Grund haben, es zurückzuhalten. Es ist Eure Aufgabe, herauszufinden, warum. Und ob die Nachricht schwer wiegt oder nicht, interessiert mich nicht.«

Meryat hob den Kopf. Nofretete stand unmittelbar vor ihr, die Fäuste geballt, und Meryat hörte die Anspannung in der Stimme ihrer Herrin.

»Pharao, die Audienz wird jeden Moment beginnen. Aber wir werden über diesen unmöglichen Ausbruch noch zu sprechen haben.«

»Ich will Anchesenamun bei mir haben.«

»Ihr werdet höflich darum bitten, oder Ihr werdet allein dort sitzen.«

»Höflich«, schnaubte er. »Ich bin der Pharao. Ihr alle seid nicht mehr als meine Sklaven. Wie kommt Ihr dazu, Anspruch auf meine Höflichkeit zu erheben?«

Die Hand der Königin hatte sich wieder entspannt, und ihre Stimme war wieder ruhig.

»Wollt Ihr allein zur Audienz gehen?«

Der König presste die Lippen aufeinander. Seine großen, ausdrucksvollen Augen, die mit Kohl-Kajal umrandet waren, blickten wütend auf die Königin. Das Schweigen wurde immer dichter. Endlich senkte der Junge den Blick und legte seine Finger an das Sonnenauge auf seiner Brust.

»Warum behandelt Ihr mich immer so schlecht? Warum ist Anchesenamun gegangen?«

»Ihr habt ihr befohlen zu gehen, mein König.« Nofretete legte die Hände aneinander. »Wir werden nun gemeinsam in die Kammer der Re-Verehrung gehen. Meryat, meinen Fächer.«

Meryat kroch auf Händen und Knien hinüber, um den Fächer aus Reiherfedern zu holen. Die Königin sprach, und der Pharao verließ vor ihr den Raum. Meryat zog die Füße an den Körper. Nofretete wurde immer mit dem Pharao fertig, sie wusste, wie sie mit ihm sprechen musste, selbst wenn alle anderen nichts mehr zu sagen wussten. Alles würde gut werden. Meryat hob die ausgebreiteten Federn in ihrer Hand und betrat hinter ihrer Herrin die Audienzhalle.

Manchmal ging die junge Königin Anchesenamun nachts in der Wüste auf Löwenjagd. Einmal, als sie ihr Zimmer im Palast verließ, um ihre Jagdgefährten in den Stallungen zu treffen, traf sie Nofretete auf dem Gang.

»Wohin gehst du?«, fragte die Königin.

Anchesenamun gab keine Antwort. Ihre Kleider waren Antwort genug, denn sie trug einen kurzen Leinenrock mit einem Ledergürtel und hohe Schnürstiefel, zudem einen Bogenschutz an beiden Armen. Nofretete war allein. Drei von Anchesenamuns Dienerinnen waren zur Stelle, aber mit einer Handbewegung schickte die junge Königin sie fort.

»Ihr wollt mich sprechen?«, fragte sie.

Nofretete neigte den Kopf. »Ja.«

»Dann kommt doch bitte in mein Zimmer.«

»Ich danke dir, Tochter.«

Die beiden Königinnen kehrten durch den Gang in die Räume der Jüngeren zurück. Anchesenamun ging langsamer, damit ihre Mutter mit ihr Schritt halten konnte. Der Gang war mit Öllampen erleuchtet, und das sanfte Licht schmeichelte Nofretetes Gesicht. Sie schien wieder jung und schön.

Sie gingen in Anchesenamuns Schlafzimmer, wo das Licht heller war. Nofretete sah wieder alt und verbraucht aus – und krank. Sie setzte sich auf die niedrige Liege am Ende des Zimmers, weit weg vom Fenster. Ein dünner Schal mit Fransen, der nachlässig auf die Liege geworfen worden war, glitt zu Boden, und Nofretete hob ihn auf, legte ihn auf ihren Schoß und strich über den weichen Stoff. Anchesenamun beobachtete sie vom Ende des Zimmers her. So alt sie war – Nofretete war schöner als Anchesenamun in der Blüte ihrer Jahre.

»Was wünscht ihr mir zu sagen, Mutter?«

Nofretete hob ihren Blick von dem Schal. »Du hast einen Ehemann, meine Tochter. Warum gehst du nachts fort, um Löwen zu jagen, und verweigerst mir das Enkelkind?«

»Pah«, entgegnete Anchesenamun. Sie legte ihre Hände hinter sich auf die kühle Marmortruhe und sprang geschmeidig hoch, um darauf zu sitzen. »Ihr redet wie Eje, der alte Wesir. Ihr könnt doch nicht erwarten, dass ich mich mit dem Fleisch eines bartlosen, hirnlosen Welpen wie Tutanchamun verbinde.«

»Es ist deine Pflicht«, sagte Nofretete.

»Dann kann ich meine Pflicht nicht erfüllen. Ich ertrage ihn nicht.«

»Du darfst darüber nicht denken wie über eine fleischliche Vereinigung. Es ist ein heiliger Akt ...«

Mit rauer Stimme antwortete Anchesenamun: »Denkst du, ich weiß nicht, wie heilig und großartig dieser Akt ist? Ich bin die Tochter des Pharao, und im Bett des Pharao habe ich den Kreis geschlossen.«

Ihre Mutter sah sie an, mit funkelnden Augen und nunmehr alles andere als ruhig. Nofretete beugte sich nach vorn, die Fäuste um den Schal in ihrem Schoß gekrampft. Sie und Anchesenamun starrten einander an: Die alte Rivalität war wieder aufgebrochen. Anchesenamuns Wangen glühten. Sie fühlte wieder, wie diebisch sie sich gefreut hatte, als sie den Platz ihrer Mutter neben dem Pharao eingenommen hatte und als Nofretete gezwungen worden war, sich vor ihr zu verneigen.

»Du warst nicht gut genug für ihn«, sagte sie zu ihrer Mutter. »Er brauchte eine Frau aus königlichem Blut.«

Nofretete hob den Kopf. Die schwarze Farbe rund um ihre Augen ließ ihre Lider funkeln. Ihre Zähne waren zwischen ihren Lippen zu sehen. Dann schüttelte sie den Kopf, blickte zur Seite und hob die Hand, als wollte sie sich schützen.

»Nein, wir haben einander schon zu sehr verletzt. Du bist mein Kind, und ich bin deine Mutter, und wir sollten einander entsprechend behandeln.«

Für einen Augenblick schwiegen sie beide. Anchesenamun war entschlossen, nicht wegzusehen, keine Schwäche zu zeigen, und doch hatten die Worte ihrer Mutter sie berührt, und sie musste um ihre Ruhe kämpfen.

Nofretete sprach weiter, den Blick immer noch abgewandt. Nun war sie wieder kühl, distanziert und alt. »Es war natürlich eine andere Angelegenheit. Mit dir vollzog er den heiligen Akt. Mit mir – nun, es war nicht mehr und nicht weniger als eine fleischliche Vereinigung.«

»Mutter …«

»Wir waren keine Götter füreinander, Echnaton und ich«, fuhr Nofretete unbeirrt fort. »Das war alles nur ein Schauspiel für die Menschen da draußen. Wir zogen dieses gemeinsame Leben an, wie wir unsere goldenen Kleider anzogen und unsere Kronen aufsetzten. Aber was wir wirklich füreinander bedeuteten, das war die Wirklichkeit. In jedem einzelnen Augenblick.«

Sie rang die Hände. Ihre Stimme war nur noch ein Flüstern. »Dann wollte er ein Gott werden, und dafür, da hast du Recht, dafür war ich nicht gut genug.«

Anchesenamun ließ sich von der Marmortruhe gleiten. Sie kniete neben ihrer Mutter nieder und griff nach ihrer Hand. »Es tut mir Leid.«

»Leid!« Nofretete wandte sich ihr wieder zu. »Du tust mir Leid, mein Kind, weil du nie eine solche Liebe erlebt hast wie ich.«

Das erinnerte Anchesenamun an den Pharao, ihren Ehemann. Sie stand auf und zog sich vor ihrer Mutter zurück in den Schatten, weg von den Lampen. Ihr Mitleid wurde nicht angenommen.

»Schenk mir einen Enkel«, sagte Nofretete. »Schenk mir ein Kind aus der Linie des Echnaton, und ich werde es lehren, Pharao zu sein.«

»Inzwischen ist Tutanchamun Pharao.«

»Gib mir nur einen männlichen Nachkommen aus seinem Blut.«

»Aus seinem Blut? Ein Kind von ihm?«

»Einen Enkel für deinen Vater.«

Anchesenamun wandte ihrer Mutter den Rücken zu. Sie würde sich nicht noch einmal von Gefühlen überwältigen lassen. Langsam schritt sie durch das Zimmer, am Fenster vorbei, und warf einen sehnsuchtsvollen Blick in die endlose Nacht hinaus. Der Mond ging schon auf, und die Felswände der Wüste zeichneten sich scharf gegen den schwarzen Himmel ab.

»Ich komme zu spät, ich muss gehen.« Sie eilte zur Tür.

»Warte«, bat Nofretete.

Schon an der Tür, wandte Anchesenamun noch einmal den Kopf und streifte ihre Mutter mit einem letzten Blick. »Es tut mir Leid«, sagte sie, verließ den Raum und ließ ihre Mutter dort allein.

Die Pest schritt durch Ägypten wie eine Löwin, die sich willkürlich ihre Opfer sucht, und überall herrschte Hungersnot. Doch als der Tempel des Aton in Theben fertig gestellt war, entschloss sich Nofretete, selbst hinzugehen und ihn einzuweihen.

Der Tempel stand auf dem östlichen Ufer nah bei dem Tempel des Amun. So forderte Aton den gefürchteten Gott der Angst in seinem eigenen Heiligtum heraus. Der Tempel des Amun war eng und dunkel, und überall summten die Fliegen, die sich von dem Blut der Opfer ernährten. Der neue Tempel des Aton umschloss große Innenhöfe und öffnete sich zum Sonnenlicht. Amuns Diener waren ausschließlich Männer, der neue Tempel jedoch war den Frauen geweiht. Alle Säulen des Tempels waren mit Frauengesichtern bemalt, die die Sonnenscheibe verehrten, deren Strahlen um sie hereinströmten, sodass jeder Sonnenstrahl in einer Hand endete, die ihn zärtlich liebkoste.

Amun hielt seine Anhänger in Angst gefangen, während Aton alle Menschen liebte. Das war der Unterschied, und Nofretete war überzeugt, dass eben dieser Unterschied Ägypten retten würde, selbst wenn Hungersnot und Pest die Menschen vernichteten, selbst wenn die Angst vor der Zukunft ihre Herzen auffraß.

Die Königin wurde durch die Straße der Sphingen getragen, die auf den Tempel zu führte. Über die Köpfe und Schultern der Menschenmenge vor ihm konnte Sennahet die goldenen Verzierungen sehen, die von ihrer Sänfte herunterhingen. Er sah die Federn der Fächer, die weiß wie feinste Wolle gegen den strahlend blauen Himmel standen.

Niemand jubelte ihr zu. Ihre Sänfte, die von sechs Männern getragen wurde, war umringt von bewaffneten Soldaten. Sennahet senkte den Blick auf die Rücken der Menschen vor ihm. Er schwitzte, und seine Blicke bewegten sich vor und zurück, um festzustellen, ob jemand ihn beobachtete. So weit er sehen konnte, standen auf der ganzen Straße der Sphingen die Menschen dicht gepackt, um der Prozession zuzusehen. Sie standen auf den Zehenspitzen und hielten ihre Kinder hoch, damit auch sie etwas sehen konnten.

Niemand achtete auf Sennahet.

Direkt vor ihm befand sich der breite Rücken eines jungen Mannes, der schwere goldene Ohrringe trug und an dessen Gürtel eine Geldbörse baumelte. Sennahets Finger bewegten sich unwillkürlich, als er die Geldbörse ansah. Seine Beinmuskeln spannten sich an.

In diesem Augenblick fuhr ein großer Aufschrei durch die Menge. Der König kam! Erst sah man Männer, die Weihrauchfässer schwenkten und die Luft mit dem Rauch würzten. Dann folgten junge Flötenspieler, die spielten und tanzten. Und schließlich kam der König selbst.

Seine Sänfte war aus purem Gold und mit Bildern von Löwen und Giraffen verziert, den heiligen Tieren seines Königshauses. Er saß auf einem Löwenfell und trug die hohe Doppelkrone des ägyptischen Reiches. Die Menschen konnten ihn nicht schweigend betrachten, wie sie es mit der Königin getan hatten: Seine Erscheinung rief bei vielen Erschrecken und Seufzen hervor. Er war beladen mit Edelsteinen wie eine Braut aus einem wilden Stamm, seine Arme waren von Bändern eingefasst, und um seinen Hals hingen Amulette. Auf seiner Brust war das große Auge des Re zu sehen, aus Emaille und Gold gefertigt.

Aber unter all dem Schmuck und all der königlichen Erscheinung blickte das Gesicht eines schwächlichen Jungen aus der Sänfte, mit schmollendem Mund und bartlosem Kinn. In seinen Händen trug er, über der Brust gekreuzt, den Krummstab und den Dreschflegel des Osiris.

Tutanchamun war so reich geschmückt, dass Sennahet das Gefühl hatte, selbst seine Haut sei aus purem Gold. Nun kam der König an ihm vorbei. Sennahet spannte alle Muskeln an, gerade als der junge Mann vor ihm die Arme hochwarf und einen Ausruf des Staunens über den jungen Gott hören ließ. Hier und da knieten einzelne Leute nieder und drückten das Gesicht in den Straßenstaub. Aber die meisten Männer und Frauen standen nur einfach da, wie vom Donner gerührt. Blitzschnell streckte Sennahet die Hand aus und zog dem jungen Mann die Geldbörse vom Gürtel.

»Haltet den Dieb!« Der Schrei gellte messerscharf in seinen Ohren. Er drehte sich um und floh.

»Haltet den Dieb, haltet ihn!«

Vor ihm ballte sich die undurchdringliche Masse der Menschenleiber. Er glitt zwischen zwei Körpern hindurch, kämpfte sich an einer dicken Frau mit Kind vorbei und schob die Familie hinter ihr zur Seite. Eine Hand griff nach ihm, aber er bekam den Arm wieder frei. Er konnte nicht laufen, es gab keinen Platz zum Laufen.

Unmittelbar hinter ihm rief jemand: »Haltet ihn, er ist ein Dieb!«

Er stolperte in einen alten Mann und schlug ihn nieder. Das war seine einzige Möglichkeit: Er suchte sich die Schwächeren in der Menge aus, alte Leute, Kinder. Er stürzte sich auf sie, drückte sie zur Seite, trat sie nieder. Ein Mann griff nach seinem Rock, der Rock zerriss, und Sennahet rannte nackt weiter.

»Haltet den Dieb!«

Der Ruf verhallte nun leiser, immer weiter hinter ihm. Er fädelte sich durch die Menschenmenge. Hier hinten standen die Menschen nicht mehr so dicht gedrängt. Er rannte vorbei, eine Hand über seine Blöße gelegt. Aber sie hatten allesamt nur Augen für den König, und niemand schenkte ihm mehr als einen neugierigen Blick.

Im Schatten einer der großen Sphingen blieb er stehen und öffnete die Geldbörse. Sie war leer. Er fluchte und schüttelte sie, aber sie war und blieb leer. Er warf sie weg und ging davon, mit einem Fluch gegen den jungen Mann, der seinen gesamten Reichtum offenbar an den Ohren getragen hatte.

Hapure hatte zwei Stunden lang am neuen Tempel angestanden; schon vor Tagesanbruch war er dort gewesen, und nun taten ihm seine Beine weh.

Die Menschenschlange wand sich um die breite Böschung am hinteren Hof des Tempels. Rund um den Hof wuchsen junge Palmen in Kübeln, und der eine oder andere ruhte sich auf dem Rand eines solchen Kübels aus. Manche saßen auch auf dem Rand des kleinen Wasserlilien-Teichs in der Mitte des Hofes. Am Hintereingang des Tempels war der Anfang der Schlange zu sehen, aber dort hatte sich seit Stunden nichts vorwärts bewegt, und das war auch schon so gewesen, bevor Hapure seinen Platz am Ende der Schlange eingenommen hatte. Niemand hatte sich bisher der Wartenden angenommen.

Zu Mittag, als die Sonne am höchsten stand, zog die großartige Prozession der regierenden Königin und des jungen Königs die große Straße der Sphingen entlang zum Tempel. Hapure stand immer noch in seiner Schlange. Die Weihezeremonie fand am anderen Ende des Tempels statt, und er bekam die Königin nicht zu sehen. Er hörte die Rufe der Menge und wusste, was geschah, und er war vollkommen verzweifelt, weil die Schlange sich seit dem Morgengrauen keinen Zoll weit bewegt hatte.

Die Menschen vor ihm murrten und fanden böse Worte gegen die Priester des Tempels, aber Hapure verschloss seine Ohren. Er blickte über den Hof auf die hohen Säulen des Tempels, so frisch bemalt, dass die Farben noch von selbst zu leuchten schienen. Es war ein schöner Tempel, wenn auch etwas fremdartig mit seiner Weite, seinen luftigen Durchblicken. Das Sonnenlicht schien durch die Säulen bis auf den Boden.

Müßig stellte sich Hapure vor, die Säulen und die Sonnenstrahlen wären wie die Finger zweier ineinander verschränkter Hände. Doch die Vorstellung schenkte keine Freude.

Endlich kam ein Schreiber die Schlange entlang. Er begann ganz vorn und fragte jeden der Wartenden nach seinem Anliegen. Hapure sah ihn und stand auf den Zehenspitzen, um jeden Schritt zu beobachten.

Viele, mit denen der Schreiber sprach, verließen die Schlange und gingen fort. Hapure fragte sich, warum er sie wegschickte; unsicher fühlte er im gerollten Bund seines Rockes nach den Münzen, die er mitgebracht hatte, und nahm sie in die Hand.

Der Schreiber kam zu dem Mann und der Frau direkt vor Hapure.

»Wir sind gekommen, um unseren Anteil am Opfer zu holen«, sagte der Mann. »Wenn die Königin den Tempel einweiht – möge sie ewig leben –, wird es ein Opfer geben. Wir sind hungrig, und das Opfer wird unter die Armen verteilt.«

Der Schreiber warf dem Mann einen mitleidigen Blick zu, schüttelte dann aber den Kopf.

»Es gibt keinen Anteil, außer ihr wollt euren Magen mit Blumen füllen. Aton verlangt kein Blutopfer, kein Fleisch vom Lamm oder Ochsen, nur Blumengaben. Die Königin wird ihm Lilien bringen, der König Hyazinthen.«

Wie aus einem Munde schrien der Mann und die Frau auf:

»Schande! Ewige Schande! Wir haben Hunger! Was ist das für ein Gott, der den Hungrigen das Essen verweigert?«

»Geht zu Amun«, antwortete der Schreiber. »Heute werden dort achtzehn ausgewachsene Ochsen zu seiner Freude geschlachtet, und er nimmt nur das Fleisch des linken Schenkels.«

Der Mann und die Frau gingen davon, immer noch ärgerlich miteinander redend. Der Schreiber wandte sich Hapure zu.

»Was begehrst du von Aton?«

Hapure sagte: »Ich habe Geld bei mir, denn meine Frau ist von der Pest befallen, und ich möchte, dass ein Priester während der Zeremonie ihren Namen ausspricht, sodass der Gott ihr gnädig ist und sie gesund macht.«

Der Schreiber schüttelte den Kopf. »Es tut mir Leid, aber die Priester des Aton nehmen keine Bestechungsgelder.«

»Schade«, sagte Hapure.

»Sie würden dir sagen, dass Aton uns allen in gleicher Weise gnädig ist und deine Frau gesund macht, wenn es denn sein Wille ist.«

Mit diesen Worten wandte sich der Schreiber dem Nächsten in der Reihe zu. Hapure blickte ihm düster nach. In seiner Faust hielt er noch die wertvollen Münzen, mit denen er die Gesundheit seiner Frau gern erkauft hätte. Aber der Schreiber hatte ihm gesagt, dass ihre Gesundheit nicht zu kaufen war.

»Dann gehe ich zu Amun«, sagte er endlich.

Ohne sich umzudrehen, sagte der Schreiber: »Amun wird dein Geld sicher nehmen.«

Hapure ging davon.

Meryat kniete an der linken Seite der Königin. Die großen Worte des Gebets schallten über ihren Kopf hinweg, und ihr kamen schon die Tränen bei der Erinnerung, die sie in ihr erweckten.

Dein Aufgang ist schön am himmlischen Horizont,
o lebender Aton, Beginn allen Lebens!
Wenn du am östlichen Himmel aufsteigst,
füllst du jedes Land mit deiner Schönheit.

Der Pharao selbst hatte dieses Lied komponiert, die Hymne des Echnaton an seinen Gott. Meryat hatte unzählige Male gehört, wie er sie sang, in seiner Neuen Stadt oben im Norden. Dort war jeder Tag der Anbetung des Aton geweiht gewesen. Dort, wohin kein Feind kam und kein böses Wort gesprochen wurde, dort hatte Meryat an den Sieg des Aton geglaubt. Wie hätte sie wissen können, dass überall sonst in Ägypten die Menschen den Aton nicht verstanden und heimlich weiterhin den alten Göttern anhingen?

Wenn das Küken in der Eierschale ruft,
gibst du ihm Atem, auf dass es lebe.
Wenn du es bereit machst, das Ei zu zerstören,
kommt es zum Vorschein …

Wenn der König so von seinem Gott gesprochen hatte, konnte niemand ihm zuhören, ohne sich dieser Vision anzuschließen. Aber Echnaton war tot, und hier in Theben waren die alten Götter mehr als lebendig. Meryat betete, dass Aton sie beschützen möge; sie zitterte vor Furcht, trotz aller Freude an dem großen Lied. Die heiligen Säulen um sie herum würden sie hier im Tempel beschützen. Die Bilder, mit denen sie bemalt waren, würden sie beschützen, wenn sie sie bei ihrer täglichen Arbeit nachahmte. Und doch fürchtete sie sich.

Nofretete stand vor ihr am Fuß des hohen Pylons. Während sie die Worte sprach, die ihr Mann ihnen allen beigebracht hatte, schwang ihr Körper hin und her, und Meryat folgte ihr bei jeder einzelnen Bewegung. Viele in der Menge sprachen die Worte mit, hakten sich ein und schwangen ebenfalls von einer Seite zur anderen.

Meryat schloss die Augen. Solange Nofretete lebte, würde Aton sein Volk sicher bewahren. Sie legte ihre Furcht ab und gab sich ganz der sprudelnden Freude hin, die aus der Vereinigung mit dem Gott entstand, ihre Arme fest verschränkt mit den übrigen Betern, und wie aus einem Munde sprachen sie die Worte, noch einmal mit Echnaton vereint.

Echnatons Gesicht war hässlich; ein Unterkiefer wie eine Pflugschar, die Augen eingefallen hinter hohen, eingefallenen Wangen. Er blickte auf seine Tochter Anchesenamun herunter und trug ein schwaches, undurchschaubares Lächeln auf seinen Lippen.

Eigentlich waren es sogar sechs Gesichter – alle in Stein gehauen –, die auf sie herunterblickten, und sie verneigte sich tief vor ihnen.

»Seid gegrüßt, mein Vater. Ich habe Opfergaben für Euch, zur Freude Eures Ka.« Sie stellte das kleine Tablett mit Hirse und Honig am Fuß der ersten Statue ab.

Die sechs Standbilder waren an den Seiten eines Hofes am Ende des Aton-Tempels aufgestellt. Sie waren in dem extremen Stil gefertigt, den ihr Vater am Ende seiner Regierungszeit bevorzugt hatte: Die Gnade Atons in ihm zeigte sich in schwellenden Lenden, und seine besondere Macht über Leben und Tod wurde durch weibliche Brüste repräsentiert, sodass er Mann und Frau zugleich in einem Körper zu sein schien.

Es hatte eine Zeit gegeben, da jeder Höfling in Ägypten sich beeilte, sich selbst ebenfalls in diesem Stil darstellen zu lassen, sei es in Form eines Gemäldes oder einer Statue. Inzwischen bevorzugten sie es, sich dünn und zerbrechlich darstellen zu lassen, wie Tutanchamun.

Nofretete war am Nachmittag hierher gekommen, um den Hof dem unsterblichen Ka ihres Mannes zu weihen. Der Hof hatte von den starken Stimmen der Männer widergehallt, die den König laut verehrten. Anchesenamun hatte es nicht ertragen können und war davongelaufen. Sie wusste, keiner von diesen Männern liebte den König noch. Sie liebten jetzt Tutanchamun. Der Großwesir und General Haremhab setzten jedes gewünschte Gesicht auf, das sie der Gnade von Tutanchamun und Nofretete gewiss machte.

Anchesenamun musste lange warten, bis sie hier allein und in Ruhe vor ihrem Vater beten konnte. Aber sie betete nicht, sie brütete über den Fehlern ihrer Mutter.

Tutanchamun hatte zugesehen, als Nofretete den Tempel eingeweiht hatte. Er hatte das Gebet nicht geleitet oder auch nur daran teilgenommen, obwohl Nofretete ihn angefleht hatte, dies dem Aton zuliebe zu tun. Stattdessen hatte er mit seinen Ringen gespielt, während die Königin die Hymne an den Gott sang. Für Tutanchamun bedeutete Echnaton nichts, und der Einfluss, den Nofretete auf den jungen König ausübte, schwand täglich mehr dahin. Bald würde auch sie ihm nichts mehr bedeuten.

»Mein Vater«, sagte die junge Königin Anchesenamun, »er ehrt dich nicht, aber ich werde es tun.«

Sie verschränkte die Hände, blickte auf zum Gesicht der Statue und fiel in Träumereien über die Zeiten, da sie so zu seinen Füßen gesessen und seinen Lehren über Aton zugehört hatte.

Er besaß so viel Feuer, eine solche zauberhafte Gabe des Wortes, dass sie ihm schon als kleines Kind stundenlang zugehört hatte.

Heute freilich erkannte sie, wie gründlich er gescheitert war – obwohl sie ihn immer noch liebte, sah sie, dass er sein Ziel nicht erreicht hatte. Die alten Götter herrschten immer noch über Ägypten, und Aton war nichts anderes als ein einsamer Gott, der durch die Wüste wanderte und rief, ohne jemals eine Antwort zu bekommen. In Ägypten ging alles seinen gewohnten Gang – oder es ging überhaupt nicht. Anchesenamun sah durchaus die Vorteile, die darin lagen: Andernfalls wäre die Welt aus den Fugen geraten.

Ihre Mutter war nicht so vernünftig. Ihre Mutter war, genau genommen, eine Närrin. Selbst heute hatte Nofretete die Anwesenheit hoher Bediensteter des Hofes zum Anlass genommen, darauf hinzuweisen, dass ihre Zeremonie die Einheit Ägyptens wieder herstellen würde. Anchesenamun ballte beim Gedanken daran mit zornigem Gesicht die Fäuste. Sie hatte wohl gesehen, wie der Großwesir und General Haremhab die Köpfe zusammengesteckt hatten, sobald Nofretete wegsah.

Und Tutanchamun hatte an der Zeremonie nicht teilgenommen, er war nicht einmal in diesen Hof gekommen. Das war das Schlimmste.

Anchesenamun stand auf. Sie verneigte sich noch einmal vor

jedem einzelnen Bild ihres Vaters, denn sie wusste, jede Verneigung war eine Freude für sein Ka, wo auch immer es sein mochte, selbst oben im Norden in der Neuen Stadt, wo er bestattet worden war.

Was nun dieses unreife Kind Tutanchamun anging, so hatte sie, obwohl sie miteinander verheiratet waren, seine Umarmung noch nicht ertragen müssen, und sie schwor, dass sie es niemals tun würde.

Sie wartete im Hof, immer noch in Gedanken an ihren Vater, bis Meryat kam. Weit entfernt hörte sie den Ton des Widderhorns. Die Sonne ging unter, und der Hof lag bereits im Dunkeln. Anchesenamun warf einen überraschten Blick in die Schatten rundum. Gemeinsam mit Meryat verließ sie den kleinen Hof und kehrte an die Seite ihrer Mutter zurück.

In ihrem Schlafgemach im Palast schickte Nofretete Meryat irgendwann zu Bett; dann saß die Königin allein vor ihrem goldenen Spiegel.

Sie hatte sich von diesem Tag Freude versprochen, aber sie spürte nichts. Sie hatte zumindest erwartet, einen Teil ihrer schwindenden Macht über das Volk wiederzuerlangen. Zwar hatte die königliche Prozession die Menschen von Theben scharenweise auf die Straßen gezogen, aber nur wenige von ihnen waren der Königin in den Tempel gefolgt.

Aus dem goldenen Spiegel blickte sie das vertraute königliche Gesicht an; dahinter verbarg sich das Gesicht der Frau Nofretete. Ihre Schönheit gehörte nicht ihr, sondern den Menschen, die sie ansahen. Die heitere Ruhe, die sie nach außen hin ausstrahlte, kostete sie so viel Nerven und Willenskraft, dass sie jetzt alles andere als ruhig war: Sie war zutiefst erschöpft. Hinter diesem Gesicht mit den angemalten Augen und Lippen, das Sammlung und bedeutungsschwere Intelligenz ausstrahlte, lebte eine alte Frau.

Sie berührte ihre Wangen mit den Fingern. In dem goldenen Spiegel schien ihre Haut makellos, aber ihre Fingerspitzen konnten die Falten spüren, die Hautschuppen und das müde

Fleisch darunter. Sie ließ die Arme sinken und legte ihren Kopf darauf.

Es gab so viel zu tun, und sie hatte keine Kraft mehr. Sie dachte an Tutanchamun: Er war ein törichter Junge, aber das war nicht ihre Schuld, und es war einfach ungerecht, dass sie die Konsequenzen seiner schlechten Erziehung tragen sollte. Er war ein spätes Kind gewesen und bei ihr aufgewachsen; man hatte mit ihm gespielt, ihn gestreichelt und verwöhnt. Niemand war auf den Gedanken gekommen, dass er einmal die Herrschaft übernehmen sollte, standen doch drei Brüder in der Thronfolge vor ihm.

Sie stützte sich auf die Ellbogen und starrte ihr Spiegelbild an. Das Gold warf einen sanften Schleier über ihr Gesicht, der sie jung erscheinen ließ. Als sie wirklich noch jung gewesen war, hatte sie nur so gestrotzt vor Energie und Willenskraft.

Und sie würde wieder stark werden. Sie würde Tutanchamun zu einem richtigen Mann machen, und wenn ihr das nicht gelang, würde sie einen Sohn von Tutanchamun und Anchesenamun zum König machen. Anchesenamun war fruchtbar: Sie hatte ihrem Vater ein Kind geboren, eine zauberhaft schöne kleine Tochter, aber ach!, das Kind war gestorben. Doch sie würde kräftigere Kinder haben, mit Tutanchamun. Söhne. Könige.

Nofretetes Lider waren schwer, und ihr Kopf schmerzte. Morgen, das wusste sie, würde sie diese Schwere abschütteln, die sie wie ein unsichtbarer Dämon lähmte, der auf ihrem Rücken ritt und seine Schwingen um ihre Arme legte. Morgen würde Aton sie mit neuer Kraft versehen. Der Gott brauchte sie, denn niemand sonst würde seine Sache in Ägypten noch vertreten. Es gab einen Pakt zwischen Aton und Nofretete, einander niemals zu verlassen.

Sie war so müde. Sie legte den Kopf wieder auf ihre Arme und schlief so ein, vor dem goldenen Spiegel.

11

Der Fluss war zu einem schlammigen Rinnsal am Grunde seines Betts verkommen. Seine Fluten waren staubig rot wie das Blut des Osiris, als sein Bruder Set ihn in Stücke hackte. Die Stoppeln der Hirse verdorrten auf den Feldern an den Ufern, tot wie Osiris. Weit im Landesinnern standen die einarmigen Wasserpumpen nutzlos da. Roter Wüstensand rieselte über die schwarze, gepflügte Erde Ägyptens.

In Theben hatte Sennahets Vermieter inzwischen die Geduld verloren und den säumigen Mieter auf die Straße gesetzt. Mit einem Dutzend anderer Ausgestoßener lebte Sennahet nun in einem verlassenen Haus auf dem Westufer des Nils. Er ging auch nicht mehr in die Altstadt, um nach Arbeit zu suchen. Einmal am Tag schwärmten er und Tausende andere in den Amun-Tempel, um sich dort eine Mahlzeit abzuholen. Danach lungerte er herum, immer auf der Lauer nach einem Schluck Bier. Er träumte in den Tag hinein und hoffte auf eine Gelegenheit, etwas zu stehlen. Er saß auf dem rissigen, getrockneten Schlamm des toten Flusses und wedelte mit den Händen die lästigen Stechfliegen weg. Und irgendwann, wenn die Abendkühle kam, machte er sich auf den Weg über den Fluss und ging in die Wüste.

Seit der Steinmetz Hapure ihm von dem heimlichen Begräbnis des Echnaton in der Wüste erzählt hatte, ging Sennahet das Gold nicht mehr aus dem Kopf, das Nofretete dort mit dem Herrscher begraben haben musste. Und so ging er jeden Abend in die Schlucht, wo die Könige begraben wurden, und spazierte durch das enge Tal, immer auf der Suche nach dem Grab. Oft schlief er sogar dort, den Wüstenwind und die bellenden Schakale als einzige Gefährten.

Er fand alte Kammern dort, verlassene Gräber, die bereits ausgeraubt und leer waren, und lange Gänge, die in die Erde führten und im Nichts endeten. Hier herrschten die bösen Geister, und entsprechend unruhig waren seine Träume. Bei Nacht, wenn er im Wind zitterte, wenn er, von der unheimlichen Schönheit des Mondlichts umgeben, in der Wüste saß, schossen ihm seltsame, verrückte Gedanken durch den Kopf. Er stellte sich vor, wie es wäre, wenn er das Gold des Pharaos besäße, reicher, als er es sich erträumen konnte, wohlhabend und mächtig, als hätte er hier, wo so viele Könige bestattet worden waren, einen kleinen Widerschein ihrer Größe angenommen.

Eines Nachts ging er wieder einmal durch die Schlucht und stieß Steine mit dem Fuß vorwärts, während er ging. Das Licht des Vollmonds bemalte die Wände der Schlucht. Gelegentlich fluchte Sennahet laut, und oft verfluchte er Echnaton, dessen Krieg gegen die Götter Ägyptens Sennahet ruiniert hatte und dessen Gold Sennahet retten würde, wenn er es nur irgendwo fand.

Die Schakale japsten und knurrten oberhalb des Tales in den Felsen. Ein Felsblock sprang die zerklüftete Wand hinunter. Sennahet schleppte sich mühsam vorwärts. Seine Blicke eilten vor und zurück durch die Schlucht, und in Gedanken brütete er über seinen Schwierigkeiten. Er erkannte die Gefahr erst, als er den Löwen brüllen hörte.

Stocksteif blieb er stehen. Seine Haare standen ihm so sehr zu Berge, dass es schmerzte.

Er blickte voraus durch die Schlucht, wo die Wände sich eng zusammendrängten und wo ein frischer Felssturz den Weg halb verschüttet hatte.

Jetzt hörte er in der Ferne die Rufe und das Trommeln, gerade laut genug, dass er es wahrnehmen konnte. Irgendjemand war da draußen auf Löwenjagd.

In der mondhellen Schlucht vor ihm war das leise, kehlige Grollen eines wachsamen Löwen zu hören. Wie es der Zufall wollte, war Sennahet den Jägern in die Quere gekommen; er stand genau im Fluchtweg des Löwen vor seinen Verfolgern.

Ein leiser Fluch mit zittriger Stimme entfuhr ihm. Mit einem schnellen Blick versuchte er festzustellen, ob irgendwo etwas lag, was er als Waffe benutzen konnte, ein Stock oder auch nur ein größerer Felsblock. Das Trommeln wurde lauter. In der Ferne, hinter dem Löwen, hörte er ein Pferd wiehern. Als er wieder in die Schlucht hineinsah, kam der Löwe in Sicht.

Sennahet schrie vor Schreck laut auf. Er drehte sich um und rannte die Schlucht hinunter.

Sein Atem ging stoßweise, und er warf einen hastigen Blick über die Schulter.

Der Löwe trabte hinter ihm her; seine Mähne wippte bei jedem Schritt. Das breite Katzengesicht war genau auf den flüchtenden Mann gerichtet.

Sennahet schrie wieder und rannte, so schnell er konnte, über den steinigen Boden.

Das Brüllen des Löwen wurde ohrenbetäubend. Die Bestie war jetzt tatsächlich direkt hinter ihm. In dem Abhang über ihm war der Eingang eines leeren Grabes zu sehen, und er hechtete zur Seite, bevor er auf Händen und Knien durch das lose Geröll zu seinem Zufluchtsort hinaufkletterte. Der Boden rutschte unter ihm weg, und er begann sich mit gekrümmten Fingern hochzuziehen, bis er endlich den Eingang des Grabes erreichte und sich über die Schwelle werfen konnte.

Unter ihm brüllte der Löwe. Keuchend, mit blutenden Händen und Knien, taumelte Sennahet auf die Füße. Am unteren Rand des Abhangs rannte der Löwe hin und her, den Kopf in den Nacken gelegt, und funkelte seine Beute wütend an.

Weiter oben in der Schlucht hörte man das Geräusch von galoppierenden Pferden und Wagenrädern. Der Löwe zuckte mit dem Schwanz. Sennahet rang die zitternden Hände. Der Eingang, in dem er stand, war die einzige feste Stelle auf dem gesamten Abhang; er saß in der Falle, solange der Löwe dort unten blieb. Gleich hinter der Wegbiegung war eine Trompete zu hören, und die Trommeln dröhnten. Der Löwe kauerte sich zusammen. So etwa, dachte Sennahet, musste Sekhmet sich bewegen, die Rachegöttin, wenn sie ein Opfer verfolgte. Sennahet schreckte zurück, als er sich fragte, welchen Gott er wohl beleidigt hatte.

In diesem Augenblick setzte der Löwe zum Sprung an. Sennahet schrie, als er sah, wie das große Tier mit drei riesigen Sätzen den Abhang hinaufsprang. Er fiel auf die Knie, während die lauten Gebete von seinen Lippen strömten.

Unten in der Schlucht wurden zwei Pferde gezügelt. Ein Wagen hielt gleich hinter ihnen. Der Löwe hatte den Eingang zu der alten Grabkammer erreicht, drehte sich so schnell um, dass sein peitschender Schwanz Sennahets Schulter streifte, und sein Brüllen rollte durch die Schlucht. Sennahet schützte seinen Kopf mit den Armen und betete um einen schnellen Tod. Der Löwe stank nach Blut und Moschus. Unten in der Schlucht waren Kommandorufe zu hören, und im gleichen Augenblick überrannte der Löwe Sennahet und schlug ihn nieder.

Sennahet wimmerte. Er lag ganz still auf der kalten Erde und wartete, dass der Schmerz beginnen möge. Das Tier lag über ihm, so dicht, dass ihm die rauen Haare in Mund und Nase stachen. Dann hörte Sennahet Stimmen und spürte Hände, die ihn berührten.

»Bist du verletzt? He, Junge, sieh mich an!«

Seine Rippen taten weh, aber er holte tief Luft. Nie zuvor hatte er sich so lebendig gefühlt. Der Löwe lag tot neben ihm, einen Pfeil zwischen den Rippen. Die Hände auf seinen Schultern verstärkten ihren Druck, und die klangvolle, jedoch gänzlich unmännliche Stimme über ihm war wieder zu hören: »Bist du verletzt? Sag es mir, damit ich dir helfen kann.«

Vorsichtig hob er den Kopf. Vor ihm stand eine junge Frau, die ihn mit ernstem Blick ansah. Den Bogen hielt sie noch in der Hand, offensichtlich war sie es gewesen, die den Löwen getötet hatte. Auf ihrem Kopf trug sie eine Krone.

Sennahet ließ sich wieder nach vorn fallen und verneigte sich vor Anchesenamun.

Königin Anchesenamun, die Sennahet vor dem Löwen gerettet hatte, nahm ihn mit in den großen Palast des Pharaos auf dem westlichen Ufer des Nils gegenüber der Stadt Theben. Dort befahl sie, dass Sennahets Name in die Liste ihrer Diener aufgenommen wurde.

Auf dieser Liste standen freilich Hunderte von Namen, und

Sennahet, der vollkommen unerfahren war, bekam nur niedere Tätigkeiten aufgetragen. Aber die Königin bemerkte ihn dennoch immer wieder. Gelegentlich schenkte sie ihm eine Münze oder etwas Süßes, und immer wenn sie ihn sah, lächelte sie.

In dem abseits gelegenen Dorf Kalala erwachte Hapure vor Morgengrauen. Er hatte sich bei seiner Frau mit der Pest angesteckt, und nun lag er krank und zähneklappernd da, mit dem Gesicht zur Wand, und wickelte sich fest in sein Bettzeug.

Er war allein – und er hatte Angst. Seine Frau war begraben, und seine Tochter hatte ihn verlassen, als er krank geworden war. Nun lag er zitternd in der Dunkelheit. Sein Magen verkrampfte sich, und seine Eingeweide brannten.

Er wollte sein Bett nicht beschmutzen, also schleppte er sich zum Abtritt. Die Sonne ging auf, ein gnadenloses Feuer, das den Himmel versengte, verschleiert vom trockenen Staub Ägyptens. Hapure kniete sich im Hof seines Hauses nieder und dankte Re, dass er diese grauenhafte Nacht überlebt hatte.

Er salbte sich mit einer Hand voll Öl und zog sich an. Aus einer Mauernische nahm er einige Münzen und machte sich auf den mühsamen Weg hinunter nach Theben.

Kalala lag tief in einer trockenen Schlucht in der Wüste oberhalb der fruchtbaren Ebene von Theben. Es gab kein Wasser hier, keine Stelle, wo man etwas Essbares anbauen konnte. Die Familien, die hier lebten, dienten dem Pharao im Tal der Toten, und der Pharao hatte sie immer versorgt. Aber jetzt hatte er sie vergessen. Hapure ging die schmale Gasse hinunter und spürte die Härte des steinigen Bodens unter seinen Füßen. Die Häuser waren leer und verlassen, denn fast alle Einwohner des Dorfes waren inzwischen geflohen.

Hapure erreichte den Rand des Dorfes und folgte dem schmalen Weg, der ihn in die Ebene bringen würde. Vor sich sah er die ganze Stadt Theben. Er sah die nackten Felder, die im Wind zu Staub wurden, und die verlassenen Dörfer, die langsam verfielen. Er sah den Palast des Pharao, der genug Land bedeckte, um eine ganze Stadt zu versorgen, und der nun von Soldaten umringt war, die die verzweifelten Armen davon abhalten sollten, das Eigentum des Königs zu rauben. Er sah die strahlenden Nadeln des Amun über dem großen Tempel im Süden, gleich auf der anderen Seite des toten Flusses.

Die Fähre war am Landungssteg festgemacht, denn unter ihrem Kiel befand sich nur noch trockener Schlamm. Der Fluss hatte sich in den tiefsten Teil seines Bettes zurückgezogen und ließ die Fähre hoch und trocken liegen. Hapure brauchte kein Schiff, um den Nil Richtung Theben zu überqueren, denn der Fluss war an seiner tiefsten Stelle nur noch knietief. Er watete hinüber und kletterte zum anderen Ufer hinauf.

Dort auf dem trockenen Schlamm am Fluss schliefen Menschen, von emsigen Fliegen umsummt. Nur die Fliegen waren noch richtig lebendig, nur die Fliegen bewegten sich. Die Menschen saßen dort und starrten ins Nichts. Hapure suchte sich einen Weg zwischen den Leibern hindurch, ohne sie anzusehen. Vor allem die Kinder konnte er nicht mehr ansehen. Es waren nur noch wenige Kinder übrig, auch nur noch wenige alte Menschen, nun, da selbst die kräftigsten Erwachsenen unter dem Hunger litten.

Er schleppte sich durch die staubigen Straßen von Theben. Die Münze fest in der Hand, begann er seine Suche. Er hustete, um seine Kehle vom Staub zu reinigen. Er war schwach auf den Beinen, und seine Knie schmerzten. Bald darauf betrat er den Laden, in dem er vor drei Tagen noch Brot gekauft hatte, für einen Preis, der etwa dem Gewicht des Laibs in Gold entsprach. Aber nun war der Laden leer, und die Backöfen im hinteren Teil des Gebäudes waren kalt. Hapure ging zum nächsten Laden.

Schon vor Wochen hatten die Speicherhäuser des Tempels das letzte Getreide Amuns herausgegeben. Das bisschen Brot, das jetzt noch gebacken wurde, verdankte sich privaten Getreidevorräten, aber auch diese Speicher waren nun leer. Hapure ging von Haus zu Haus, aber niemand verkaufte Brot.

Erschöpft sank er auf der Schwelle eines leer stehenden Hauses zusammen und starrte die Straße hinunter. Die Sonne färbte den staubigen Himmel blutrot. Am Ende der Straße, wo die Häuser eng beieinander standen, streckte eine Frau den Kopf zur

Tür heraus und zog ihn hastig wieder ein. Hapure blickte zur Seite. Er hatte gelernt, andere Menschen zu meiden, die nur bettelten und stahlen und ihn unglücklich machten.

Das Fieber wütete in seinem Körper, und er barg sein Gesicht zwischen den Händen. Der Staub und die Hitze brachten sein Herz zum Rasen. Er stand wieder auf, um weiterzugehen, aber seine Knie gaben nach, bis er auf der Straße zusammensackte.

Seine Augen brannten. Er ließ ein trockenes Husten hören und versuchte noch einmal, den Staub aus seiner Kehle zu entfernen. Dann schleppte er sich, ohne noch einmal einen Versuch zu unternehmen, aufzustehen, auf seinen Armen zurück in den Schutz der Mauer. Den Kopf ließ er an die Wand sinken, leer und erschöpft. Die verlassenen Häuser um ihn herum waren wie leere Gesichter, die sich von ihm abwandten. In einer Stunde würde er vielleicht schon als Leichnam hier auf der Straße liegen, Futter für die Fliegen.

Zuerst dachte er ganz sachlich darüber nach, aber beim näheren Nachdenken über seinen Tod kehrte seine Leidenschaft zurück; er zog sich auf die Füße und schleppte sich weiter durch die Stadt, immer auf der Suche nach etwas Essbarem.

Roter Staub hatte sich in den Ecken des Balkons vor dem Fenster der Königin angesammelt. Meryat streckte die Hand nach dem Balkongeländer aus. Ihre Haut juckte vom Schweiß, sie fühlte sich schmutzig, als sie über den Hof blickte. Ihr müder Kopf war vollkommen leer.

Vier Dattelpalmen versorgten diese Seite des Gebäudes mit Schatten. Ihre riesigen Kronen bewegten sich raschelnd im Wind. Von dem gepflasterten Hof hörte man das Kratzen eines Besens. Es war der nichtsnutzige Sennahet, den Anchesenamun hier aufgenommen hatte und der nun die Wege fegte. Meryat seufzte.

Aus dem Zimmer hinter ihr hörte sie die klagende Stimme von Nofretete, die nach ihr rief. Meryat ließ die Vorhänge hinter sich und ging ins Zimmer zurück, wo drei Mädchen am Kopfende von Nofretetes Liege saßen und die dumpfe Luft mit Fächern aus Straußenfedern bewegten. Die Königin lag auf dem Rücken, eine Stütze aus Elfenbein unter ihrem Kopf. Das Fieber blühte auf ihren Wangen wie böse Blumen, und ihre Lippen hatten die Farbe von Asche.

»Meryat, bring mir Wein – ich bin so ausgetrocknet.«

Meryat ging zu der Truhe bei der Tür. Auf ihr war eine Szene aus dem Eheleben der Königin aufgemalt. Die Dienerin wandte ihren Blick ab; wenn doch Nofretete solche Dinge endlich aus den königlichen Zimmern entfernen ließe! Sie goss Wein in einen Becher, der mit heiligen Worten und Zeichen verziert war.

Mit einem Blick über ihre Schulter sah sie, dass niemand sie beobachtete, und sie nahm schnell einen Schluck von dem Wein. Seit Nofretete krank war, musste Meryat alles vorkosten, was ihre Gebieterin aß.

»Meryat, wo ist meine Tochter? Du hast gesagt, sie würde kommen. Wo ist sie?«

In diesem Augenblick betrat die junge Königin Anchesenamun den Raum. Die Dienerinnen knieten nieder und legten die Stirn auf den Boden; Meryat tat es ihnen gleich.

»Hier bin ich, Mutter.«

Beim Klang der Stimme ihrer Tochter sprang Nofretete von ihrer Liege auf. Meryat durchquerte das Zimmer auf ihren Knien, reichte ihr den Becher und drückte sie auf die Liege zurück. Anchesenamun setzte sich ans Fußende, das wie eine große Lotusblüte geformt war; die aufgerollten Spitzen der Blütenblätter rahmten ihre Schultern ein.

»Wo bist du gewesen?«, fragte Nofretete. »Und angezogen bist du wieder wie – ich weiß nicht, wie. Mein Kind, die Königin von Ägypten muss ...«

»Jetzt nicht, Mutter«, sagte Anchesenamun.

Nofretetes Mund verzog sich zu einem schwachen Lächeln. Meryat tauchte ein Leinentuch in jasminduftendes Wasser und betupfte das Gesicht der Königin. Die Dienerinnen mit den Fächern hatten ihre Arbeit still wieder aufgenommen.

»Du könntest eine Schönheit sein, weißt du«, sagte Nofretete.

»Ich will gar keine Schönheit sein«, gab Anchesenamun gereizt zurück. Sie strich mit den Händen über ihre Knie, und die Sehnen an ihren Handgelenken waren wie Bogensehnen. Ihre langen Beine steckten in Stiefeln, wie sie die Wagenlenker trugen. Sie nahm Nofretetes Hand in ihre.

»Du bist viel zu warm!«

»Ich bin so ausgetrocknet, dass ich kaum noch Luft bekomme«, sagte Nofretete. »Meryat, gib mir noch einen Becher Wein. Aber mir geht der Gedanke nicht aus dem Kopf, wie viele Menschen in meinem Volk unter derselben Krankheit leiden, und das ohne eine Meryat, die für sie sorgt, und ohne Wein, der die Schmerzen betäubt.«

Meryat brachte den Becher zurück zu der Truhe, wo die Karaffen mit Wein aufbewahrt wurden. Sie kostete noch einmal von dem Wein.

»Wo ist der Erhabene?«, fragte Nofretete. »Hast du nicht nach ihm geschickt?«

Meryat kam zurück, den Becher in der Hand, und für einen Augenblick traf sich ihr Blick mit dem von Anchesenamun. Sie senkte die Augen. Auf den Knien rutschte sie bis zu der regierenden Königin.

»Du kannst dich erheben, Meryat«, sagte Anchesenamun. »Du gehst in Gegenwart meiner Mutter aufrecht herum, dann kannst du es auch tun, wenn ich da bin.«

Meryat stand auf und reichte Nofretete den Becher. Die Königin hob ihn, aber er zitterte in ihrer Hand. Meryat griff danach und half ihr beim Trinken.

»Ich bin so schwach«, klagte Nofretete. Sie legte den Kopf wieder zurück auf die elfenbeinerne Kopfstütze. »Ich weiß, ich werde bald sterben. Anchesenamun, wenn ich tot bin, musst du für Meryat sorgen. Nimm sie zu deinen Kammerdienerinnen, und gib ihr dieselbe Stellung, die sie bei mir gehabt hat.«

Meryat legte die Hand über ihr Gesicht. Solche Worte füllten ihr Herz mit Schmerz und Kummer, aber auch mit Dankbarkeit.

»Mutter, Mutter, du wirst nicht sterben«, antwortete Anchesenamun. »Nicht, wenn du wirklich weiterleben willst.«

»Ich werde sterben, und zwar bald«, beharrte Nofretete. »Ich werde immer schwächer, so schwach und müde, und doch finde ich keinen Schlaf, und die grausigsten Gedanken quälen mich. Wo ist Tutanchamun? Habt Ihr nach ihm geschickt?«

»Wir haben ihn rufen lassen, Mutter«, sagte Anchesenamun. »Aber sprich nicht mehr vom Sterben. Du redest es dir noch so lange ein, bis das Grab dir eher ein Zuhause ist als das eigene Bett.«

Nofretete wiegte den Kopf von einer Seite zur anderen. »Ganz der Vater. Er glaubte auch, dass der Geist den Körper beherrscht, dass er das Fleisch einfach so wie eine Hülle herumzerren kann, wie er will.«

Anchesenamun setzte ein falsches, angespanntes Lächeln auf. »Vielleicht ist er dann gar nicht wirklich tot, sondern hat nur eine Hülle gegen die andere eingetauscht«, führte sie den Gedanken ihrer Mutter weiter.

»Ich habe ihn geliebt«, fuhr Nofretete fort. »Selbst als ich ihn schon nicht mehr verstand. Und ich liebe ihn immer noch«, fügte sie mit leiserer Stimme hinzu.

»Darf ich Euch um einen Rat bitten, Mutter?«

Die Königin lächelte und öffnete einen Spalt breit die Augen. »Selbstverständlich.«

»Jemand – ein Wahrsager – es heißt, wenn wir der Isis opfern, wird die Göttin Ägypten heilen.« Anchesenamun hielt die Hand ihrer Mutter. »Sollten wir auf so etwas hören?«

»Das wäre ein Frevel gegen Aton!«

»Aber wenn wir uns irren ...« Anchesenamun führte die Hand ihrer Mutter an ihre Wange. »Jeden Tag sehe ich mehr, wie sie leiden. Die Menschen können Aton nicht folgen. Was, wenn wir uns irren?«

»Aton ist unser Gott. Es gibt keinen anderen Gott. Er allein ist die Wahrheit. Wenn Ägypten sterben muss, um dem Aton zu dienen, dann lassen wir Ägypten sterben.«

»Aber sie leiden so sehr«, beharrte Anchesenamun und biss sich auf die Unterlippe.

»Denk an Aton«, wiederholte Nofretete. »Auf ihn kommt es an, nicht auf unser Volk. Sie sind nur Schatten seines Willens.«

Ihre Stimme nahm einen klagenden, wimmernden Tonfall an. »Aber wo ist Tutanchamun?«

Anchesenamun beugte sich vor und sprach eindringlich weiter. »All dies Leiden begann, als Aton und mein Vater die alten Götter vertrieben.«

»Wie kannst du so etwas sagen?«, rief Nofretete. »Er allein ist Gott! Er kann mit uns tun, was er will.«

Anchesenamun blickte ihrer Mutter schweigend ins Gesicht. Meryat befeuchtete ein neues Tuch, um das Gesicht der Königin zu betupfen. Anchesenamun nahm ihr das Tuch aus der Hand und berührte mit dem kühlen Leinen die Augenbraue ihrer Mutter.

»Wir haben ihn enttäuscht«, sagte Nofretete. »Als Echnaton starb, haben wir es zugelassen, dass diese elende Ratte Amun zurück ins Nest kroch.«

»Nur so konnten wir uns an der Macht halten. War das nicht der Grund für den Handel?«

»Mag sein, aber so kam das Unglück über uns.«

Anchesenamun hielt immer noch die Hand ihrer Mutter. »Ich will nicht mit dir streiten.«

Nofretete drehte den Kopf von einer Seite zur anderen. »Wo ist Tutanchamun? Warum ist er nicht bei mir?«

Anchesenamun beschäftigte sich mit dem feuchten Tuch. Meryat trat zur Seite, um die Wasserschüssel neu zu füllen.

»Antworte mir! Warum kommt er nicht zu mir?«

»Mutter …«

»Antworte mir!«

Die Königin richtete sich auf, aber Anchesenamun drückte sie sanft wieder zurück. »Meryat, bring noch etwas Wein. Mutter, bitte, bleib ruhig.«

»Wo ist er? Ist er krank? Ist der König krank? O Aton, meine Hoffnung, lass es nicht geschehen!«

Meryat stand bei der Truhe und goss den Wein ein. Dabei warf sie einen Blick über ihre Schulter auf die beiden Königinnen, die von den Mädchen mit den Fächern eingerahmt wurden wie Figuren auf einem Fries.

Anchesenamun sagte: »Mutter, bleib liegen. Tutanchamun ist wohlauf. Er ist so gesund wie die Krokodile, aber er ist fort. Er ist nach Istufti gegangen, um der Pest zu entkommen.« Istufti war der große Königspalast in der Nähe von Saïs im Nildelta.

Nofretete lag ganz still; ihr Gesicht war bleich geworden. Endlich sagte sie: »Er ist geflohen? Er hat mich verlassen?« Sie fuhr mit der Zunge über ihre Lippen. »Ich bin so ausgetrocknet, Meryat, noch etwas Wein.«

Meryat brachte den Becher, und die Königin nahm einen tiefen Schluck. Sie lehnte sich zurück, und Anchesenamun hielt eine Hand unter ihren Kopf, um sie zu stützen.

»Er ist weggelaufen«, sagte Nofretete. »Was ist aus dem König in ihm geworden? Versteckt sich wie eine Ratte.«

»Mutter.«

»Ich werde kein Wort mehr über ihn verlieren.«

Und das tat sie auch nicht. Danach sprachen sie über Kleinigkeiten, über ihre Kleider, Freunde und den Wein. Die Nacht zog vor den Fenstern auf. Meryat ließ Anchesenamun ein Abendessen bringen, Enteneier, Brot und Honig, aber es blieb unberührt und zog nur die Fliegen an.

Nofretete verfiel zusehends. Meryat stellte sich die Krankheit in der Gestalt eines Vogels vor, der um seine Freiheit kämpfte und der Nofretetes Seele in seinem goldenen Schnabel trug. Die Königin war unruhig, und sie redete, als wäre dies der Tag ihrer Hochzeit. Ihr Gesicht trug rote Flecken vom Fieber, ihre großen Augen glänzten, und sie sprach voller Freude von dem Gewand aus besticktem Leinen, dass sie tragen würde. Dann behauptete sie, sie höre Musik. Eindringlich befragte sie ihre Dienerinnen nach dem Bräutigam, den sie noch nie gesehen hatte.

»Ist er hässlich? Hässlichkeit kann ich nicht ertragen.«

»Mutter«, sagte Anchesenamun und versuchte, Nofretete wieder auf die Liege zu drücken, indem sie ihr die Hände auf die Schultern legte. »Beruhige dich, du bist ja vollkommen erschöpft.«

»Schwester!« Nofretete widersetzte sich und griff mit einer Hand nach Anchesenamuns Handgelenk. Ihre Fingernägel waren abgebrochen, und ihre Augen waren so weit aufgerissen, dass man das Weiße rund um die Iris sah. »Schwester«, wiederholte sie, »ruf nach meinem Vater. Ich will die Hochzeit absagen.«

»Mutter, bitte hör mir zu. Oh, sie hört überhaupt nicht, was ich sage.«

»Ich habe gehört, dass er hässlich sein soll«, sagte Nofretete. Meryat eilte mit dem Wein zu ihr, aber Anchesenamun winkte sie zurück. Die Königin erhob sich schwankend auf beide Ellbogen.

»Ist das der Lohn dafür, dass ich schön bin? Soll ich einen hässlichen Mann heiraten und hässliche Kinder bekommen?«

»Mutter!«

Nofretete sank zurück in die Kissen. Jetzt war sie tatsächlich erschöpft. Meryat kroch näher und half Anchesenamun. Noch vor Tagesanbruch starb Nofretete in den Armen ihrer Tochter.

Meryat verbarg ihr Gesicht in den Händen. Sie sehnte sich mit all ihrer Kraft nach der Zeit zurück, als sie ein Kind gewesen war und Nofretete lachte und alberne Spiele mit ihr spielte.

Am Morgen war der rote Staub bis unter das Bett der Königin vorgedrungen. Meryat fegte ihn mit einem Reisigbesen hinaus.

Wenige Tage nach dem Tod der Königin Nofretete verließ Hapure sein Dorf wieder. Er wanderte am Ufer des toten Flusses entlang.

Dort saßen Trauben von Menschen, als könnte der Fluss ihnen in ihrer Not noch ein wenig Trost spenden, die Knie hochgezogen und die Blicke fest auf den dunklen Wasserfaden gerichtet, der ganz unten im Bett des Nils zu sehen war. Niemand sprach ein Wort. Niemand beachtete die anderen Menschen, die neben ihm saßen. Am Rand des Rinnsals wuchs grüner Algenschleim, ein Anzeichen für die Verwesung eines ganzen Landes. Hapure setzte sich an den Rand des Wassers, bedeckte seinen Kopf mit seiner Kleidung und trauerte.

Er weinte nicht um Nofretete, auch nicht um den Nil, der in der Schlacht der Götter um Ägypten das erste Todesopfer gewesen war. Er hätte gar nicht sagen können, um was oder wen er trauerte. Er hatte an Tutanchamun gedacht, aber das war nur ein Name für ihn: Er trug keinen Pharao in seinem Herzen.

»Hapure!«

Die Stimme ließ ihn aufmerken; er hob den Kopf. Ein Mann kroch neben ihn, obwohl Hapure mit einem Schaudern vor ihm zurückwich.

»Hapure! Sieh mich an, ich bin's, Sennahet.«

Hapures Lippen formten den Namen. Er blickte in das Gesicht des Mannes, und ein altes Interesse erwachte in ihm. »Sennahet«, sagte er langsam. »Du bist also noch am Leben?«

Er sah sich um. Am Flussufer lagen die Leichen der Menschen von Theben, manchmal übereinander gestapelt, und über ihnen summten die Fliegenschwärme. Der Himmel war gelb vom Staub.

Er begann heftig zu zittern, und sein Kopf wackelte. Es war Sennahet, der ihn schüttelte.

»Hapure, hör mir zu. Ich lebe jetzt im Palast. Ich werde dir Brot bringen. Ich kann dir das Leben retten«, flüsterte Sennahet ihm ins Ohr. »Du musst mir nur sagen, wo das Gold versteckt ist.«

Hapure hustete und konnte gar nicht wieder aufhören. Seine Kehle war rau und angeschwollen. Von welchem Gold sprach Sennahet? Das einzige Wort, das in seinen Ohren Halt fand, war das Wort »Brot«, und er streckte die Hand aus. Sein Körper war zerrissen vom Husten. Er streckte noch einmal die Hand nach Sennahet aus.

»Brot ...« Zwischen zwei Hustenstößen sprach er das Wort aus. »Brot ...«

»Sag mir, wo das Gold ist.«

»Aiyeee!« Der Schrei ließ sie beide herumfahren. Hapure kniff die Augen zusammen. Seine Wimpern waren staubverkrustet, und er sah alles durch einen roten Schleier.

Unten am Fluss sprang jemand auf und ab und schrie etwas.

Die Menschen rund um Hapure begannen zu stöhnen. Ein abgemagerter Mann stand auf, auf Beinen wie ein Vogel, seine

Knochen waren durch die verhornte Haut deutlich zu sehen. Überall am Flussufer bewegten sich Menschen, und ein allgemeines Wimmern erhob sich, als ob schon die Bewegung ihnen Schmerzen verursachte. Hapure beugte sich vor, um herauszufinden, was sie gesehen hatten, was sie dazu brachte, sich so anzustrengen.

»Aiyeee!«

Erschrocken erhob sich Hapure auf seine Knie und rieb sich die brennenden Augen. Neben ihm ließ Sennahet einen Fluch hören. Sie blickten in die gleiche Richtung wie alle anderen. Ägypten war tot, nur seine Augen lebten noch, und sie waren auf den Nil gerichtet.

Dort fuhr ein kleines Boot, von einem Seil gezogen. Und in dem Boot saß die Göttin Isis.

Hapure atmete tief ein. Er streckte seine Hand nach Isis aus, so wie er sie noch vor kurzem nach Sennahet ausgestreckt hatte. Er sah, wie sich das Gesicht der Göttin ihm zuwandte, sah ihre Augen, die von Tränen glänzten. Tränen liefen auch über ihre Wangen. Sie war mit der heiligen Krone angetan und trug Lilie und Spindel in den Händen, und ihr goldenes Gewand funkelte, als sie langsam den Nil abwärts fuhr und ihr Gesicht mal der einen, dann wieder der anderen Seite zuwandte. Ihr mitleidiger Blick fiel auf die Menschen, und alle riefen ihr zu.

»Es ist Anchesenamun«, murmelte Sennahet neben Hapure. »Sie hat Isis zurückgebracht.«

Hapure stieß einen freudigen Ausruf aus und stolperte hinunter zum Fluss. In dem grünen Schleim am Rand des Wassers fiel er auf Hände und Knie und betete die Göttin an.

»Isis, rette uns!« Seine Stimme verlor sich in den Tausenden von Stimmen, die den Ruf aufnahmen. »Isis, rette uns, rette uns ...« Er drückte sein Gesicht in den trockenen Schlamm, den Gestank des toten Flusses in der Nase, und weinte vor Freude.

Jeden Tag fuhr Isis nun auf dem Nil, und die Menschen beteten sie an. Und endlich erwachte der Tote wieder zum Leben: Der Fluss schwoll an, das Wasser stieg, und das Volk von Ägypten fand seine Hoffnung wieder.

12

Die Königin saß auf ihrem Thron und rief den Obersten Priester des Amun zu sich.

»Das Hochwasser ist da«, sagte sie. »Nun wird das Getreide wieder wachsen, und wenn die Götter uns weiterhin wohl gesonnen sind, wird Ägypten wieder zu essen haben und stark werden. Aber wir brauchen Saatgut. Die Menschen brauchen Nahrungsmittel, und sie brauchen Unterstützung, damit sie pflanzen und die nächste Ernte einbringen können.«

Der Priester stand aufrecht vor ihr, wie es sein Amt ihm erlaubte. Er trug keine Perücke, und seine Augen waren unbemalt. Er trug lediglich ein weißes Tuch um die Hüften. Unter seinen Fingernägeln klebte das geronnene Blut der Opfertiere für seinen Gott, den Gott der Angst, Amun, den großen, unheimlichen, alles verschlingenden Herrn der Stadt.

»Was Ihr sagt, ist alles richtig, meine Königin«, sagte er.

»Ihr werdet mir also mit Vorräten aus Euren geheimen Kammern aushelfen?«

»Ah«, zögerte der Priester, »was sollen wir noch tun? Die Zeiten sind schlecht, wir haben selbst nichts mehr.«

»Ich sehe keine hungernden Priester«, sagte die Königin. Sie umklammerte die rechte Armlehne ihres Throns und beugte sich vor zu dem Priester. Nun galt es: ihr Wille gegen seinen.

Er sagte: »Und ich sehe den Palast, der ganz mit Gold verkleidet ist.«

Sie sah ihn eine Weile an, ohne etwas zu sagen. Ihre Finger umklammerten immer noch die Armlehne. An den Wänden hinter ihr waren Fackeln angebracht, die ihren Schatten über ihn warfen, solange er vor ihr stand. Sie hätte ihn für seine Unverschämtheit gern zerschmettert, aber sie brauchte seine Hilfe.

Endlich sagte sie: »Ich hatte gehofft, Euch großzügiger anzutreffen, eingedenk der Tatsache, wem Ihr Euer Leben verdankt.«

»Ja, jetzt sprecht ihr von Gnade, Tochter des Echnaton. Aber als Euer Vater meinen Gott verfolgte, da habt Ihr die Gnade gehasst.«

Sie sprang auf. Der Priester streckte eine Hand nach ihr aus.

»Vernichtet mich, wenn Ihr wollt. Jeden Tag sehe ich die schwarzen Stümpfe der Tempelsäulen, wo der Pharao Feuer an das Haus meines Gottes legte. Ich werde nicht weichen, und ich werde Euch nicht helfen, bis ich sehe, wie das Haus des Pharaos ebenfalls gedemütigt wird.«

Damit drehte er sich um und ging. Die Königin saß stocksteif in ihrem Thronsessel, voll von Zorn auf den Priester. Für einen Augenblick dachte sie daran, ihre Soldaten hinter ihm her zu schicken und sich grausam zu rächen. Aber dann kühlte sich ihr Zorn allmählich ab. Tief in Gedanken versunken, saß sie noch lange da und überlegte, wo sie genug Saatgut auftreiben könnte, um die Felder zu bestellen, und genug Getreide, um ihr Volk am Leben zu erhalten, bis die neue Ernte herangereift war. Schließlich ließ sie den Priester zurückrufen.

»Ich werde allen Schmuck von den Wände meines Palastes nehmen lassen«, sagte sie, »wenn Ihr mir Eure geheimen Getreidekammern öffnet.«

Der Priester verneigte sich vor ihr. »Der Wille der Königin ist mir Befehl.«

Sie warfen sich einen langen Blick zu. Anchesenamun dachte im Stillen, dass irgendwann die Gelegenheit zur Rache kommen würde. Auf dem Gesicht des Priesters las sie denselben Gedanken. Wenn sein Tag kam, würde er zurückschlagen. Ein Waffenstillstand, kein Friede. Sie hob die Hand. »Geht!«

Sennahet träumte, die Sonne fiele auf die Erde und rollte in ein Loch in der Erde und würde dort vergraben. Dieser Traum, so vermutete er, bezog sich auf die geheime Bestattung des Pharaos Echnaton. Er ging in die Wüste hinter der Stadt Theben, und irgendwann stand er an einer Stelle, die ihm vorkam wie die Stelle in seinem Traum. Dort begann er zu graben.

Aber jeden Tag kam ihm eine andere Stelle wichtig vor, und so grub er jeden Tag ein neues Loch in die Wüste. Er arbeitete nicht mehr, und es dauerte nicht lange, bis seine Abwesenheit im Palast bemerkt wurde. Der Aufseher ermahnte ihn, nicht so nachlässig zu sein.

Aber dann hatte Sennahet einen neuen Traum, und er ging wieder hinaus in die Wüste und grub noch mehr Löcher in den Wüstenboden, ohne etwas zu finden. Er ging gar nicht mehr in den Palast zurück, außer wenn er Essen und Wasser brauchte, und er nahm sich ausreichend Vorrat für zwei bis drei Tage mit. Er schlief in der Wüste, und jeden Tag grub er seine Löcher in den Boden.

Eines Tages kam er wieder in die königliche Küche, um Brot zu holen. An diesem Tag erwischte ihn der Aufseher und vertrieb ihn mit Steinwürfen aus dem Palast.

Sennahet hatte wunde Füße, und sein Magen war leer. Er schleppte sich die Straße der Sphingen hinunter, bis er zum Fluss kam, wo ihn die Sonne mit ihrer Hitze und ihrem Licht fast erschlug. Ohne Essen und Wasser konnte er nicht in die Wüste zurück, und er hatte kein Geld mehr. Aber er hatte keinen anderen Wunsch, als Löcher in den Wüstensand zu graben.

Das rettende Hochwasser war inzwischen abgeflossen, und überall in der Umgebung von Theben arbeiteten die Menschen auf den Feldern. Als das Wasser zurückging, hatte es eine lange, schlammige Insel im Fluss oberhalb des Großen Tempels hinterlassen, und auf ihr waren jetzt Männer dabei, zu hacken und zu pflanzen, und einige Spitzen Grün zeigten sich bereits auf der schwarzen Erdoberfläche. Sennahet sah das alles ohne Interesse. Er dachte nur daran, den trockenen Sand der Wüste umzugraben.

Am Fähranleger ließ er sich nieder, an einem Ende der Bank, auf der die Fahrgäste auf das Schiff warteten. Zwei oder drei standen am Geländer. Sennahet streckte die Hand aus. »Habt Mitleid mit mir ... habt Mitleid ...«

Jemand warf ihm eine Hand voll Feigen zu.

Er überquerte den Fluss und ging die breite Straße hinunter, die von der allgemeinen Stadt im Norden zur Stadt der Götter führte, wo der Tempel stand. Am einen Ende der Straße stand der höchste der Goldenen Sonnenstrahlen, ein Pfeiler, sechzehn Ellen hoch und über und über mit Gold und Silber verkleidet. Sphingen und Statuen verschiedener Pharaonen säumten die Straße. Sennahet, der sich in ihrem Schatten dahinschleppte, fühlte sich kaum größer als ein Staubkorn. Seine Kehle war rau, und er bettelte einen Verkäufer um einen Schluck Wasser an.

Beim Tempel hörte ihm ein Schreiber der Amun-Priesterschaft mitleidslos zu.

»Ein Maß Weizen«, sagte er, »und ein halbes Maß Öl und ein kleiner Krug Bier, mehr gibt es bei uns nicht. Dafür musst du den Tag über auf den Feldern des Gottes arbeiten.«

»Auf den Feldern?«, fragte Sennahet ärgerlich. »Aber die Königin hat befohlen, dass alle, die hungrig sind, aus euren Vorräten versorgt werden sollen! Ich war dabei, ich habe ihren Erlass gehört.«

»Die Felder sind wieder fruchtbar«, sagte der Schreiber. »Amun hat Ägypten gerettet. Kannst du pflügen?«

»Ich bin kein Lohnarbeiter«, rief Sennahet. »Ich hatte einmal meine eigenen Felder, bevor Echnaton den Fluch über Ägypten brachte ...«

»Es ist eine Sünde, den Namen des Verbrechers auszusprechen«, bemerkte der Schreiber, nahm eine Tafel aus seiner Kiste und zog den Griffel hinter seinem Ohr hervor. »Jedenfalls gehören alle Felder rund um Theben nun dem Gott. Dein Name?«

Sennahet schrie ihn an: »Ich hatte zwei Lohnpflüger für meine Felder, und ich habe ihnen jeden Morgen und jeden Abend einen ganzen großen Krug Bier gegeben!«

Der Schreiber zuckte die Schultern und steckte den Griffel wieder hinter sein Ohr. Dann ging er in den Tempel.

»So viel Bier sie wollten!«, rief Sennahet hinter ihm her. Aber der Schreiber verschwand in der Dunkelheit des Tempels. Sennahet hob den Kopf; sein Zorn war verraucht, und er bekam kaum noch Luft. Die riesigen Säulen um ihn waren so dick, dass drei Männer sie kaum umfassen konnten. Auf der Südseite war als Basrelief die Lotusblüte eingearbeitet, das Symbol Oberägyptens. Sennahet legte seine Hand auf den rauen Stein.

Die ungeheuren Säulen schlossen ihn in Stille und Einsamkeit ein. Von draußen erreichte ihn das Murmeln anderer Menschen, Seufzer und Lachen. Die letzten paar Tage kamen ihm vor wie ein Traum. Er schloss die Augen.

Dann ging er die Große Straße wieder zurück. Reihen von Männern überholten ihn im Marschschritt, Hacken und Rechen über der Schulter. Sie sangen, während sie gingen. Sennahet ging in die entgegengesetzte Richtung, und sie zwangen ihn, seitwärts auszuweichen, fast bis unter die Tatzen einer Sphinx. Die vielen Männerstimmen vereinten sich zu einem bäuerlichen Lied; er wartete, bis sie vorüber waren, und setzte seinen Weg dann fort.

Er setzte sich am Straßenrand nieder und streckte die Hand aus, um zu betteln. Drei Tage lang saß er so, gequält von Staub, grausamer Sonne und beißenden Fliegen. Seine Seele schrumpfte ein, bis er nur noch die Sonne und die Fliegen wahrnahm.

Wenn die Wagen mit den goldenen Rädern an ihm vorbeirollten, streckte er die Hand noch weiter aus, und seine Stimme stimmte ein müdes Flehen an. Das Gold der Räder glänzte in der Sonne.

Einmal blickte er auf und sah die Königin, die die Zügel der trabenden Pferde hielt. Sennahet jaulte auf. Seine einzige Hoffnung ratterte dort dahin, zwischen zwei trabenden Pferden. Steifbeinig eilte er hinter ihr her und rief mit krächzender Stimme nach ihr. Seine Kraft reichte nur für ein Dutzend Sprünge; der Wagen blieb außer Reichweite. Da warf er sich mit letzter Kraft auf eines der glänzenden Räder.

»Halt!«

Er lag keuchend im Staub, und die Königin stand über ihm.

»Wer ist dieser Mann? Was fällt ihm ein, mich aufzuhalten?«

»Meine Königin!«, rief er. »Ich bin es, Sennahet, Euer Diener.« Stirnrunzelnd blickte sie auf ihn herunter, erkannte ihn aber nicht. Neben ihr in dem Wagen stand eine zweite Frau, die Dienerin Meryat. Sie beugte sich plötzlich herunter und starrte Sennahet ins Gesicht.

»Es ist tatsächlich Sennahet«, sagte sie. »Der Mann, den Ihr vor dem Löwen gerettet habt.«

»Und was tut er dann hier?«, fragte die Königin.

Sennahet stand auf, die Hände immer noch fest um das Wagenrad geschlossen. »O große Königin, rettet mich! Ich bin sehr tief gefallen, ohne Schuld und ohne Grund.«

Sie schreckte vor ihm zurück. Zu Meryat sagte sie: »Sorg dafür, dass alles Notwendige getan wird.« Dann griff sie nach ihrer Peitsche und wandte sich wieder ihren Pferden zu.

Meryat stieg von dem Wagen, und die Pferde sprangen vorwärts. Das Rad glitt aus Sennahets Händen, er fiel in den Staub und verletzte sich am Knie. Meryat stand vor ihm, die Nase widerwillig gerümpft; vielleicht war es auch nur wegen des Staubs.

Er sagte zu ihr: »Warum flieht sie vor mir?«

»Du hättest im Palast bleiben sollen«, sagte Meryat und winkte einem Wagen zu, der in der Nähe wartete. »Jetzt komm mit mir, wir fahren dorthin zurück.«

Drei Monate nachdem das Nilhochwasser zurückgekehrt war, als die Pest sich ausgetobt hatte, kam auch der Pharao zurück nach Theben. Niemand stand am Fluss, um ihn zu begrüßen. Das schrille Flötenspiel seiner eigenen Musiker war der einzige Jubel, der zu vernehmen war. Tutanchamun fuhr auf seiner goldenen Barke an den riesigen Toren und Säulen des Tempels vorbei, wo die schwarzen Wunden noch vom Feuer des Aton zeugten. Unter sanft wedelnden Straußenfedern saß Tutanchamun und blickte geradeaus. Seine Fächerträger und Flötenspieler umringten ihn, ihre Haut glatt vom duftenden Öl. Aber niemand jubelte dem Schauspiel zu.

Die verlassene Stadt zog zu beiden Seiten an ihm vorbei, doch Tutanchamun schien sie keines Blickes zu würdigen. Er trug einen Brustschmuck aus Gold und Karneol und goldene Sandalen, auf deren Sohlen die Namen seiner Feinde geschrieben waren. Seine große Stadt Theben umgab ihn von allen Seiten, aber er hörte keinen Jubelruf über das Wasser hinweg.

Die Kais der Stadt verfielen allmählich, und eine graue Rauchwolke hing über den schäbigen Gebäuden am Fluss. In den Straßen war keine Bewegung zu erkennen.

Die Ruder der Barke erhoben sich tropfend aus dem Wasser und zogen das Schiff voran. Tutanchamun starrte geradeaus und sah, ohne sich selbst anstrengen zu müssen, das gesamte Panorama von Theben an sich vorbeiziehen, während die Barke zum Westufer hinüberdrehte.

Am Ufer des Nils grüßten ihn zwei riesige sitzende Standbilder. Zwischen ihnen hindurch sah er die vergoldeten und versilberten Wände seines Palastes, die in der Sonne gleißten. Die Barke glitt in den Kanal, der zum Palast führte, und brachte Tutanchamun schnell über den Fluss und in das engere Gewässer. Immer noch saß er so reglos da wie die beiden Statuen.

Als der gleißende Palast näher kam, sah er, dass große Teile des Edelmetalls fehlten. Es stimmte also, was man ihm berichtet hatte: Sie hatte tatsächlich die Wände des Palastes schänden lassen, um den Pöbel zu füttern.

Sie wartete am Kai: Anchesenamun, seine Nichte, Tochter seines älteren Bruders Echnaton und drei Jahre lang auch die Frau ihres Vaters und Mutter einer Tochter. Tutanchamun bewegte mühsam die Finger, die in ihren heiligen Ringen steckten. Seltsame, widerstreitende Gefühle rührten sich in seiner Brust. Wenn er sich entschloss, mit ihr zu sprechen, würde er sie für das tadeln, was sie getan hatte, aber er würde es in freundlichem Ton tun, schließlich war sie seine Frau.

Seine Ruderer legten mit der Barke am Kai an. Dort stand die Königin, behängt mit Schmuckamuletten und die Krone auf dem Kopf. Tutanchamun würdigte sie keines Blickes, er starrte weiterhin geradeaus. Die Träger näherten sich und hoben seinen Sessel auf ihre Schultern. Er bewegte sich zur Rampe und dann hinunter auf den Kai.

Die Königin war niedergekniet, und alle ihre Begleiter lagen da, die Gesichter im Staub. Tutanchamun gab seinen Trägern ein Zeichen, stehen zu bleiben. Er hasste es, jetzt zu sprechen, die heilige Stille aufzubrechen, aber er hatte noch keine Möglichkeit entwickelt, seine Wünsche wortlos zu übermitteln.

»Meine Frau möge mich in die Gemächer begleiten.«

Bevor sie ihm widersprechen konnte, wurde er auch schon in

den Palast getragen. Dort umgaben ihn seine Diener. Sie kannten seine Wünsche, ohne dass er etwas sagen musste, brachten ihm seinen Lieblingsbecher und einen Teller mit Süßigkeiten und salbten ihn mit Öl in einer Duftnote, die ihm gefiel. Dann zogen sie ihm die Sandalen aus und massierten ihm die Füße. Das alles taten sie auf Händen und Knien und so schnell und geschmeidig wie Katzen.

Anchesenamun kam nicht.

Am Abend, als er ihre Gleichgültigkeit nicht länger ertragen konnte, begab sich Tutanchamun selbst zu ihren Gemächern und fand sie in ihrem Ankleidezimmer, mit zwei Dienerinnen, die ihr beim Ankleiden halfen.

»Du musst mir gehorchen!«, schrie er und marschierte auf sie zu. »Ich bin der Pharao!«

Sie zog sich das Kleid über die Schultern. Sie war schlank und groß, größer als er. Ihre Ellbogen sahen erstaunlich spitz aus.

»Ich werde dir gehorchen«, sagte sie, »sobald du Befehle gibst, die dir und mir Ehre bringen.«

»Du hast mein Gold gestohlen – du hast mich beraubt!«

»Die Menschen verhungerten«, antwortete sie. »Sie brauchten Saatgut für ihre Felder.« Dann bewegte sie sich weg von ihm und schritt auf ihren schmalen Füßen über den bemalten Fußboden. »Du hast sie verlassen. Irgendjemand musste ihnen helfen.«

»Die Menschen«, schnaubte er verächtlich. »Sie sind nichts als Schmutz. Ich bin Ägypten, ich muss beschützt werden. Ohne mich gibt es keine Welt.« Er sah sich in diesem Augenblick tatsächlich als den Mittelpunkt der Welt: Er brachte die Dinge zum Leben, indem er sie ansah.

Anchesenamun löschte die Lampen, die in Wandhaltern angebracht waren. Das Licht flackerte, und unter den hohen Bögen ihrer Wangenknochen bildeten sich tiefe Schatten. Ihr langer Hals wirkte wie eine goldene Säule. Tutanchamun hob die Hand an seine Brust, wo die Trommel des Gottes schlug.

»Du bist meine Frau, Anchesenamun.«

Sie fuhr herum. Ihre Augen wurden groß, aber sie sah ihn nicht an, sondern an ihm vorbei, über ihn hinweg.

»Wir müssen Ägypten die Fruchtbarkeit zurückbringen«, sagte er. »Wie müssen dem Land zeigen, wie es Frucht bringen soll. Heute Nacht werde ich zu dir kommen.«

»Nein«, antwortete sie schnell.

Er schrie sie an. »Du kannst dich mir nicht verweigern!«

»Morgen Nacht.«

»Du beraubst meinen Palast, um Saatgut zu kaufen, aber du verweigerst mir das Ritual, das es zum Wachsen bringt?«

Das Blut entwich aus ihren Lippen. In dem großen Schweigen zwischen ihnen versuchte er verzweifelt, sie dazu zu bringen, ihn anzusehen statt über ihn hinwegzublicken. Mit all seiner Willenskraft kämpfte er darum, ihren Blick auf sich zu ziehen.

»Nun gut«, sagte sie, fast flüsternd.

Mit den Fingerspitzen berührte er seine Lippen, seine Wange. Sein ganzer Körper erwärmte sich mit neuen Gefühlen.

»Wir werden Söhne zeugen«, sagte er. »Ich werde dafür sorgen, dass alle unsere Kinder Söhne sind.«

Dann wandte er sich ab. Die Tür war mit einem goldfarbenen Stoff verhängt, und als er sich ihm näherte, zog ihn eine Hand beiseite. Seine Diener schlossen den Kreis um ihn, und er ging zurück durch den Palast in seine eigenen Gemächer.

Meryat kam in die Gemächer der Königin und fand Anchesenamun in Tränen aufgelöst.

»Ich kann es nicht!« Anchesenamun schlug mit Fäusten auf sich ein. »Nein!«

»Was ist geschehen?«, rief Meryat. Sie nahm die Königin bei der Hand, führte sie zu einer Liege und ließ sie sich setzen.

»Was könnt Ihr nicht tun? Oh, Liebste, nichts ist Euch unmöglich. Hier, trinkt ein wenig von dem Wein.«

Die Königin wurde von Schluchzern geschüttelt. Ihre Stimme war kaum wieder zu erkennen. »Der Pharao hat mir befohlen – befohlen! – als wäre ich eine – etwas, was man kaufen kann, ein Krug oder eine Puppe – als wäre ich Dreck – oh! Ich bringe mich um, Meryat, ich nehme Gift.«

Meryat brachte ihr einen Becher Wein. Sie setzte sich neben sie auf die Liege und legte ihr einen Arm um die Schultern. »Was hat er befohlen, sagt es mir.« Meryat streichelte die Wange ihrer Königin. Ihr Herz war schwer von Zuneigung für Anchesenamun. Sie benutzte die Gesten und Worte, die sie bei Nofretete tausend Mal beobachtet hatte. »Sagt mir, was Euch quält, und ich schaffe es aus der Welt.«

Anchesenamun warf den Kopf zurück. Ihre Augen funkelten wie die eines Tieres. »Er will mit mir schlafen.«

Meryat erstarrte. Ihr Arm lag schwer wie Blei auf der Schulter ihrer Königin.

»Ja«, sagte Anchesenamun mit traurigem Spott. »Und nun sag mir, wie du das aus der Welt schaffen willst.« Sie stand auf und schritt durch das Zimmer. Meryat saß regungslos auf der Liege.

»Ich werde mich umbringen«, wiederholte die Königin, »bevor ich zulasse, dass er mich benutzt.«

Die Bettdecke aus feinem Leinen war heruntergerutscht. Meryat beugte sich hinunter und hob sie auf, faltete sie sorgfältig zusammen und legte sie zurück aufs Bett. Sie fuhr sich mit der Hand übers Gesicht.

»Ich werde es nicht tun«, beharrte Anchesenamun.

»Es ist der Wille des Pharaos«, gab Meryat zu bedenken.

»Pah! Du bist wie alle anderen. Mitleid ist leicht dahergesagt, aber wenn ich wirklich Hilfe brauche, wenn ich ganz allein bin, dann machst du dich klein wie alle anderen.«

Die Königin drehte sich um und ging auf Meryat zu, während ihre Fäuste wie Hämmer durch die Luft fuhren. »Du sagst, du bist meine Freundin, aber deine Freundschaft ist nichts wert. Du bist nur eine Sklavin, zufrieden mit einem Mund voll Brot und mit einem Herzen aus Geld.«

Meryat wand sich. In ihrer Kehle wurde der Kloß immer größer und schmerzhafter.

Anchesenamun rang nach Luft und barg ihr Gesicht in ihren Händen. Rastlos eilte sie wieder durch den Raum. Meryat saß still auf ihrem Platz und fühlte sich mehr als elend. Eine der anderen Dienerinnen steckte den Kopf durch die Tür, sah, in welcher Stimmung die Königin war, und zog sich blitzschnell wieder zurück. Der Vorhang bewegte sich noch ein wenig, dann war alles wieder ruhig.

»Ich habe keine Wahl«, sagte Anchesenamun. »Du wirst ein Gift für mich finden müssen.«

»Nein, das dürft Ihr nicht tun!«, flehte Meryat.

»Er kommt heute Nacht. Er wird eine kalte Braut in meinem Bett vorfinden, und eine erbitterte Feindin in der Totenwelt.«

»Aber was wird aus Ägypten?«, sagte Meryat. »Wollt Ihr uns alle seiner Willkür überlassen? Ihr habt uns gerettet, meine Königin, wir brauchen Euch als unsere Herrscherin.«

»Ich lasse mich nicht schänden.«

Meryat biss sich auf die Lippen. Ihre Gedanken zuckten wild durcheinander. Die Königin ging immer noch auf und ab und schlug die Hände zusammen.

»Mein Vater und ich haben das Ritual der Fruchtbarkeit hundert Mal zusammen vollführt. Mit ihm war es so rein und segensreich wie das Sonnenlicht, so hoch erhaben war sein Sinn. Aber mit Tutanchamun! Es ist kaum zu glauben, dass er ein Bruder meines Vaters sein soll, sie sind sich so unähnlich. Er wird meinen Körper benutzen wie ein Töpfer, der den Schlamm des Nils schlägt.«

»Er ist der Pharao«, sagte Meryat. »Wir müssen seine Wünsche respektieren.«

Die Königin ging an einem der hohen Fenster vorbei, und ihr Körper schluckte das Sonnenlicht.

»Vielleicht gibt es doch eine Möglichkeit. Wenn du mich liebst, Meryat – liebst du mich?«

»Von ganzem Herzen«, sagte Meryat.

Anchesenamun setzte sich zu ihr auf die Liege. Ihre Augen strahlten. »Dann werden wir den Wunsch des Pharaos erfüllen.« Sie ergriff Meryats Hände, und Meryat konnte den Blick von ihren wilden Augen nicht abwenden. Anchesenamun sagte: »Was ich dir nun sage, darfst du niemals einem anderen Menschen erzählen. Willst du mir das versprechen?«

»Ich verspreche es«, flüsterte Meryat, die sich vor dem Blick der Königin fürchtete.

Anchesenamun legte ihren Mund an Meryats Ohr und flüsterte: »Du wirst meinen Platz im Bett des Pharaos einnehmen.«

»Ich? Aber wie?«

»Sei still und hör mir zu. Ich werde mich zu ihm legen, solange die Lampen noch brennen. Aber dann werde ich aufstehen, um die Lichter zu löschen, und danach wirst du meinen Platz einnehmen.

Meryat konnte kein Wort sagen. Ihre Hände wurden feucht in Anchesenamuns festem Griff.

»Du musst es tun! Wenn du mich liebst …«

»Ich liebe Euch!«

»Dann wirst du es tun.«

Meryat schloss die Augen. »Ich habe es noch nie getan.«

»Damit kommen wir schon zurecht«, sagte Anchesenamun. »Meryat, ich schwöre dir, wenn du tust, worum ich dich bitte, werden wir wie Schwestern sein. Wenn neues Leben in dir heranwächst, werde ich es wie mein eigenes Kind aufziehen. Dein Sohn wird Pharao werden, deine Tochter die Gebieterin der Sonne.«

Meryat nickte ihr zu, immer noch mit geschlossenen Augen. Sie konnte nichts sagen.

Anchesenamun küsste sie und sagte noch viele Worte, aber Meryats Ohren waren wie verschlossen, und ihr Blick war nach innen gerichtet. Obwohl die Königin ihr Küsse auf die Wangen drückte und sie umarmte, fühlte Meryat sich weit von ihr entfernt, seelenweit.

Sie machten sich daran, die Nacht vorzubereiten. Alle Dienerinnen wurden mit Aufträgen davongeschickt, und Meryat legte sich auf die Liege der Königin, wo Anchesenamun mit einem Stab aus Elfenbein Platz für den Pharao schuf. Er würde nicht merken, dass er eine Jungfrau bei sich hatte. Sie wischten das Blut weg, und als Meryat aufstand, voller Sehnsucht nach Worten des Mitleids und des Trostes, hatte sich Anchesenamun schon weggedreht und räumte die blutverschmierten Tücher weg. Meryat schloss die Augen wieder, wütend und enttäuscht.

Am Abend kam der König ins Schlafgemach seiner Frau. Sie

zündeten Räucherwerk an und beteten zusammen, dass die Königin empfangen möge. Tutanchamun war so verlegen, dass er rot wurde. Er konnte das Lächeln nicht unterdrücken, mit dem er aussah wie ein Kind. Die Königin, älter und größer als er, sprach nicht viel. Ihre großen Augen waren mit Kohl-Kajal bemalt, um noch größer zu wirken, aber ihren jungen Bräutigam sah sie kaum an.

Die Diener brachten die beiden zu Bett, wo sie nebeneinander unter dem Betthimmel lagen. Alle Lampen an den Wänden wurden gelöscht, bis nur noch eine brannte, auf einem kleinen runden Tisch bei der Tür. Die Diener krochen rückwärts aus dem Zimmer.

»Lösch das Licht«, sagte die Königin.

Tutanchamun wandte ihr den Kopf zu. »Sprich nicht so mit mir. Sag mir etwas Liebevolles.« Er lag neben ihr im Dämmerlicht und machte keine Anstalten, sich ihr zu nähern.

»Ich werde die Lampe löschen«, sagte sie.

Dann ging sie zur Tür und wölbte ihre Hand über die Flamme der letzten Lampe, um sie auszublasen. Der Raum wurde dunkel. Anchesenamun blickte noch einmal zu dem Bett hinüber, aber sie kehrte nicht dorthin zurück. Meryat kam zur Tür herein und legte sich schweigend in die Arme des Königs. Anchesenamun stand neben der Tür, die Fäuste vor der Brust geballt, und starrte auf die Wand neben dem Bett, wo zwei Körper stöhnend und seufzend übereinander herfielen.

13

Sennahet schleppte einige Krüge mit Öl in die königlichen Küchen. Der Weg führte ihn durch den Garten hinter den Gemächern der Königin, und als er einen der schweren Krüge über den bunten Kiesweg trug, hörte er hinter einer Hecke ein leises Weinen. Das Geräusch war so eindringlich, dass er nachsehen musste.

Ein elend aussehendes Mädchen saß auf einer Bank, die Hände über den Augen, und weinte bitterlich.

Sennahet stellte den Krug ab. Er stand da und beobachtete sie neugierig, machte aber keine Bewegung in ihre Richtung, bis er erschrocken bemerkte, dass es sich um die Lieblingsdienerin der Königin handelte, Meryat.

Als er sie erkannte, stieg ein Plan in ihm auf, und ohne weiter nachzudenken, umrundete er die Hecke und setzte sich zu ihr auf die Bank.

»Na, na«, sagte er, zog ihr eine Hand vom Gesicht und tätschelte sie. »Nicht weinen. So ein hübsches Gesicht, du machst ja die Götter ganz traurig, und wir wollen doch, dass die Götter lächeln, oder?«

Ihre Augen waren rot und verschwollen; die ganze Schminke war weggewaschen. Verächtlich sah sie ihn an und drehte ihr Gesicht weg.

»Geh weg«, sagte sie. »Lass mich in Ruhe.«

Ihre Hand lag noch in seiner, und er rieb sie eifrig. »Sag mir, was dich zum Weinen gebracht hat, mein Kind.«

»Kind!« Wütend funkelte sie ihn an. Ihre Augen waren hell von neuen Tränen. »Wofür hältst du mich? Ein Kind!« Sie lachte unglücklich auf. »Ein Kind bin ich nicht mehr, nein, und werde auch nie mehr eins sein.«

»Hat dich jemand schlecht behandelt?«

Er wusste, sie war das Hätschelkind der Königin, zart und behütet. Den wilden Blick, den sie ihm zuwarf, hatte er nicht erwartet, ebenso wenig wie die Kraft, mit der sie ihre Hand frei machte. Sie rief noch einmal: »Lass mich in Ruhe!«, und dann drehte sie sich ganz von ihm weg, wandte ihm den Rücken zu und vergrub wieder das Gesicht in den Händen. Jetzt weinte sie schlimmer als zuvor.

Sennahet saß auf der Bank und beobachtete sie angestrengt. Die großen Leute führten normalerweise ein sicheres Leben mit reichlich Essen und Trinken und all den Rechten, die ihnen eben zustanden, und den Pflichten, die sie eben erfüllen mussten. Dass eine von ihnen richtig unglücklich sein konnte, war ihm nie zuvor in den Sinn gekommen. Er streckte wieder die Hand aus und berührte sie an der Schulter.

»Sag's mir, Kind.«

»Ich kann nicht«, schluchzte sie und legte die Hände in den Schoß. »Es geht um die Sonnengötter.« Sie drehte den Kopf weg und schlug mit den Fäusten auf ihre Oberschenkel.

Sennahet brachte sein Gesicht nahe an ihres. »Sie dürfen dich nicht wie Dreck behandeln, Mädchen.«

Sie wurde bleich, und er sah die Angst in ihrem Gesicht. »Ich habe schon viel zu viel gesagt«, murmelte sie, biss sich auf den Zeigefinger und schloss die Augen, aus denen schon wieder neue Tränen hervorquollen.

»Sie kümmern sich kein bisschen darum, was aus ihren Untertanen wird«, sagte Sennahet. »Menschen wie du und ich, was bedeuten wir schon für sie? Nicht mehr als Stroh. Sie machen sich mehr Gedanken über die gesichtslosen Götter als über unsereinen.«

Meryat starrte mit ausdruckslosem Gesicht in den Garten. Mit dumpfer Stimme sagte sie: »Du hast Recht, der Pharao weiß nichts über uns.«

»Warum dienst du ihnen dann?«

»Der Königin zu dienen ist mein Leben«, sagte sie mit derselben ausdruckslosen Stimme.

»Meryat ...« Er griff nach ihrem Arm und sprach eindringlich zu ihr. »Du könntest selbst eine Königin sein. Du könntest so reich sein und so sehr geliebt werden wie die Königin ...«

»Was redest du da?«

»Mit dem Gold des Pharaos! Du hast Nofretete gedient. Du musst wissen, dass sie ihren Mann Echnaton in der Wüste begraben hat, umgeben von all seinem Gold.«

Sie stand auf, schüttelte seine Hand ab und schenkte ihm ihren verächtlichsten Blick. »Über so etwas rede ich nicht mit dir.« Und sie ging über den Kiesweg unter den Palmen zurück zum Palast.

Sennahet verfolgte sie und sprach ihr ins Ohr. »Der Pharao hat mir mein Vatererbe gestohlen. Mein Hof war der schönste im ganzen Bezirk. Drei Büffel hatte ich und ein Haus mit Fenstern in jedem Zimmer, wie im Palast!«

»Halt deinen närrischen Mund«, sagte sie und drehte sich blitzschnell zu ihm um. Ihre Augen waren schmal geworden, sodass sie nun viel älter aussah. »Es gibt kein Grab«, sagte sie. »Und wenn es eins gäbe, wie könnte alles Gold der Welt wieder gutmachen, was er mir angetan hat? Eine Jungfernschaft aus Gold …«

Sie brach mitten im Satz ab. Sennahet glotzte sie an, und seine Gedanken hetzten dem Köder nach. Sie schlug nach ihm.

»Geh jetzt weg! Ich brauche deinen Trost nicht. Und es ist nicht so, wie du denkst.« Sie wich zurück, und ihre Stimme wurde mit jedem Wort lauter. »Ich bin rein … geh weg! Lass mich in Ruhe!« Sie rannte den Weg hinunter und verschwand durch eine Lücke in der Hecke.

Sennahet blieb stehen, wo sie ihn zurückgelassen hatte. Seine Gedanken rasten wild durcheinander. Sicher würde sich bald eine Gelegenheit ergeben, zu nutzen, was sie ihm erzählt hatte. Voll von wirren Gedanken drehte er sich um und ging langsam zurück, um endlich den Krug in die Küche zu tragen.

Das Getreide reifte auf den Feldern. Herrlich geschmückt mit Gold und heiligen Edelsteinen, ließ sich Tutanchamun in einer Sänfte zu dem heiligen Feld auf dem Palastgelände tragen. Der ganze Hof sah zu, wie der König eine goldene Sichel zur Hand nahm und eine Garbe aus dem Feld schnitt.

Die Beobachter erhoben ihre Stimmen zu rituellen Gebeten in der alten Sprache, die niemand mehr verstand. Meryat wusste, was die Sätze bedeuteten, denn irgendjemand hatte es ihr übersetzt:

Dank dir, Osiris,
der du gestorben bist,
damit ich lebe.

Mit zitternder Stimme sprach sie die Gebete mit, als eine von Hunderten, die dieselben Worte sprachen. Sie kniete hinter Anchesenamun, den Kopf gesenkt und ihre Augen auf den König gerichtet.

Er stand in dem Hirsefeld, und sie sah ihn nur als großartig geschmückte Puppe mit einer turmhohen Atef-Krone. Aber ihre Hände wussten, wie glatt sein Körper unter den goldbestickten Gewändern war. Sie kannte ihn besser als jeder Mann hier, und keine andere Frau kannte ihn so wie sie. Sie konnte den Blick nicht von ihm wenden. All die Hunderte von Menschen um sie herum, die größer und bedeutender waren als sie, hielten sie für eine ganz gewöhnliche Frau, aber sie wussten nichts von ihrem König. Sie wusste alles.

Jetzt, weit von ihr entfernt, schwenkte Tutanchamun sein Zepter über dem Getreide. Die Menschen sprachen weiter ihre Gebete. Anchesenamun kniete direkt vor Meryat, ihr Rücken war gerade, und ihre Schulterblätter sahen aus wie kleine, zusammengefaltete Flügel.

Ein Mann näherte sich unauffällig und kniete sich neben der Königin nieder. Meryat erkannte den Großwesir. Während der Hof und die kleine vergoldete Figur auf dem Feld weiter ihre heiligen Worte sprachen, flüsterten die Königin und der Wesir miteinander.

Meryat beobachtete Tutanchamun. Anchesenamun war eine Närrin; sie dachte, sie hätte die Macht. Meryat bewegte sich etwas auf ihren Knien. Jetzt, da sie wusste, was Macht wirklich bedeutete, fühlte sie sich älter als die Königin.

Mit Trommelklang und zwitschernden Flöten endete die Zeremonie; Tutanchamun wurde davongetragen. Meryat begleitete Anchesenamun zurück in die Innenhöfe und Gänge des Palastes. Die Königin war seltsam aufgeregt; sie ging mit großen Schritten und schwingenden Armen. Meryat folgte ihr mit einem Fächer. Gerade als sie Anchesenamuns Privatgemächer erreicht hatten, näherte sich ein Mann in Rüstung.

Es war Haremhab, der Lieblingsgeneral des Königs. Er grüßte Anchesenamun mit einem Nicken, wobei sein Kopf so sehr hüpfte, dass die silbergeflochtenen Locken seiner Perücke hin und her schwangen. Die Königin erlaubte ihm, sich zu nähern, und sie sprachen miteinander.

Meryat beobachtete die beiden mit heimlichem Interesse. In letzter Zeit führte Anchesenamun viele geheime Unterredungen mit den hochgestellten Männern des Hofes. Meryat sah die Königin inzwischen mit anderen Augen, mit den Augen ihrer eigenen Macht. Sie hatte den Verdacht, dass Anchesenamun eine Intrige gegen den König schmiedete.

»Meryat«, sagte die Königin, »lauf und sorg dafür, dass mein Abendessen vorbereitet wird.«

Meryat eilte rückwärts die Stufen hinunter. Fast hätte sie vergessen, sich zu verneigen, und so machte sie ihren Knicks erst am Ende der Treppe statt am Anfang. Aber niemand bemerkte es. Für einen Augenblick blieb sie noch stehen, den Blick fest auf Anchesenamuns Gesicht gerichtet. Die Wangen der jungen Königin glühten feuerrot, und ihre Augen funkelten, während sie sprach. Meryat kannte diesen Ausdruck sonst nur, wenn ihre Herrin sich auf die Jagd vorbereitete.

Sie ging in die Küche der Königin.

Das Wild, auf das hier die Jagd eröffnet werden sollte, war der König, dessen war sie gewiss. Wenn der Pharao vernichtet würde, was würde dann aus Meryats Macht? Im Gehen legte sie eine Hand auf ihren Bauch. Sie würde eine Last sein, eine böse Erinnerung.

In der Küche hatten die Köche Tabletts mit Brot und Fleisch angerichtet. Die Küchenjungen eilten vorbei, mit schweißnassen

Gesichtern und Honigtöpfen und Weinkrügen in den Armen. Dampfwolken standen in der Luft. Meryat stand in der Tür, und als sie sah, dass das Abendessen der Königin fertig war, brachte sie es selbst in die Gemächer.

Während sie das Tablett über den Hof trug, nahm sie einen kleinen Schluck von dem Wein, einen Bissen Brot und ein wenig Fleisch, um zu kosten. Schließlich war es das Essen der Königin, und Meryat war fest entschlossen, der Königin treu zu bleiben.

Am späten Abend, als der Mond schon aufgegangen war, rief Anchesenamun Meryat in den Garten, um ein wenig am Lilienteich spazieren zu gehen.

»Heute Nacht kommt er wieder«, kündigte Anchesenamun mit leiser Stimme an.

Meryat verkrampfte ihre Hände im dünnen Stoff ihres Kleides und brachte kein Wort über die Lippen.

»Du musst es tun«, bat die Königin inständig. Sie sprachen auf Augenhöhe miteinander, von Gleich zu Gleich. »Es dauert nicht mehr lang, bald ist es vorbei.«

»Wie wollt Ihr ihn loswerden?«, fragte Meryat.

Die Königin legte eine Hand über Meryats Mund, und für einen Augenblick starrten sie einander an. Endlich ließ Anchesenamun die Hand sinken, und sie gingen weiter. Trotz der Abendkühle waren Meryats Augenbrauen nass vom Schweiß. Sie drehte die Finger in ihrem Kleid um und um.

»Ich werde dich für alles belohnen, was du erdulden musst«, versprach Anchesenamun. »Es dauert nur noch eine kleine Weile.«

Es gab keine Währung, in der Meryat zu entschädigen gewesen wäre, aber sie wusste nun von einer Art und Weise, wie sie der Königin alles zurückzahlen konnte.

Laut sagte sie: »Dieser Sennahet, Ihr wisst schon, dieser Mann, den Ihr nun schon zweimal gerettet habt …«

»Der Elende!«

»Er hat mir eine äußerst seltsame Geschichte erzählt.«

»Ach?«

»Er hat mir erzählt, dass Eure Mutter den König, Euren Vater, mitgebracht hat, als sie aus der Neuen Stadt hierher zurückkehrte.«

»Er war doch tot!«, fuhr Anchesenamun rasch dazwischen.

Meryat hörte mit Befriedigung den angespannten Tonfall in der Stimme ihrer Königin. Sie sagte: »Angeblich hat Nofretete den einbalsamierten Leichnam von Echnaton hierher gebracht und heimlich in der Wüste bestatten lassen.« Sie hob den Blick und blickte in das besorgte Gesicht ihrer Herrin. »Ist das nicht eine seltsame Geschichte?«

Anchesenamun sagte kein Wort.

»Aber wenn sie tatsächlich so etwas getan hätte«, fuhr Meryat fort, »dann würdet ihr es natürlich wissen.« Sie begab sich zur Tür.

»Wohin gehst du?«

»Ich mache mich fertig für den Pharao«, sagte Meryat und ging durch den Garten zum Eingang des Palastes.

In der Nacht, als der Mond am östlichen Himmel stand und die Wasser des Nils sein Antlitz spiegelten, ließ sich der König in das Schlafgemach der Königin bringen. Er legte sich auf das Bett, und die Königin kam und legte sich neben ihn. Die Sterne funkelten ins Fenster, und der süße Atem der Nacht war mit Myrrhe und königlichem Räucherwerk parfümiert. Der König und die Königin lagen nebeneinander.

Nach ein paar Augenblicken wandte sie sich ihm zu und begann ihn zu liebkosen.

Seine Haut wurde lebendig unter ihrer Berührung. Er schloss die Augen. Ihre Finger drückten und streichelten seine Haut und weckten alle seine Sinne. Sie sagte kein Wort, und auch er entschloss sich zu schweigen.

Sie leckte leicht über seinen Hals. Er lag ausgestreckt auf der Liege, und sie kauerte über ihm und berührte ihn mit so viel Hingabe und Anmut, wie der Himmel sich über die Erde wölbt. Er fühlte sich heilig und vollkommen, versuchte sich nicht zu bewegen. Er musste ihr das Äußerste abverlangen, wie das Land Ägypten alles von seinem Volk verlangte. Ihre Zunge und ihre

Lippen spielten mit seinen Brustwarzen, und er bewegte sachte die Finger. Seine Lenden wurden glühend heiß.

Ihre sanfte Schwere ruhte jetzt auf ihm, und sie stöhnte leise. Ihre Brüste an seiner Brust waren warm und weich, ihre Lippen ruhten süß auf seinen. Er öffnete den Mund, atmete ihr zu und verlangte nach ihr.

Sie bewegte ihre Hand an seinem Bauch hinunter. Er presste die Lippen aufeinander, entschlossen, das Schweigen nicht zu brechen. Er würde diesen heiligen Akt nicht zu einer Paarung von Wilden herabwürdigen. Er dachte an das Auge der Sonne, und als sie sich über ihm erhob, stellte er sich vor, wie die Sonne auf seiner Stirn leuchtete. Dann senkte sie sich wieder.

Sie liebkoste ihn mit den verborgenen Stellen ihres Körpers. Sie erschuf eine ganze Welt in ihm; durch ihre Berührungen wurde er reich und fruchtbar. Er spürte, wie das Leben in ihm der Fülle entgegendrängte. Dann seufzte sie, und er spürte ihren reichen Duft wie Räucherwerk in seiner Nase, und ihre Ekstase brachte auch in ihm alles zum Leben.

Er versuchte, seine Freude in Worte zu fassen. »Anchesenamun, du hast mir wunderbar gedient. Du hast meine Zuneigung wahrhaft verdient. Ich schenke dir, was immer du dir ersehnst.«

Sie rückte ein Stück von ihm ab. Wo sie ihn gewärmt hatte, wurde seine Haut nun kalt, und er erschauerte. Ihre Stimme schien von weither zu kommen.

»Such mir das Grab meines Vaters Echnaton«, sagte sie.

Am Morgen erinnerte sich der König daran, was seine Königin von ihm erbeten hatte. Er ließ den Obersten Schreiber des Osiris-Tempels zu sich ins Audienzzimmer kommen, den Mann, der alle Arbeiten in der Stadt der Toten überwachte.

»Sag mir«, begann der Pharao seine Frage an den Schreiber, der vornübergebeugt vor dem Thron lag, »ist es nicht so, dass bei seinem Tod jeder König in Osiris verwandelt wird und über das gesegnete Land der Toten regiert?«

»Der erhabene Herrscher über Ägypten spricht wie immer die vollkommene Wahrheit.«

»Dann müsstest du wissen, wo jeder einzelne König begraben ist, damit er bewahrt und beschützt werden kann.«

»Und mit Zeremonien geehrt, ewig Erhabener.«

»Nun gut, so sag mir nun, wo mein Vorgänger und Bruder Echnaton begraben ist.«

»Es wird gemeinhin angenommen, o Quelle aller Weisheit, dass Echnaton-Osiris in seiner eigenen Stadt, der Neuen Stadt im Norden, begraben ist.«

»Und entspricht das, was man gemeinhin annimmt, der Wahrheit?«

Der Schreiber sagte: »O Erhabener meiner Väter und Vorväter, so wisset denn, dass die Große Königin Ägyptens, Nofretete, ihren Mann bei ihrer Rückkehr hierher mitgebracht hat und dafür gesorgt hat, dass er in der königlichen Schlucht begraben wird. Aber das ist viele Jahre her, und niemand weiß mehr, wo der genaue Platz sich befindet. Die Königin ließ nur die wichtigsten Augen zugegen sein.«

»Und welche Augen waren zugegen?«

»Das werde ich für den Pharao herausfinden«, versicherte der Schreiber.

Dann verließ er den Raum, und später noch am selben Tag kam er zurück.

»O Quelle allen Lebens, Ihr fragt, wo Ihr das geheime Haus von Echnaton-Osiris finden könnt. Wisset denn, dass ich alle Schriftrollen erforscht habe. Die Königin hat alles in größter Heimlichkeit vorbereitet, und ich habe nur von einem Mann Kunde erhalten, der es wissen könnte, ein Mann aus Theben.«

»Wer ist das?«

»Es ist Hapure der Steinmetz.«

Meryat tobte, als ihr klar wurde, dass Anchesenamun ihr die Gunst des Königs gestohlen hatte. Sie ging in den Kräutergarten, wo Sennahet Datteln entkernte, und setzte sich neben ihm auf die Bank.

»Du suchst das Grab von Echnaton«, begann sie.

»Ja«, bestätigte er und fixierte sie mit festem Blick, so eindringlich, dass es ihr fast Angst machte und sie ein wenig zur Seite rutschte.

»Halte Wache in der Schlucht der Toten«, riet sie ihm. »In den nächsten paar Tagen wird dich jemand zu dem Grab führen, das du suchst.«

Er ging, ohne ihr auch nur zu danken. Die Schüssel mit den entkernten Datteln ließ er achtlos stehen. Sie saß auf der Bank und fragte sich, ob sie nun Unrecht getan hatte. Aber sie konnte sich nicht sammeln. Von der Palme hoch über ihr fiel etwas in ihren Schoß, und als sie den Blick senkte, sah sie eine große schwarze Spinne auf ihrem Rock. Heftig wischte sie sie mit der Hand weg, dann stand sie auf und ging in die Küche, um sich die Hände zu waschen.

Hapure stand bis zu den Knien im schlammigen Wasser des Nils und füllte seine Eimer mit Wasser. Ein Stab über seinen Schultern hielt die Eimer. Ein paar Schritte flussabwärts wuschen einige Frauen Leinen, und er gab sich große Mühe, das Wasser nicht aufzuwirbeln. Er streckte sich und schnappte nach Luft, als der vertraute Schmerz ihm ins Kreuz fuhr.

Das Gewicht des Wassers drückte den Stab schwer auf seine Schultern. Als er aus dem Wasser stieg, trübte er das Wasser doch noch, und die Waschfrauen beschimpften ihn. Er trottete an den Kindern vorbei, die am Ufer spielten, und ging oben auf der Deichkrone davon.

Der feine Staub wirbelte zwischen seinen Zehen auf. Er hielt die Eimer mit seinen Händen ruhig und ging durch die kürzlich abgeernteten Felder. Hier standen jetzt nur noch Stoppeln; alles Getreide war sicher in den Speichern des Amun-Tempels untergebracht. Die Priester hatten versprochen, alle zu versorgen, die für sie arbeiteten. Und da niemand mehr Land besaß außer den Priestern, hatte auch jeder für sie gearbeitet.

Hapure kletterte stetig über das breite, abschüssige Flussufer, vorbei an den schwarzen Feldern der Höfe. Er kam an den Rand der Wüste, wo der schwarze Erdboden Ägyptens sich abrupt in roten Wüstenstaub verwandelte, und dort folgte er einem anderen Weg, der sich durch kahle Felsen wand, bis er zu seinem Dorf kam, Kalala, hoch in den Felsklüften der Wüste.

Er war nach Kalala zurückgekehrt, obwohl er ebenso gut auch eine Wohnung im Tal hätte finden können und obwohl er fast allein dort war. Die Stille des Dorfes machte ihm manchmal noch zu schaffen, aber hier war er zu Hause, hierher gehörte er, wie der Pharao in seinen Palast und Re in den Himmel. Er trug das Wasser durch die stille Gasse zu seinem Haus und füllte die kleine Zisterne in der Ecke seines Gartens. Dann begoss er mit einer Schüssel die drei Reihen Bohnen, die er angepflanzt hatte und um deren Überleben er nun kämpfte.

Am Nachmittag trug er die Eimer wieder zurück zum Nil. Eine große Barke trieb Richtung Norden den Fluss entlang, und vom Ufer aus sah er ihr neugierig zu. Die Männer an Deck legten die Hand über die Augen, um ihn zu sehen. Sie waren hellhäutig, offenbar aus dem Norden. Er winkte ihnen mit der Hand zu, und sie antworteten. Dann bückte er sich, um seine Eimer zu füllen, und die Bugwelle der Barke schwappte ihm um die Knie.

»Mutter und Vater Ägyptens, erneuere mich und dich«, sagte er, als er die Eimer füllte.

Als er sich umdrehte, standen fünf Soldaten am Ufer und beobachteten ihn.

»Bist du Hapure der Steinmetz?«

»Der bin ich«, antwortete er.

Sie nahmen ihn in einem Wagen mit über die Königsstraße. Die Eimer und den Stab musste er am Ufer zurücklassen, obwohl er protestierte, befürchtete er doch, dass er sie nie wieder sehen würde.

Es wurde schon dunkel, als sie den Rand des großen Gebäudekomplexes erreichten, der den Palast umgab. Die Soldaten führten Hapure durch die breiten Straßen. Als sie unter einem Fenster vorbeikamen, hörte er, wie jemand das Abendgebet sprach.

Er fürchtete sich, mit den Soldaten zu reden, ja, er fragte nicht einmal, wohin sie ihn brachten. Er hatte doch nichts Verbotenes getan. Sie hatten ihn auch nicht gefesselt oder ihre Schwerter gezogen. Das machte ihm ein bisschen Mut, als er den Männern in einen kleinen Raum folgte.

»Verneige dich«, sagte einer der Soldaten.

Hapure tat es. Sein Rücken tat ihm schon wieder weh. Die Soldaten nahmen an der Wand Aufstellung, und ihre Sandalen knirschten, als sie in Habacht-Stellung gingen. Hinter Hapure betraten mehrere Personen den Raum.

»Du bist Hapure, der Steinmetz?«

Eine unbekannte Stimme. Auf seinen Ellbogen und Knien liegend, das Gesicht dicht an dem bemalten Fußboden, sagte er: »Der bin ich, Herr.«

»Vor einigen Jahren hast du Steinmetzarbeiten bei einer geheimen Begräbniszeremonie verrichtet, irgendwo in der Schlucht der Könige?«

Er zog die Luft zwischen den Zähnen ein. Sollte er lügen? Er konnte Sandelholz riechen; offenbar waren die drei Männer hinter ihm Bedienstete des Hofes. Edelleute. Er musste den Großen vertrauen, wie er dem Nil vertraute, er hatte keine andere Wahl.

»Ja, Herr.«

»Könntest du die Stelle wieder finden?«

»Nein«, entfuhr es ihm.

»Der Pharao befiehlt deine Antwort.«

»Möge er ewig leben, der starke Stier Ägyptens.«

»So sei es. Kannst du das Grab finden?«

»Ich werde es versuchen.«

Dann wurde er in einem anderen Wagen wieder zurückgebracht. Die Pferdegeschirre klingelten, und er hielt sich am Geländer fest, wieder einmal voller Staunen über den lockeren Stand des Fahrers. Drei weitere Wagen begleiteten sie auf der Straße, vorbei an den Tempeln und Gräbern auf dem westlichen Flussufer. Nachtvögel zwitscherten im Gras neben der Straße, und vor ihnen erhoben sich die Felsen der Wüste.

Hapure strich sich mit der Hand über die Stirn. Er war müde, schließlich hatte er den größten Teil des Tages Wasser vom Fluss in sein Dorf getragen. Die Wagen fuhren in die Kluft in der Wüste ein, und die Schlucht umschloss sie von allen Seiten.

Der Mond nahm seinen leisen Weg über den Himmel und warf schwarze Schatten unter die Felsblöcke, Schatten, die fester zu sein schienen als die Felsen selbst. Hapure blickte sich hektisch nach allen Seiten um, aber die Umgebung schien ihm vollkommen fremd. Er fragte sich, ob er jemals das Grab finden würde, aber wenn der Pharao es verlangte, musste er es finden, sonst würde man ihn womöglich töten lassen.

»Fahr doch langsamer!«, rief er.

Der Fahrer zügelte das Pferd, sodass es Schritt ging.

Sie fuhren durch die Schlucht, wo ein sanfter Wind wehte. Das Mondlicht war so hell, dass es an die Morgendämmerung erinnerte. Hapure ertappte sich dabei, wie er sinnlos geradeaus in das bleiche, geisterhafte Licht starrte, wie betrunken von der kühlen Nacht.

Vor ihnen drohten die Felswände. Ein Schakal bellte den Mond an, der allmählich unterging, die heiligen Worte aufs Gesicht geschrieben, so klar wie auf einer Stele.

Endlich sagte Hapure das erlösende Wort: »Halt.«

Der Fahrer brachte sein Pferd zum Stehen, und Hapure kletterte aus dem Wagen, um ein paar Schritte zu gehen. Hier war die Schlucht sehr eng, und die unteren Enden der blanken Wände waren tief unter Geröll verborgen. Auf der Wand zu seiner Linken führte ein schwarzes Loch in den Berg: Das war das offene, unbenutzte Grab, in dem er in jener lange vergangenen Nacht gewartet hatte, bis er seine Arbeit tun konnte, und von wo aus er Nofretetes Prozession gesehen hatte, die Frauen mit den Trauergesängen und die Flötenspieler.

Er zeigte auf die rechte Felswand. »Dort«, sagte er. »Sie haben Geröll darüber geschaufelt, um den Eingang zu verdecken, aber dort ist es.«

Der Fahrer stieg von seinem Wagen. »Bist du sicher?«

»Diesen Ort werde ich im Leben nicht vergessen«, bestätigte Hapure.

Die Augen des Soldaten funkelten im hellen Mondlicht, das ihm ins Gesicht schien. »Du Narr«, sagte er, zog sein Schwert und schlug Hapure nieder.

Sennahet war den Wagen gefolgt, geführt von dem donnernden Echo ihrer Räder. Er fürchtete sich, gesehen zu werden. Als das Geräusch verebbte, blieb er stehen und versteckte sich hinter einen großen Felsblock.

Der Mond ging unter, und am Himmel funkelten die Sterne jetzt noch heller. Sennahet biss die Zähne zusammen, damit sie ihn mit ihrem Klappern nicht verrieten. Er spähte vorsichtig um die Kante des Felsblocks. Die Schlucht vor ihm lag in Finsternis. Er lehnte sich gegen den Felsblock und sehnte sich nach dem Morgen.

Ein fernes Rattern drang an seine Ohren: Die Wagen kamen zurück.

Er machte sich ganz klein hinter seinem Felsblock, die Arme um die Knie geschlungen. Die Wagen rasten die Schlucht hinunter, aber als der erste sich dem Felsblock näherte, scheuten plötzlich die Pferde. Sie hatten Sennahet gewittert. Der Wagenlenker fluchte und schlug mit der Peitsche auf sie ein, um die Pferde an Sennahet vorbeizubringen. Auch die anderen Pferde scheuten an dem Felsblock, aber keiner der Fahrer achtete darauf oder versuchte, den Grund herauszufinden. Sie gaben den Pferden die Peitsche und galoppierten weiter.

Aus dem letzten Wagen fiel ein Bündel und blieb reglos auf dem Weg liegen.

Sobald die Wagen vorüber waren, stand Sennahet auf und näherte sich vorsichtig dem Bündel auf dem Weg. Als er erkannte, um was es sich handelte, entfuhr ihm ein Schrei. Er rannte hin und drehte die Gestalt auf den Rücken.

Es war sein Verwandter Hapure, der Steinmetz, und er war blutüberströmt.

»Hapure«, sagte Sennahet ein ums andere Mal. Er schüttelte den Kopf. Während er seine Hände auf Hapures Arme legte, dachte er an die Art und Weise, wie die Götter sie beide an diesen Ort gebracht hatten.

Der Körper unter seinen Händen war noch warm, und als er sich über das Gesicht seines Verwandten lehnte, bewegte Hapure schwach die Lippen.

Sennahets Herz begann heftig zu schlagen. Er hob Hapure auf und schleppte ihn zurück in die Schlucht.

Wenn die Sonne über dem Horizont erschien, ging jedermann in Ägypten an seinen heimischen Schrein, öffnete die Türen und holte das Bild des Gottes hervor. Man salbte den Gott und kleidete ihn für den Tag an, und man stellte Essen und Trinken vor ihm auf.

Im Palast wurde der Pharao gesalbt und angekleidet, bevor er sich zum Frühstück niedersetzte.

Haremhab trat herzu. Als General der leichten Kavallerie trug er stets eine großartige Brustplatte aus Bronze und Gold, und wenn er die Aufmerksamkeit des Pharaos zu erregen suchte, brachte er ihm wunderbare Geschenke mit, so wunderbar, dass Tutanchamun gar nichts anders konnte, als ihm zu gewähren, worum er bat.

Heute warf sich Haremhab vor dem Thron des Königs nieder, und seine Diener brachten ein Kästchen aus bemaltem Holz herein. Sie hielten das Kästchen hoch, sodass der König die aufgemalten Szenen betrachten konnte. Auf einer Seite war Tutanchamun selbst zu sehen, wie er auf der Jagd den Bogen spannte, auf einer anderen fuhr er mit seinem Wagen über besiegte Feinde.

»Du hast deinen König erfreut, mein General«, sagte der König.

»Das ist Sinn und Ziel meines ganzen Lebens«, entgegnete Haremhab feierlich.

Tutanchamun beobachtete, wie seine Diener das Kästchen aus dem Zimmer trugen. Er dachte bereits darüber nach, welche seiner Besitztümer er darin aufbewahren würde und mit welchem Zeichen seiner Gunst er den General, der zu seinen Füßen kniete, belohnen konnte.

»Ich habe eine besondere Aufgabe für dich«, sagte er dann. »Ich werde dir das Wohlergehen der Königin selbst anvertrauen, wenn sie sich aufmacht, das Grab ihres Vaters Osiris zu besuchen.«

»Das ist außerordentlich großzügig, mein Gebieter.«

»Du darfst dich erheben.«

Haremhab streckte sich. Seine Rüstung war wunderbar geschmückt mit goldenen Tierfiguren. Tutanchamun ließ seinen Blick weiter durch den Raum schweifen. Haremhab passte gut hierher, eine Dekoration unter vielen zwischen den vergoldeten Säulen und den Wänden, die mit Götterbildern bemalt waren. Der Pharao legte die Hände auf die Knie. Er spürte heute besonders heftig den Druck der Krone auf seinen Augenbrauen.

»Ich habe nämlich für sie herausgefunden, wo das Grab ihres Vaters sich befindet. Sie wird sehr dankbar sein, da bin ich sicher.«

»Der Erhabene umgibt uns alle mit seiner Macht. Selbst die königliche Ehefrau ist nicht mehr als ein Steinchen unter den Füßen des Pharaos.«

Tutanchamun lächelte, als er das hörte. Haremhab war ein großartiger Mann und wusste viel von der Welt, und was er sagte, entsprach der Wahrheit.

»Ja«, sagte er. »Ich habe Großes vollbracht.«

»Eine Tat, wahrhaft würdig eines Pharaos. Ich werde mich mit der Königin auf den Weg machen. Wird sie mit der Barke in die Neue Stadt fahren?«

Tutanchamun langweilte sich bereits wieder. Doch er nahm sich zusammen und zeigte seinen Unwillen nur mit einem leichten Kopfschütteln.

»Nofretete hat den Leichnam des Echnaton hierher nach Theben gebracht und heimlich wieder bestattet.«

»Ah, wie überaus pflichtbewusst!«

»Sie hat meinen Bruder bis zu seinem Ende angebetet.« Der König legte die Fingerspitzen ans Kinn. »Meine Königin betet mich ebenso an. So ist es richtig, das ist die Pflicht der Frauen.«

»Der erhabene Pharao versteht alles.«

Der König saß still, die Hände und Knie aneinander gelegt, und studierte eingehend seine Finger mit den zahlreichen Ringen. Er dachte darüber nach, welche neue Zerstreuung ihm den Nachmittag verschönen könnte.

»Nofretete besaß die Verfügungsgewalt über die Schätze

Ägyptens«, bemerkte Haremhab noch. »Sie wird Echnaton mit jedem nur erdenklichen Luxus umgeben haben.«

»Dessen bin ich mir sicher.«

»Ja, die Hälfte allen Goldes, das Ägypten besitzt, ist wohl in diesem Grab zu finden.«

Diese Worte weckten die Aufmerksamkeit des Königs wieder. Er hob den Blick von seinem Schmuck. »Denkst du?«

»Ihr selbst habt es gesagt, mein Gebieter. Dann muss es wohl wahr sein.«

»Ich habe es selbst gesagt«, wiederholte Tutanchamun.

»Daraus folgt, dass sie Euren Schatz geplündert haben muss, um Echnatons ewige Wohnung auszustatten. Sie war zu dieser Zeit Regentin in Eurem Namen. Sie hätte das nicht tun dürfen.«

Tutanchamun atmete heftig ein. »Ja!«, rief er aus. »Sie hat mich bestohlen!«

Haremhab verneigte sich tief. »O Größe Ägyptens, verfügt über mich. Ich bin Euer Diener. Es gibt nichts, was Ihr nicht von mir verlangen könntet.«

Nun war der König wirklich verärgert. Er erinnerte sich an all die Enttäuschungen und Verletzungen, die Nofretete ihm zugefügt hatte, und nun begriff er, dass sie ihn auch noch bestohlen hatte.

»Soll ich den Schatz zurück in Eure Hand bringen, Pharao?«

»Tut es«, antwortete Tutanchamun.

»Die Entscheidung des Pharaos ist mir näher als mein eigener Wille.«

»Aber Anchesenamun darf nichts davon wissen.« An diesem Problem hatte er für einen Augenblick zu kauen. Er wollte ihr so gern eine Freude machen, ihr etwas zurückgeben für ihre Liebkosungen, für ihr Liebesfeuer. Ratlos schüttelte er den Kopf. »Ich werde ihr später verraten, wo ihr Vater begraben liegt. Wenn Ihr die Grabkammer geöffnet und meinen Besitz zurückgebracht habt und wenn alles wieder verschlossen und versiegelt ist.«

»Groß ist der Pharao.« Haremhab fiel noch einmal auf die Knie und küsste den Fußboden.

Sennahet trug Hapure auf seinen Schultern zurück nach Kalala, in das Wüstendorf oberhalb der Schlucht der Könige. Nach drei Tagen hatte sich Hapure so weit erholt, dass er wieder aufrecht sitzen und etwas Brot essen konnte.

»Was ist geschehen?«, fragte Sennahet. »Warum wollte der Soldat dich töten?«

Hapure betastete die lange Schnittwunde in seiner Kopfhaut. Er fühlte sich immer noch entsetzlich schwach, als ob seine Knochen aus wässrigem Lehm gemacht wären. Die beiden Männer saßen in seinem kleinen Garten, wo seine Bohnenpflanzen inzwischen in der Hitze verwelkt waren, und er ärgerte sich darüber. Sennahet hätte sie wohl wässern können. Er legte den Kopf in die Hände.

»Ich habe den Pharao verärgert. Er hat entschieden, mich zu bestrafen. Wenn er wollte, dass ich sterbe, hätte ich wohl sterben sollen.« Er fragte sich immer noch, womit er den König verärgert hatte; vielleicht war der Befehl, das alte Grab wieder zu finden, gar nicht vom Pharao selbst gekommen. Vielleicht war es nur eine Falle gewesen, um festzustellen, ob er die verborgene Ruhestätte Echnatons verraten würde. Er schüttelte den Kopf, und der dumpfe Schmerz verbreitete sich über seinen Nacken und ließ seine Schultern schmerzen.

»Was hast du getan?«, fragte Sennahet noch einmal.

Hapure sagte nichts und hielt den Blick fest auf den Boden gerichtet. Sein Herz war krank. Er hatte den König gekränkt und hätte tot sein sollen.

»Auf Befehl des Pharaos hin hat man dich angegriffen«, drang Sennahet weiter auf ihn ein. »Ärgert dich das nicht? Nun, sag mir, wo das Gold ist, und wir werden uns rächen.«

Hapure blickte ihn schreckerfüllt an. »Rache! Nein ... nein ... der Pharao hat immer Recht. Ich habe ihn gekränkt, er muss an mir Rache nehmen.«

Sennahet begann von neuem. Hapure erhob sich, hielt seinen dröhnenden Schädel vorsichtig aufrecht und ging ins Haus.

»Ich hätte dich dort verrecken lassen sollen!«, schrie Sennahet hinter ihm her.

»Ja, ich wünschte, das hättest du getan«, murmelte Hapure.

Er setzte sich in eine dunkle Ecke seiner Hütte und brütete weiter über seinen Verfehlungen. Sennahet ging fort und kam den Rest des Tages nicht wieder.

Am frühen Morgen, als Hapure noch schlief, kehrte Sennahet zurück und rüttelte ihn wach. Hapure schrie auf; der Kopfschmerz erwachte mit ihm.

»Du Narr«, schrie Sennahet ihn an. »Der Pharao hat immer Recht, oder wie? Dann komm mit mir! Komm und sieh dir das an!«

Hapure wollte sich wieder hinlegen. Er schob Sennahets aufdringliche Hände weg. In dem dunklen Zimmer war Sennahet nur ein Schatten, der an ihm zog und zerrte.

»Komm mit! Ich werde dir zeigen, warum der Pharao dich niederschlagen ließ.«

Hapure rieb sich mit beiden Fäusten den Schlaf aus den Augen. Sennahet hockte vor ihm in der Dunkelheit.

»Ich komme ja schon«, sagte Hapure. Er wusste, es war seine heilige Pflicht, herauszufinden, welche Sünde er begangen hatte.

Sennahet führte ihn den schmalen Weg von seinem Dorf hinunter in die Schlucht der Könige. Sie gingen hintereinander wie die Schakale unter der brennenden Sonne. Hapure wurde immer schwächer und müder. Auf dem Weg über die steile Felswand stolperte er, und Sennahet fing ihn in seinen Armen auf. Hapure schubste ihn weg. Keuchend ließ er sich auf den Weg sinken und legte den Kopf auf seine Arme.

»Ich kann nicht weiter.«

»Nur noch ein kleines Stück«, bat Sennahet.

Hapure hob den Kopf und sah, dass sie schon fast an der Stelle angekommen waren, wo die geheime Grabkammer zu finden war.

Die letzten Schritte gingen sie auf dem Weg, der auf dem Grund der Schlucht entlangführte. Jetzt konnte Hapure Stimmen hören. Er streckte die Hand nach Sennahet aus, und der ergriff sie, und gemeinsam drückten sie sich an den Rand der

Schlucht und schlichen durch die dunklen Schatten. Sie krümmten ihre Rücken und gingen wie Diebe, bis sie um die Wegbiegung kamen.

Vor ihnen lag nun die Stelle, wo die Schlucht wieder breiter wurde und wo die geheime Grabkammer lag. Hapure blieb mitten im Schritt stehen. Ihm wurde das Herz schwer, denn das Grab war inzwischen offenbar alles andere als geheim. Drei Reihen Soldaten kreisten es ein, und drei schwere Schlitten standen davor, von denen zwei bereits hoch mit Schätzen beladen waren. Der Eingang zum Grab war freigelegt. Ein stetiger Strom von Männern kam daraus hervor; sie trugen die Grabbeigaben des Königs auf ihren Rücken und häuften sie auf die Schlitten.

»Sie rauben es aus«, flüsterte Hapure und schlug sich mit der Faust auf die Brust. »Sie berauben das Haus des Pharaos.«

Sennahet flüsterte zurück: »Sei still! Wenn sie uns finden, sind wir so gut wie tot.«

Hapure wusste das. Er wusste jetzt auch, warum sie ihn niedergeschlagen hatten. Im ersten Augenblick vermutete er, die Männer hätten ihn angelogen, und der Pharao hätte mit der ganzen Sache nichts zu tun, aber dann wurde ihm klar, dass die Soldaten rund um das Grab die Soldaten des Pharaos waren. Die Zugochsen in den Geschirren vor den Schlitten waren die königlichen Zugtiere.

»Ich habe genug gesehen«, sagte er. »Komm, wir gehen.«

Er schlich mit Sennahet zurück durch die Schlucht, wobei sie sich wieder versteckten, so gut es ging. Die Männer des Pharaos waren nicht so vorsichtig; sie taten ihre Arbeit in aller Offenheit und vollkommen unbekümmert. Hapure erinnerte sich, dass der Soldat, der ihn angegriffen hatte, ihn einen Narren genannt hatte. Weshalb? Weil er dem Pharao gehorchte? Sein Kopf dröhnte und pochte gnadenlos. Diese Wunde würde ihn bis zu seiner letzten Stunde schmerzen. Er würde sterben, weil er dem Pharao gehorcht hatte.

Zum ersten Mal begriff er, was der Tod wirklich bedeutete. Die Priester lehrten, der Tod sei ein Durchgang zum Leben, aber das war offensichtlich eine Lüge. Der Tod war das Ende, der Tod war schrecklich. Er stieg hinter Sennahet den Weg hinauf, aber seine Gedanken waren nicht bei seinen Füßen, die über den steinigen Abhang stolperten, seine Gedanken waren beim Tod. Alles war eine einzige große Lüge. Selbst wenn Könige starben, war das ihr Ende, und ihre Nachfolger waren nicht die Wiedergeburt des ewigen königlichen Geistes, sondern schlichte Menschen, die die Gräber ihrer Vorgänger ausplünderten. Der König war ein Mann wie alle anderen, vielleicht ein wenig reicher, aber trotzdem ein Mitglied der zum Tode verurteilten menschlichen Rasse, die über die Erde kratzte und kroch, bis der Tag des Endes kam. Andere Geschöpfe nährten sich von ihnen, ihr Fleisch verging, ihr Leben war ein Nichts.

Die Sonne lastete schwer auf ihm; er schwitzte am ganzen Leibe. Er stolperte hinter Sennahet her zurück in sein Dorf.

Einige wenige Familien waren mittlerweile in ihre Häuser zurückgekehrt. Die Frauen breiteten jetzt ihr Leinen in der Sonne aus, und als Hapure und Sennahet vorbeikamen, blickten sie ihnen nach. Die zwei Männer gingen in Hapures Garten.

»Du hast Recht gehabt«, sagte Hapure endlich. »Ich hätte dir helfen sollen, das Gold zu stehlen. Dann ginge es uns jetzt auf jeden Fall gut. Ich habe mich täuschen lassen, ich war nichts als ein dummer Sklave der Priester.«

»Ja«, erwiderte Sennahet mit glühendem Blick.

»Aber jetzt ist es zu spät. Mir ist vollkommen klar, dass es jetzt leider zu spät ist.«

»Unsere Chance wird schon noch kommen«, sagte Sennahet.

Am Nachmittag schickte Anchesenamun Meryat über den Nil auf den Basar, aber Meryat ging nicht dorthin, sondern schlüpfte in den Garten hinter den Gemächern der Königin und versteckte sich unter einem Fenster. Bald hörte sie, wie die Königin den Wesir und Haremhab begrüßte.

»Was gibt es Neues aus dem Norden?«

Die schrille Stimme, die antwortete, war die des Wesirs: »Die Unruhen sind niedergeschlagen, aber es ging nicht ohne Verluste ab, und wir mussten den Gouverneur bestechen.«

»Ich habe noch einmal zweihundert Wagen Richtung Norden geschickt«, ergänzte Haremhab.

»Ohne Befehl?« Die Königin klang ärgerlich. »Denkst du, du bist ein kleiner König, General?«

»Eine unbedeutende Truppenbewegung«, entschuldigte sich Haremhab.

Meryat saß unter dem Fenster und lauschte gierig, denn jetzt sprachen sie über Tutanchamun.

»Er zeigt nicht das geringste Interesse an seinen Aufgaben. Keinerlei Verständnis.«

Der Wesir stand in der Nähe des Fensters. Seine Stimme war flach und leblos. Er war ein alter Mann, und Meryat fürchtete ihn besonders. Jetzt sagte er: »Ich habe Amenophis und Echnaton gedient, und es tut mir weh, ihre Krone auf diesem Kopf ...«

»Friede«, mahnte Anchesenamun.

»Er ist eitel und töricht und gefährlich«, sagte Haremhab trocken. »Wenn er auch nur das Geringste herausfindet, liefert er uns alle ans Messer.«

Die Stimme der Königin war nun schlecht zu verstehen, denn sie bewegte sich weg vom Fenster. Meryat konnte sie sich vorstellen, schlank und sehnig wie eine Löwin. Die Dienerin schloss die Augen. Sie hatten ja Recht, was Tutanchamun anging, er war ein eitler, törichter kleiner Junge. Aber er war ihr Liebhaber, und sie liebte ihn.

»Er ist ein Kind«, sagte Anchesenamun. »Er ist leicht zu führen. Ich habe die Absicht, ihn auf dem Thron zu belassen, denn ich kann durch ihn regieren.«

»Ihr kennt ihn nicht, meine Königin«, sagte Haremhab.

Als der Wesir sprach, war seine Stimme direkt über Meryat zu hören. Sie erstarrte und wurde eiskalt, als sie ihn hörte, und drückte sich noch enger an die raue Wand. »Sie hat Recht«, sagte er. »Wir brauchen einen König, und derzeit haben wir keinen anderen als Tutanchamun.«

»Er hat die Macht, uns zu zerstören«, warnte Haremhab noch einmal. Meryat hasste diese klangvolle, überzeugende Stimme. »Wenn er auch nur ahnt, was wir tun ...«

»Erst muss er einen Sohn zeugen«, sagte der Wesir. »Die Erbfolge darf nicht unterbrochen werden.«

»Er ist harmlos«, warf die Königin ein.

»Ich sage Euch, Mord ist ihm alles andere als fremd«, beharrte Haremhab. »Ich habe selbst gehört, dass er einen Mann hat erschlagen lassen, der nichts anderes verbrochen hatte, als dem Pharao zu gehorchen.«

»Was?« Die Stimme der Königin wurde schärfer. Sie stand jetzt wieder näher am Fenster, Haremhab gegenüber. »Wann soll das gewesen sein?«

»Irgendwo da draußen in der Wüste ist ein Grab versteckt. Er hat einen Mann gesucht, der das Versteck kannte, und nachdem der arme Kerl alles erzählt hatte, ließ er ihn töten.«

Meryat biss sich auf die Lippen. Das hätte er nie getan. Er war nur ein eitler, dummer Junge, nicht mehr als das. Sie rieb ihre Wange an der rauen Wand.

In dem Zimmer über ihr war eine seltsame Stille entstanden. Schließlich sagte Anchesenamun: »Ein Grab? Wessen Grab?«

Der Wesir fügte hinzu: »Warum sollte er jemanden ermorden lassen, der ihm einen Dienst erwiesen hat?«

»Um den schlechten Dienst zu verbergen, den er selbst getan hat«, sagte Haremhab. »Er hat das Grab ausrauben lassen, alles außer dem Leichnam.«

Der Wesir klang, als müsste er ersticken. »Blasphemie!«, murmelte er und ging ein Stück vom Fenster weg. Meryat seufzte vor Erleichterung. »Das werde ich dem Obersten Priester ...«

»Der Oberste Priester ist zu dieser Minute beim König«, sagte Haremhab, »und berät ihn, wie er die Rache der Götter für dieses Sakrileg verhindern kann.«

»Er hat das Grab geplündert?«, fragte Anchesenamun ungläubig. »Das kann nicht wahr sein ... nicht einmal er würde es wagen ... das Grab meines Vaters auszurauben!«

Meryat rannte los durch den Garten. Die Stimme der Königin, schrill und laut, folgte ihr bis zur Hecke. »Lasst die, die meinen Vater einen Schurken nennen, das sehen ...« Dann stürzte Meryat um die Ecke und hörte nichts mehr.

Viel später, am Abend, kehrte Meryat in die Gemächer der Königin zurück, wo Anchesenamun im Lampenlicht saß, angetan mit ihrem Nachtgewand. Meryat gab ihr die Schachtel, die sie auf dem Basar gekauft hatte. Die Königin legte sie achtlos beiseite und dankte Meryat, aber ihre Augen blickten in eine andere Richtung. Ihr Gesicht war vollkommen versteinert. Meryat wusste, dass Haremhab sich durchgesetzt hatte: Sie würden den König ermorden.

Tutanchamun umrundete einmal den neuen Thronsessel und bewunderte die Goldarbeiten. Ein wahrhaft königliches Schmuckstück, wie für ihn gemacht. Die kleine Szene auf dem Rücken zeigte einen König mit der Priesterkrone und seine Frau, die vor ihm stand, sich verneigte und ihn mit dem Öl des Lebens salbte. Die Armlehnen des Sessels waren wie Geierflügel geformt. Der königliche Schild mit der Aufschrift trug die Namen Echnatons. Er musste wohl anlässlich der Hochzeit einer seiner Töchter gefertigt worden sein. Tutanchamun konnte kaum lesen, aber diese Symbole erkannte er auf Anhieb. Er würde den Goldschmied des Palastes anweisen, den Namen seines Bruders zu entfernen und seinen eigenen einzusetzen. Noch einmal umrundete er den Thronsessel. Eine wunderbare Arbeit, und er freute sich unbändig über diesen Fund. Sollten die, die ihn für dumm hielten, ruhig sehen, wie scharf seine Sinne waren.

Ein Diener kroch zur Tür herein. »Sprich!«, befahl Tutanchamun.

»Leben und Tod Ägyptens, der Oberste Priester Amuns wartet.«

»Ich komme.«

Tutanchamun trug bereits das schwere goldene Gewand. Er musste nicht in die Nacht hinausgehen, denn der Priester erwartete ihn im Nebenraum, der Audienzhalle, und von dort aus würden die Träger ihn in seiner offenen Sänfte tragen. Der Priester lief neben ihm her, und der König wurde durch den dunklen Hof zum Tor getragen und von dort aus durch die schlafende Ebene zum Westufer.

Sie gingen schnell und stetig. Die Wangen des Königs wurden kalt vom scharfen Nachtwind, und er wollte gerade nach einem Schal rufen, als man ihn auch schon durch die Pforte trug, die durch die hohe Mauer führte.

Sie setzten die Sänfte ab. Der Oberste Priester verneigte sich, noch etwas außer Atem. Er war in Eile, seine Augen waren groß vor Aufregung, als sie gemeinsam das Gebäude betraten.

Hier arbeiteten die königlichen Einbalsamierer, aber um diese Zeit war niemand dort. Im hinteren Teil des Raums lag ein Körper auf einem Tisch.

Der König und der Priester näherten sich dem Tisch.

Kurz angebunden sagte der Priester: »Ich werde den Ritus vollziehen, Majestät. Ihr tut nichts und sagt auch nichts. Der kleinste Fehler, und die Zauberkraft ist dahin.«

Überrascht stellte Tutanchamun fest, dass der Priester sich fürchtete. Er selbst spürte keine Angst, während er auf den Tisch hinunterblickte, wo sein Bruder Echnaton lag, das Letzte, was aus dem Grab entfernt worden war.

Die Leinenwickel waren dunkel gefärbt von den Ölen, mit denen sie drei Jahre zuvor getränkt worden waren. Die Amulette und Masken und Schilde, die den eingewickelten Leichnam normalerweise schmückten, waren alle entfernt worden, sodass der Tote jetzt fast nackt wirkte. Selbst die Goldbänder, die ihn zusammenhielten, waren nicht mehr da.

Der Priester sprach die alten rituellen Worte über dem Leichnam. Mit einer seltsamen Handbewegung zog er ein Messer, lehnte sich über den Leichnam und schlitzte die Binden auf.

Bei dem Geräusch der Messerklinge durch das alte Leinen fuhr Tutanchamun zurück. Kalt lief es ihm über den Rücken, aber er erinnerte sich daran, dass jetzt schließlich er der König war.

Der Priester sagte gerade: »Gib deinen Namen auf, und werde machtlos.« Er zog kräftig an den Binden. »Verlier deine Form, und werde machtlos.« Der König schluckte; seine Kehle war vollkommen ausgetrocknet. Der Priester löste die Arme des Leichnams, die über der Brust gekreuzt gewesen waren, und streckte einen Arm aus, sodass er am Oberschenkel anlag. In dieser Stellung wurden Frauen bestattet; Männer wurden immer mit gekreuzten Armen begraben.

Nun sagte der Priester: »Verlier deinen Samen, und werde machtlos.« Mit der Messerspitze schnitt er den Penis des Leichnams ab.

Tutanchamun schrie leise auf. Der Priester fuhr herum und blickte ihn mit brennendem Blick an. Keiner sprach ein Wort, und der Priester setzte seine Arbeit fort. Er legte das Messer auf den Tisch, fuhr mit den Händen über den Leichnam und vollführte geheime Gesten. Schließlich trat er vom Tisch zurück.

Tutanchamun folgte ihm durch die abgedunkelte Werkstatt, in der es überall nach Natron stank. Zum ersten Mal bemerkte er, wie voll gestopft die Räume waren.

»Das wird uns hoffentlich schützen«, sagte der Priester.

»Und wenn nicht ...?«, murmelte Tutanchamun.

Sie standen an der Tür, und der Oberste Priester blickte ihn mit gerunzelter Stirn und gekräuselten Lippen an. Mit trockener Stimme sagte er: »Ich bin in größerer Gefahr als Ihr, o Ehre Ägyptens. Ihr seid der Herr über alle Mächte.«

Tutanchamun hörte diese Worte mit innerem Schaudern. Er fühlte sich alles andere als mächtig, als er durch die Tür in den dunklen Hof trat. Dort wartete seine Sänfte, und der Priester verneigte sich vor ihm und sprach ihm einige rituelle Worte zu. Der König starrte in die Finsternis, dann legte er die Hand zwischen seine Schenkel und berührte sein Geschlecht, als könnte er sich daran festhalten, wie ein kleiner Junge.

Die Träger brachten die Sänfte heran, er kletterte zwischen die Kissen und ließ sich zum Palast zurückbringen.

Im innersten seiner Gemächer wartete eine Frau auf ihn. Er blieb erstaunt auf der Schwelle stehen. Sie war eine der Frauen, die der Königin dienten; er kannte ihren Namen nicht. Ihr Gesicht war hager. Beunruhigt trat er einige Schritte zurück. Sie warf sich nicht auf den Boden, sondern kam auf ihn zu, die Arme ausgestreckt wie ein Geier seine Klauen.

»Mein Herr, ich bin zu Euch gekommen ... bitte ... Ihr müsst fliehen.«

»Was?«, fragte er verwirrt.

So einfach von Angesicht zu Angesicht mit einer derartigen Kreatur zu sprechen fiel ihm schwer.

»Sie planen etwas gegen Euch«, sagte sie. Die Worte strömten jetzt von ihren Lippen, ihre Hände griffen nach ihm, die Handflächen nach oben gerichtet. Er schreckte vor ihrer anmaßenden Berührung zurück. Was sie sagte, schien ihm ohne Sinn und Verstand.

»Sie wollen Euch umbringen. Ihr müsst Euch retten, Ägypten zuliebe. Bringt Euch in Sicherheit. Und lasst mich mit Euch gehen, o Großer, meine einzige Liebe!«

»Mich in Sicherheit bringen? Vor wem?«

Und dann sprach sie zu seinem Entsetzen die Namen seiner engsten Freunde aus: »Vor der Königin. Vor General Haremhab und vor dem Wesir.«

»Anchesenamun«, murmelte er wie betäubt.

Das Mädchen eilte auf ihn zu, warf ihre Arme um ihn und drückte ihr Gesicht an seine Brust. »Nehmt mich mit Euch! Ich werde Euch immer lieben. Habe ich Euch nicht schon die ganze Zeit geliebt, so gut, so sehr ...«

Er schlug nach ihr.

»Du hast mich berührt!« Seine Stimme erhob sich zu einem Schrei nach den Wachen. Sie hatte ihn berührt! Sie hatte ihn mit ihren gewöhnlichen Händen beschmutzt, nun, da er alle seine Heiligkeit nötig hatte, unbefleckt und intakt.

Er rieb mit den Handflächen über seine Brust, wo ihr elendes Gesicht gelegen hatte. Sie kam wieder auf ihn zu, sagte immer noch schreckliche Dinge, Dinge, die er nicht verstand, und streckte ihre schmutzigen Hände nach ihm aus. Dann endlich kamen seine Wachen ins Zimmer geeilt.

»Bringt sie weg! Verjagt sie, sie ist unrein, sie ... sie ...«

Die Männer nahmen sie zwischen sich, aber sie wand sich und versuchte, sich zu befreien, und rief ihm noch einmal etwas zu. Aber er hörte nicht mehr, was sie sagte. Er drehte sich um, als sie sie aus dem Zimmer zerrten, drehte sich um und ging in eine Ecke, wo es ruhig war. Selbst als sie schon fort war, schienen ihr

Gerede und die Unordnung ihrer bloßen Gegenwart immer noch anzudauern. Das Zimmer war befleckt, er würde nie mehr hierher zurückkehren können. Er ging hinaus in das nächste Zimmer, sein Ankleidezimmer, und stand dort allein in der Dunkelheit und im Schweigen, bis er sich wieder beruhigt hatte.

Als der große Sonnengott am östlichen Himmel erschien, in seiner ganzen Herrlichkeit wieder hergestellt nach den Schrecken der Nacht, ging König Tutanchamun hinaus in die Wüste. Er hatte beschlossen, dass der Angriff der seltsamen Fremden auf ihn eine Strafe für seinen Anteil an der Zerstörung Echnatons war, und nun wollte er dafür sorgen, dass etwas Derartiges nicht wieder passierte.

Die Träger brachten ihn mit schnellem Schritt durch die Wüste. Die trockene Hitze und der Staub störten ihn, und er befahl, ein wassergetränktes Tuch zu bringen, das er über sein Gesicht legen konnte, um sich vor der sengenden Sonne zu schützen. Auf halbem Wege zu ihrem Ziel blieben die Träger erschöpft stehen und wurden von einer zweiten Mannschaft abgelöst, die in Wagen hinter ihnen hergefahren war.

Sie hatten keine Schwierigkeiten, den Ort zu finden, wo Echnaton bestattet worden war und wieder bestattet werden würde. Das Grab war offen gelassen worden, der Eingang ein gähnendes Loch im Abhang. Gegenüber, auf der anderen Seite des Weges, befand sich ein weiteres Grab, und die zwei Eingänge waren einander zugewandt wie zwei aufgerissene Münder.

Tutanchamun verstand nun, warum er keinen Frieden mehr fand: Es waren diese zwei aufgerissenen Münder, die einander anschrien und ihm die Ruhe raubten.

Er stieg aus seiner Sänfte und ging zu dem Grab, in dem Echnaton gelegen hatte. Hierher würde der Tote noch heute zurückkehren. Tutanchamun stand vor der offenen Tür, aber die schwarzen Schatten im Innern waren undurchdringlich für seine Blicke. Ein kalter Hauch schien herauszudringen.

Der König erhob die Hand, sammelte alle Kraft seiner Göttlichkeit und sprach in das Grab hinein:

»Verflucht sei dieser Boden, und verflucht sei der, der sich darin aufhält.«

Drei Mal sprach er diesen Fluch aus, dann spuckte er auf die Schwelle, urinierte darauf, und schließlich drehte er sich um, hob seinen Rock und entleerte auch noch seinen Darm darauf.

»Er sei ein Unbekannter, und alle seine Taten seien vergessen.«

Die Träger und Wagenlenker standen mit den Rücken zu ihm unten auf dem Weg. Er verstand sie gut: Wenn Sie den Zauber sahen, konnte er sie verbrennen, verderben. Er stieg zurück in seine Sänfte und ließ sich in die Kissen sinken.

Ein Lächeln spielte auf seinem Gesicht – er wusste, er war gerettet.

14

Meryat stöhnte bei jedem Schritt. Die Soldaten hatten sie auf den Rücken und auf die Beine geschlagen, bevor sie sie aus dem Palast vertrieben hatten. Sie konnte nicht dorthin zurück. Wenn Anchesenamun sie sah, würde sie sofort wissen, was geschehen war. Seufzend und klagend hinkte Meryat die Straße hinunter zum Fähranleger.

Dort, auf der Bank für die Leute, die auf die Fähre warteten, ließ sie sich nieder und brach endlich in Tränen aus. Die Nacht war finster, und sie war allein auf dem Anleger. Sie weinte, bis sie keine Tränen mehr hatte und ihre Kehle wund vom Weinen war. Wie ein Stein lag ihr Unglück ihr im Magen.

Sie verfluchte die Menschen, die ihr das angetan hatten, Tutanchamun und Anchesenamun, aber sie wusste auch, ihre Worte waren nichts als Wind gegen die Großen des Landes.

Die ganze Nacht saß sie dort auf der Bank, weinend, solange sie Tränen hatte, und fluchend, wenn ihre Augen trocken waren. Dann ging die Sonne auf, und die ersten Fahrgäste sammelten sich auf dem Anleger. Sie warfen neugierige Blicke auf die verwahrloste Frau, die sich auf der Bank zusammengekauert hatte, und niemand wollte ihr zu nahe kommen oder gar auf der Bank neben ihr sitzen.

Sie besaß kein Geld für die Fähre, aber sie hatte ja ohnehin kein Ziel. So saß sie den ganzen Tag dort, auch wenn sie nicht mehr weinte, und der Hunger nagte ein großes Loch in ihre Magengrube. Sie beobachtete die Menschenmenge, die an ihr vorbeizog und kam und ging. Die Menschen warfen ihr misstrauische, erschrockene Blicke zu, aber sie spuckte nach ihnen. Sie wussten nichts vom Leben – sie kannten nur ihre alltägliche Routine. Sie wussten überhaupt nichts.

Am Nachmittag entdeckte sie Sennahet in der Menge.

Beschämt wandte sie ihr Gesicht ab und betete, er würde vorübergehen, ohne sie zu erkennen. Aber er sah sie, näherte sich und setzte sich neben sie. Überrascht murmelte er ihr zu: »Meryat, ich habe dich kaum erkannt! Was ist geschehen?«

Sie fletschte die Zähne. Wenn er herausfand, was mit ihr geschehen war, würde er sie verachten. »Geh weg!«, sagte sie nur.

Der Hunger in ihrem Magen rief ihm knurrende Worte zu. Gedemütigt schloss sie die Augen.

Er griff nach ihrer Hand. »Meryat, was ist geschehen? Hier ... ich habe Brot ... auch etwas Bier ...«

Dann zog er sie mit sich an einen schattigen Platz nicht weit vom Fähranleger, nahm aus seiner Tasche einen alten Kanten Brot und einen kleinen Krug, der zur Hälfte mit saurem Bier gefüllt war. Sie biss sich auf die Lippen – natürlich sehnte sie sich danach, etwas zu essen, aber sie fürchtete seinen Spott. Er legte ihr das Essen in den Schoß.

»Iss!«

Und sie aß, und das Brot war köstlich, viel süßer als Honig und Milch, die sie im Palast bekommen hatte. Während sie aß, begann sie wieder zu weinen, und er legte einen Arm um sie und hielt sie fest. Dabei flößte er ihr kleine Schlucke Bier ein.

»Warum hast du den Palast verlassen?«

»Ich kann niemals dorthin zurück ... niemals!«

»Du kannst bei mir bleiben«, bot er ihr an. »Bei mir und meinem Freund.«

Sie hob den Kopf. Ihre Wangen waren wie durchfurcht von Tränen.

Die Sonne war untergegangen. Unter der Welt segelte Osiris zurück von Westen nach Osten durch die Nacht, die von Dämonen heimgesucht wurde. Über der Welt brannte der große rote Stern Sothis am Himmel wie ein Funken von einer Flamme.

Halb betrunken saß Hapure im Eingang seines Hauses am Rande der Wüste. Hinter ihm im Wohnraum des Hauses saß Sennahet mit dem Mädchen Meryat. Hapure versuchte, ihnen nicht zuzuhören. Er angelte nach dem Weinbecher, der neben ihm stand.

Ein Stück die Straße hinunter schrien zwei Frauen einander Beleidigungen zu. Die Straße war mit Müll übersät, denn inzwischen waren fast alle Dorfbewohner in ihre Häuser und an ihre Arbeit in der Totenstadt zurückgekehrt. Der Pharao hatte sich ihrer erinnert und ihnen Brot und getrockneten Fischlaich geschickt, Bier und Datteln, Leinen und Wasser und Öl, aber auch einen neuen Aufseher, der eine Peitsche bei sich trug.

Hapure empfand die Auferstehung seines Dorfes als wenig tröstlich. Er trank einige tiefe Schlucke von seinem Dattelwein, aber auch darin fand er keinen Trost.

»Die Königin wird es nicht wagen, deine Worte anzuzweifeln«, sagte Sennahet gerade mit erhobener Stimme. »Du unterschätzt deine Macht über sie.«

Hapure hörte Meryats Antwort nicht. Er drehte ein wenig den Kopf, um sie anzusehen. Sie saß zusammengekauert auf dem Fußboden mitten im Zimmer, direkt unter der Lampe, die Hände vor dem Gesicht. Sennahet kniete vor ihr. Er sah furchtbar aus, die Arme und Beine gekrümmt, die Knie und Ellbogen scharf wie Fischgräten. Er ließ das Mädchen nicht aus den Augen. Trotz allem, was er und Hapure bei dem geplünderten Grab gesehen hatten, war Sennahet mehr denn je entschlossen, das Gold des Pharaos zu rauben. Gerade behauptete er wieder, dass die Plünderung den Schatz in ihre unmittelbare Reichweite gebracht hatte. Er versuchte Meryat dazu zu überreden, in den Palast zurückzukehren und herauszufinden, wo das Gold aufbewahrt wurde.

Hapure lehnte sein Gesicht an den Türrahmen und rieb seine Handflächen aneinander. Eine Fliege umschwirrte ihn, und er wedelte gereizt mit der Hand, um sie zu vertreiben. Ägypten würde aufsteigen und fallen und wieder aufsteigen, aber die Fliegen waren ewig. Er rieb sich die Augen. Seit dem Moment, als er gesehen hatte, wie der Pharao den Pharao beraubte, hatten sich Wut und Schmerz tief in sein Herz gegraben; er fühlte sich wie verstopft von einem Wissen, das er nur schwer verdauen konnte. Solange er so verstopft war, würden seine Leidenschaften und Gedanken nicht frei fließen, nichts würde sich klären oder neue Gedanken und Leidenschaften zum Strömen bringen.

»Sie muss dich wieder aufnehmen«, hörte er Sennahet beteuern. »Denk dir irgendeine windige Entschuldigung aus, wo du gewesen bist, und sie wird sie annehmen, aus purer Angst vor deinem Wissen. Sie wird nicht wagen, anders zu handeln.«

»Ich kann nicht zurück«, sagte Meryat mit brüchiger Stimme, den Tränen schon wieder nahe. »Wenn er mich sieht ... wenn er die Königin wieder auf sein Lager befiehlt ...«

»Lass sie doch in Ruhe«, warf Hapure über die Schulter ein.

»Du musst zurückgehen«, wiederholte Sennahet. »Nur so lange, bis wir alle reich sind.«

»Ich will gar nicht reich werden.«

»Dann aus Rache!«

Meryat begann zu weinen. Hapure verdrehte sich halbwegs den Hals, um sie zu verteidigen, aber er blieb, wo er war. Der Abend war angenehm kühl, und die Sterne waren so klar zu sehen, dass man meinen mochte, man könnte sie anfassen. Er trank noch mehr von dem süßen Wein.

Sennahet flehte jetzt: »Nur für ein paar Tage, Meryat.«

Königin Anchesenamun träumte von Löwen. Als sie danach aufschreckte, hörte sie eine Eule im Garten rufen. Diese Vorzeichen ihrer eigenen Tat erschreckten sie bis ins Mark. Sie stand auf, zog sich einen Schal um die nackten Schultern und trat an das offene Fenster.

Es waren einige Dienerinnen in der Nähe, aber sie rief nicht nach ihnen. Mit ihren eigenen Händen befestigte sie den holzgeschnitzten Fensterladen vor der Öffnung.

Schlafen konnte sie immer noch nicht, und sie wollte auch nicht schlafen, solange die Tat nicht vollbracht war. Sie ging in dem dunklen Zimmer auf und ab, den Schal fest zwischen ihren verschränkten Armen eingeklemmt. Ihre Nerven waren aufgepeitscht bis zum Letzten. Sie versuchte, sich an die Löwen zu erinnern, die sie getötet hatte, an die Pferde, die sie eingeritten hatte. Jetzt endlich würde sie ihren Vater rächen. Sie versuchte an nichts anderes mehr zu denken als an diese heilige Pflicht.

Doch obwohl sie ihren Vater rächen wollte – ihre Gebete richteten sich an ihre Mutter. Sie drückte die Handflächen an die Brust und sprach: »Leuchtende Frau, nimm meinen Dank an, dass eine so große Tat mir zukommen soll.«

Sie durchquerte das Zimmer, das sie so schlicht eingerichtet hatte wie eine Soldatenbaracke. Der nackte Boden fühlte sich an ihren Zehen kalt an. In der Dunkelheit wurden die niedrige Truhe und das Bett zu schweren, gesichtslosen Formen wie Steine. Sie durchmaß das Zimmer von einer Wand zur anderen. Sie wusste, ihr Vater würde ihr Tun verabscheuen; er hatte gewollt, dass sie jeden Menschen liebte.

Eine Welle des Zorns ließ sie die Fäuste ballen. Natürlich, er hatte ein solches unmögliches Ideal glauben und verfolgen können, er, der sich in die Isolation einer Stadt zurückgezogen hatte, in der ihm niemand zu widersprechen wagte. Aber sie lebte in der wirklichen Welt, umgeben von Feinden.

Noch einmal durchschritt sie den abgedunkelten Raum, bis sie vor der Marmortruhe stehen blieb, auf der ein Tablett mit zwei Bechern wartete. Mit einem Zeigefinger fuhr sie über den Rand des rechten Bechers. Zu gegebener Zeit würde sie diesen Becher Tutanchamun anbieten. Sie bewegte sich hektisch vor lauter Aufregung, stachelte sich selbst mit dem Gedanken an, dass sie es am Ende nicht wagen würde, dass irgendeine plötzliche Weichheit, irgendein falsches Mitleid sie verraten könnte. Sie stellte sich vor, was sie sagen würde, wenn der König tot zu ihren Füßen lag. Sie stellte sich vor, wie sie da stehen würde, groß und kühl, unberührt, und sehnte sich nach diesem Augenblick, wenn es vorbei wäre, wenn das Warten endlich vorbei wäre.

Sie seufzte. Echnaton war ein Narr gewesen. Wenn man alle Menschen liebte, wie konnte man dann einen einzelnen Menschen mit der Intensität und dem Edelmut lieben, der einen selbst über den gemeinen Staub erhob? Wer die ganze Welt liebte, beleidigte damit die Menschen, die er wirklich liebte. Sie liebte ihren Vater, deshalb hasste sie Tutanchamun. Morgen würde sie denjenigen, den sie hasste, vernichten. Ein Lächeln zog über ihr Gesicht. Zum ersten Mal fühlte sie sich Echnaton ebenbürtig, und ihre Zuneigung zu ihm erwachte zu neuem Leben.

In seinem Haus in Theben ging auch General Haremhab schlaflos durch die tiefe Nacht.

Haremhabs Privatgemächer waren so reich geschmückt wie die Altäre der Götter. Seine Sessel waren in Einlegearbeit gefertigt, seine Fensterscheiben aus Alabaster, seine Becher und Spiegel aus Gold. Der Fußboden wurde durch mehrere Schichten Teppiche warm und weich gehalten. Die Lampen, die in den Wandnischen brannten, verbrauchten die feinsten Öle.

Der General war allein. Er hatte keine Lust an Wein oder Essen und ebenso wenig Lust zum Schlafen. Immer wieder kehrte er zum Fenster an der Westseite zurück, zu dem Fenster, aus dem er den vergoldeten Palast des Pharaos am anderen Ufer des Nils sehen konnte.

Er fragte sich, ob die Königin ihren Mann tatsächlich umbringen würde. Sie war nicht hart, nicht kalt genug, keine echte Mörderin. Aber vielleicht war es in ihren Augen auch kein echter Mord, so wie für einen Löwen das Töten einer Antilope auch nur recht und billig war.

Bis hierher hatten sich Haremhabs Pläne ohne Schwierigkeiten entwickelt, sie hatten sich abgespult wie ein goldener Schicksalsfaden. Er wagte nicht, sich vorzustellen, was ihm widerfahren würde, wenn er durch irgendeine Unachtsamkeit den Faden zerriss. Er war immer vorsichtig, tat selbst so wenig wie möglich, beschränkte sich zumeist darauf, hier und da etwas anzustoßen, das war alles. Er stand am Fenster und starrte über den Fluss zum Palast, während er sehnsüchtig den Sonnenaufgang erwartete.

Am späten Nachmittag empfing die königliche Ehefrau Anchesenamun ihren Herrn Tutanchamun in ihrem Schlafgemach. Sie trug den heiligen Kopfschmuck der Sonnenfürstin mit der Geier-Göttin, die sich über ihre Augen beugte.

Tutanchamun wurde in seiner Sänfte gebracht und von den Trägern behutsam abgesetzt. Ohne von seinem Platz aufzustehen, betrachtete der König seine Frau, und sie erwiderte seinen Blick mit ruhigem Gesicht, ohne niederzuknien.

Der König stand auf; mit einer Handbewegung schickte er seine Diener fort. Er war ganz in Gold gekleidet, die Arme mit Bändern und magischen Amuletten eingefasst. So stand er steif vor seiner Frau.

»Ihr nehmt Euch mehr Freiheiten heraus, als irgendjemand anderer es jemals getan hat«, begann er. »Aber ich finde das nicht einmal unangenehm.«

Die Königin sagte: »Ich habe Euch hierher bestellt, um Euch eine Nachricht kundzutun, die große Freude über Ägypten bringen wird. Es ist von nun an mein Recht, Euch von Gleich zu Gleich gegenüberzutreten.«

Der König begriff sofort, dass sie schwanger war, und er war so entzückt, dass er vor Freude in die Hände klatschte.

»Ich werde einen Tempel bauen lassen! Ich werde ein fünftägiges Fest ausrufen lassen!«

Zwei Diener kamen auf Händen und Knien in das Zimmer gekrochen, und der König befahl ihnen, Wein zu holen. »Das müssen wir feiern!«, sagte er.

Die Königin nickte. »Ich habe mir etwas Derartiges schon gedacht. Der Wein steht für uns bereit. Ich werde euch eigenhändig bedienen.«

Indem sie das sagte, ging sie zu einem Schränkchen, öffnete es und nahm zwei Becher mit Wein heraus, die sie vorbereitet hatte. Einen Becher reichte sie dem König, der mit seinem Skarabäus-Ring beide Becher kurz berührte.

»Gesegnet sei das heilige Leben, dass in Eurem Leib Wurzeln geschlagen hat.«

»Es sei gesegnet«, murmelte sie.

»Und für Euch, meine Königin, werde ich einen neuen Palast bauen lassen, den schönsten im ganzen Land.«

Tutanchamun trank einen Schluck aus seinem Becher. Im gleichen Augenblick spürte er, wie ein Übelkeit erregendes Feuer durch seine Adern strömte. Überrascht schrie er auf, den Becher immer noch in seiner Hand.

Anchesenamun stand vor ihm, ihren eigenen Becher in der Hand und einen undurchdringlichen Ausdruck im Gesicht, als wäre sie weit von ihm entfernt. Tutanchamun sank röchelnd zu Boden. Er hustete, bewegte sich noch ein wenig und starb dann.

Die Königin blieb eine ganze Weile unbeweglich stehen und blickte auf den toten König, der zu ihren Füßen auf dem Boden lag. Dann setzte sie den Becher ab.

»Wie ich schon sagte«, bemerkte sie dann fast beiläufig. »Eine große Freude für Ägypten. Denn eine große Freude für das ganze Land ist es, dass du endlich tot bist. Und dein Versprechen war vollkommen richtig: Von jetzt an werde ich aus dem größten Palast Ägyptens das Land regieren.«

Sie rief nach ihren Dienern, und sie schickte Nachricht zu Haremhab und dem Wesir, dass es vollbracht war.

Obwohl Sennahet bat und bettelte und sie anflehte, in den Palast zurückzukehren, weigerte sich Meryat standhaft. Erst als die Nachricht vom Tod des Pharaos kam, erklärte sie sich bereit.

Sie kam in der Nacht, aber trotz der späten Stunde war noch jede Seele im Palast auf den Beinen. Müßige Diener spazierten durch die Halle und versammelten sich in Trauben im Hof. Die großen Zimmer und offenen Terrassen des Palastes waren fürs Tageslicht gemacht; bei Nacht wurden sie unheimlich und düster, und der Wind fegte kalt durch die Eingänge. Der ganze Palast wirkte wie von bösen Geistern heimgesucht.

Meryat ging still durch die Gemächer der Königin. Sie kam an wahren Menschenschwärmen vorbei, aber niemand schien sie zu erkennen. Auch hörte sie niemanden weinen oder seine Kleider zerreißen oder auf irgendeine andere Weise trauern.

Die Gemächer der Königin waren leer.

Meryat durchquerte das Ankleidezimmer, dessen Wände mit goldenen Blättern bemalt waren, und betrat Anchesenamuns Schlafzimmer. Nirgendwo brannte eine Lampe, aber im Garten hatte man Fackeln angezündet, und ihre heißen Finger aus Licht reichten bis zu den hohen Fenstern. Ohne weiter nachzudenken, setzte Meryat die Läden vor die Fenster.

Von lauten Stimmen begleitet, kehrte Anchesenamun mit ihren Frauen in ihre Gemächer zurück. Meryat stand neben dem verschlossenen Fenster, sodass die Königin sie nicht gleich bemerkte. Anchesenamun betrat eilig das Zimmer, gab mit scharfer Stimme Befehle an ihre Dienerinnen und zog ihren leichten Umhang aus, den eine Dienerin auffing. Zwei Lampen wurden angezündet, die Nacht zog sich in die Ecken des Zimmers zurück, und als die Königin sich umdrehte, sah sie Meryat.

Ihre Blicke hakten sich ineinander. Meryats Muskeln verkrampften sich. Mit einer kurzen Kopfbewegung schickte Anchesenamun ihre anderen Dienerinnen aus dem Zimmer. Sie wurden plötzlich still und zogen sich ins Ankleidezimmer zurück. Neugierige Blicke streiften Meryat im Hinausgehen, und Meryat wusste, sie würden selbstverständlich an der Tür lauschen.

»Habt Ihr ihn getötet?«, fragte sie.

Anchesenamun stand aufrecht und schlank vor ihr. »Ja, das habe ich. Was willst du hier?«

Meryat schauderte, als ihr Blick auf die Hände der Königin fiel.

»Ich weiß, warum man dich aus dem Palast gejagt hat«, sagte Anchesenamun. »Du hast versucht, ihn zu warnen. Warum bist du also zurückgekommen?« Ihre große Gestalt durchquerte den Raum; die Absätze ihrer Sandalen klickten auf dem bemalten Fußboden. Meryat hatte das Gefühl, als glühten die Augen der Königin im Dunkeln wie die einer Katze.

»Willst du mir Schwierigkeiten machen, Meryat? Sei nicht töricht!«

»Ich wollte ...«, begann Meryat und verstummte.

»Solange er noch am Leben war, hättest du vielleicht Schaden anrichten können«, sagte Anchesenamun mit einer Stimme, die eine Idee zu laut war. Offenbar rechnete auch sie damit, dass die Dienerinnen an der Tür lauschten. Mit großen, schwingenden Schritten durchmaß sie das Zimmer. »Aber jetzt hast du keine Macht mehr, Meryat, du bist ein Nichts!«

»Ich werde gehen«, sagte Meryat.

Sie begab sich zu der Tür, die zum Ankleidezimmer führte, um dort alle Dienerinnen wegzuscheuchen. Aber Anchesenamun vertrat ihr den Weg.

»Nein. Sag mir erst, warum du zurückgekommen bist.«

Meryat schwieg.

»Du willst mich anklagen«, fuhr Anchesenamun an ihrer Stelle fort. »Du bist zurückgekommen, um mich anzuklagen. Glaubst du tatsächlich, ich wäre kühn genug für die Tat, würde aber vor Worten zurückschrecken?«

Sie schlug Meryat so heftig ins Gesicht, dass diese für einen Augenblick ohnmächtig wurde. Als sie wieder zu sich kam, saß sie benommen auf dem Boden, während Anchesenamun immer noch auf sie einschrie.

»Du unterschätzt mich. Alle unterschätzen mich. Der Wesir glaubt, ich würde sanft und weiblich handeln, einen neuen Ehemann zum König machen und dann brav zu seinen Füßen sitzen. Aber ich werde es nicht mehr zulassen, dass man einen Mann über mich stellt, und schon gar nicht irgendeinen meiner Diener, der sich sein ganzes Leben lang vor mir verneigt hat.«

Mit zitternden Knien stand Meryat auf. Anchesenamun zog unruhige Kreise um sie, mit gerunzelter Stirn und verkrampften Schultern. Vor dem verschleierten Himmelbett blieb sie stehen, eine Hand auf dem geschnitzten Kopfende, das wie der Kopf einer Kobra geformt war.

»Ich werde von nun an schlafen, mit wem ich will.«

»Denkt daran«, warf Meryat ein, »dass Ihr nur durch meine Dienste in der Lage wart, nicht mit Tutanchamun zu schlafen.«

Anchesenamun warf ihr einen brennenden Blick zu. »Wer würde dir schon glauben? Wer würde dir auch nur zuhören?«

»Ihr hört mir schon zu«, antwortete Meryat.

Die Königin zögerte, und in diesem Augenblick wusste Meryat, dass sie die Wahrheit gesagt hatte, dass sie Recht hatte.

»Ich werde Eure Nachtkleider bereitlegen, Herrin.«

»Du willst mich verlassen!«

»Ich bin im Ankleidezimmer, Herrin«, wiederholte Meryat und ging, ohne sich auch nur zu verneigen, aus dem Zimmer.

In dieser Nacht schlief Meryat in ihrem alten Bett im Zimmer hinter dem der Königin. Sie erwachte lächelnd und gratulierte sich selbst, dass sie die Königin in ihrer Gewalt hatte. Aber als sie die Gemächer der Königin betrat, welkte ihre Freude schnell dahin.

Die Königin war fort, und mit ihr alle ihre Dienerinnen. Das Bett war fort, und in den Schränken und Truhen des Ankleidezimmers hingen nur noch einige alte Kleider.

Meryat ging durch die verlassenen Räume, unfähig zu entscheiden, was sie als Nächstes tun sollte. Sie ging wie betäubt von Zimmer zu Zimmer, als könnte die Königin plötzlich wieder auftauchen. Im Schlafzimmer sah man noch die Abdrücke auf dem Boden, wo das Bett auf der festgestampften Erde gestanden hatte. Zuletzt ging Meryat hinunter in die Unterkünfte der einfachen Bediensteten und setzte sich dorthin unter die Träger und Bodenfeger.

Auf dem Westufer des Nils, gegenüber der lebendigen Stadt Theben und südlich des königlichen Palastes, lag die Stadt der Toten. Hier arbeiteten die Einbalsamierer und diejenigen, die Grabkammern anlegten und Sarkophage herstellten, und dort waren viele Adlige und Fürsten in großen Gräbern beigesetzt. Hier standen auch die großartigen Tempel der toten Könige, die zum Osiris geworden waren.

In der Stadt der Toten gab es ein Haus, das Per Nefer – Haus der Lebenskraft – genannt wurde. Am zweiten Tag nach dem Tod Tutanchamuns wurde das Zelt des Pharaos über diesem Haus ausgebreitet, und der Pharao wurde hineingetragen.

Die Osiris-Priester, die die Göttlichkeit Tutanchamuns bezeugen sollten, wurden durch Los bestimmt. In drei Ritualen, so alt und heilig wie der Name ihres Gottes, reinigten sich die Priester und riefen die Kraft herbei, durch die sie den toten Körper des Pharaos in den perfekten, unverweslichen Leib des Osiris verwandeln konnten. Sie sprachen Gebete, und mit ihren Händen bereiteten sie den Leichnam des Königs vor.

Sie entfernten aus dem Körper des Osiris alles, was die zersetzende Luft in der Welt der Lebenden verderben konnte. Sie schnitten Herz und Milz heraus, fingen seine Eingeweide in Körben auf und entfernten das Gehirn mit Hilfe von Haken, die sie durch die Nase einführten. Dann wuschen sie den ausgehöhlten Körper mit Wein und füllten ihn mit heiligen Ölen, um die Fette aufzulösen, die sich sonst zersetzt hätten. Auf diese Weise machten sie den Körper des Osiris vollkommen.

Der Haushalt des Königs war ebenfalls sehr beschäftigt. Hier mussten die Dinge vorbereitet werden, mit denen die Grabkammer des Königs ausgestattet werden sollte. Denn im anderen Leben, in seinem ewigen Haus, konnte er, der im Leben auf Gold gesessen hatte, das beste Fleisch gespeist hatte und in feinstes Leinen gekleidet gewesen war, wohl kaum auf der blanken Erde sitzen und Wind zu sich nehmen.

Siebzig Tage lang würde man sich so auf die Bestattung des Tutanchamun vorbereiten.

Am vierzehnten Tag nach dem Tod des Pharaos befahlen die Aufseher in Hapures Dorf ihm und einigen anderen Dorfbewohnern, ihnen in die königliche Schlucht zu folgen.

Hapure ging gleich hinter dem Aufseher. Die Männer hinter ihm sprachen mit aufgeregten Stimmen, denn alle wussten, nun würden sie am Grab des Pharaos arbeiten.

Die Sonne stand noch frisch im Osten. Hapures Schatten zog vor ihm hin, manchmal ein wenig zu seiner Rechten, dann wieder genau vor ihm. Hapure trug seine Werkzeuge in einem Sack über der Schulter, wie er es schon hundert Mal zuvor getan hatte.

Der Aufseher war ein kleiner, dicker Mann, der sich mit seinen kurzen Beinchen selbst bei diesem Tempo kräftig sputen musste. Die zusammengerollte Peitsche in seinem Gürtel sah lächerlich und fehl am Platze aus. Er sagte: »Natürlich kann der Heilige nicht in einem neuen Grab liegen, das wir für ihn machen – das würde Jahre dauern.«

Als sie eine Biegung in der Schlucht erreicht hatten, blieb der Aufseher stehen. Vor ihnen erhob sich die Felswand wie eine massive natürliche Brüstung. Der Wind hatte den Stein verwittern lassen und abgeschliffen, sodass die groben Formen eines riesigen Tieres entstanden waren, Knie und Pfoten. Auf beiden Seiten der Felswand war oberhalb des Weges ein Eingang in den Felsen geschlagen worden.

Hapures Sack rutschte von seiner Schulter auf den Boden. Voller Schrecken blickte er auf diesen Ort. Der Aufseher ging noch ein paar Schritte weiter.

»Das ewige Haus soll für den Heiligen bereitet werden«, sagte er und zeigte auf die Graböffnung zu seiner Rechten. Dann nickte er Hapure zu: »Folge mir, Steinmetz.«

Hapure schüttelte die grausamen Erinnerungen ab. Er bückte sich, griff nach seinen Werkzeugen und folgte dem Aufseher den Pfad hinauf zu dem anderen Grab auf der linken Seite.

Sie gingen durch einen Korridor, der in den Felsen führte. Am Ende war eine einzige Grabkammer zu sehen, und gleich bei der Schwelle lag eine Lampe auf dem Boden.

Die Kammer war leer, aber die Wände waren mit einem weißen Putz bedeckt, der das Licht in unregelmäßigen Flecken und Vertiefungen reflektierte. Die Decke war höher, als das Lampenlicht reichte, sodass der Raum nach oben in endloser Dunkelheit zu verschwinden schien. Hapure bekam eine Gänsehaut. Es war, als läge der Raum auf dem Grund einer Quelle. Er fürchtete sich, hinaufzusehen, und in ihm war nur noch ein einziger Wunsch: Weglaufen!

Am anderen Ende des Raumes befand sich ein Alkoven, der ganz von einem riesigen steinernen Sarkophag ausgefüllt wurde. Daneben stand ein Mann in dem weißen Lendenschurz der Priester.

Das Lampenlicht tauchte alles in ein tiefes Safrangelb, in dem alle Einzelheiten verschwanden. Selbst das Gesicht des Aufsehers schien nur noch aus glatten Oberflächen zu bestehen. Hapure senkte den Blick. Er spürte die Zeit, die drohend über ihnen hing, die grausame Zukunft, die auf sie wartete.

Der Priester kam aus der Grabkammer und blieb vor Hapure stehen.

»Wer ist das?«

»Der Steinmetz«, antwortete Hapures Aufseher.

»Der Steinmetz. Sag mir, Steinmetz, wer ist Gott?«

Hapure öffnete den Mund, und die Worte kamen direkt aus seiner Kehle. »Amun ist Gott, und die ganze Welt ist sein Werk. Osiris ist Gott.«

»Gut«, nickte der Priester. »Mach dich an die Arbeit.« Und damit verließ er sie und ging den Korridor hinunter. Hapure folgte ihm mit den Augen und fragte sich, wie wohl sein Schicksal ausgesehen hätte, wenn er behauptet hätte, Aton sei Gott.

Der Aufseher nahm die Lampe vom Boden auf. »Du wirst diese Öffnung verschließen«, sagte er zu Hapure.

Der Priester war inzwischen verschwunden. Hapure drehte sich um und starrte in die dunkle Kammer mit dem Sarkophag. Ein plötzliches Frösteln durchfuhr seinen ganzen Körper. Dieses Grab war früher leer gewesen, und nun erst begann er, darüber nachzudenken.

»Wer wird hier bestattet?«

»Das geht dich nichts an. Geh an deine Arbeit, wie der Oberste Priester gesagt hat.«

Hapure atmete tief durch, denn allmählich ergaben die Dinge Sinn. Die Prüfung durch den Priester, die Vorbereitung des anderen Grabes, in dem Echnaton gelegen hatte und dessen Lage er, Hapure, den Räubern verraten hatte. Er sah den Aufseher an und schüttelte den Kopf.

»Nein. Er gehört nicht hierher.«

»Halt den Mund«, sagte der Aufseher. »Es kann dir doch gleichgültig sein, oder nicht? Du bist doch kein Anhänger Atons!«

Also war es so: Echnaton sollte hier bestattet werden. Hapure hob die Hände und flehte: »Es ist falsch und unrecht, das zu tun. Der König gehört in sein eigenes Grab.« Er kämpfte um Worte, die ausdrücken konnten, was er empfand: dass die ganze Welt aus den Angeln gehoben wurde, wenn der König nicht an seinem angestammten Platz bestattet wurde.

»Das Grab dort drüben wird dem König dienen, der vor kurzem gestorben ist«, sagte der Aufseher. »Was macht das schon? Der eine stirbt, der andere stirbt ...«

Tutanchamun. Hapure brach in ein verängstigtes Kichern aus. Tutanchamun würde in der Grabkammer liegen, die er selbst geschändet hatte.

»Reiß dich zusammen«, zischte der Aufseher ihm zu. »Tu deine Arbeit. Du bekommst Gold dafür!«

»Gold!«, rief Hapure aus. »Was soll ich mit dem Gold anfangen, wenn die Welt in Stücke fällt?«

Der Aufseher griff nach seiner Peitsche, und beim Anblick der Schnecke aus Leder kicherte Hapure noch einmal auf, um dann zurückzuweichen, fast bis zu dem Alkoven, in dem Echnaton lag.

»Wirst du nun diesen Eingang verschließen?« Der Aufseher entrollte die Peitsche. »Wenn du es nämlich nicht tust, werde ich dich entlassen und einen anderen Steinmetz finden, der nicht so viel Schwierigkeiten macht.«

Hapure schluckte schwer. Die kalte Luft der Grabkammer nahm ihn in einen eisigen Griff, und der ganze Raum war angefüllt vom Gestank des Todes. Das Gewicht des Felsens über ihm lastete auf seinem Geist.

»Wo ist das Werkzeug?«, fragte er.

Das Gesicht des Aufsehers entspannte sich erleichtert, als er die Peitsche wieder zusammenrollte. »Beim Eingang. Komm, ich zeige es dir.«

Tutanchamun lag unterdessen im Per Nefer, wo seine Eingeweide und sein Gehirn in Krügen aufbewahrt wurden. Im Palast gingen die Schreiber der Prozession von Zimmer zu Zimmer und fertigten Listen der Grabbeigaben an, die mit dem Ewigen König in der Erde vergraben werden sollten.

15

Meryat bekam Leinen, um daraus Nachthemden und Gewänder für Tutanchamun anzufertigen. Zusammen mit einigen anderen Frauen saß sie im Garten und bestickte das Leinen.

»Warum machen wir uns so viel Mühe damit?«, fragte eine der Frauen und warf die Arbeit in den Schoß. »Es kommt ja doch alles nur in die Erde und verrottet dort.«

Meryats Nadel durchstach den Stoff. Sie setzte ihre Stiche in gleichmäßigen Abständen und hielt das Leinen straff, sodass die Linien der Stickerei gerade blieben. Sie wählte auch die Farben mit Sorgfalt; alles, was sie tat, tat sie so genau wie möglich. Die anderen Frauen schwatzten miteinander und schickten einen Jungen nach Datteln und Milch.

»Schaut euch Meryat an, wie hingebungsvoll sie bei der Arbeit ist.«

Sie kicherten über sie, aber sie zog sich zurück und beugte sich wieder über ihre Arbeit.

»Du wirst wohl bald auch ein Hochzeitsgewand für die Königin machen, Meryat.«

»Und ein Nachthemd«, sagte eine andere Frau. »Aber du wirst wohl mit der Nadel in deinen Daumen stechen müssen, wenn ein Blutstropfen auf dieses Hemd fallen soll.«

Das alberne Gelächter der Frauen ärgerte Meryat. Sie stach so heftig mit der Nadel in das Leinen, dass sich der Stich verdrehte. Vorsichtig zog sie ihn mit den Fingernägeln wieder heraus und schnitt das Stück Faden ab, das sie nicht zweimal benutzen wollte: Sie wollte die Arbeit nicht durch einen zweimal benutzten Faden beschmutzen.

»Selbst wenn sie noch Jungfrau wäre, gibt es wohl kein Blut am Morgen auf dem Nachthemd, nicht mit diesem alten Bräutigam.«

Im Palast ging das Gerücht, dass Anchesenamun den Großwesir Eje heiraten würde, der weit über siebzig Jahre alt war.

Meryat streckte ihren Rücken, legte sich eine Hand ins Kreuz und bemerkte, wie die anderen Frauen sie ansahen.

»Was ist?«, schnappte sie. »Denkt ihr, ich wüsste mehr als ihr? Und selbst wenn es so wäre, denkt ihr, ich würde es euch erzählen?« Sie lachte und beugte sich schnell wieder über ihre Arbeit, auch um den Ausdruck auf ihrem Gesicht zu verbergen. Denn sie hatte nicht einmal gewusst, wo Anchesenamun sich aufhielt, bis ein Küchenjunge in ihrem Beisein die Bemerkung hatte fallen lassen, dass die Königin sich in eine alte Villa ihrer Mutter zurückgezogen hatte, die ein Stück flussaufwärts lag. Aber nach wie vor ging das Gerücht um, dass die Königin Meryat als Spionin hier gelassen hatte, und da es ihrem Stolz schmeichelte, beließ sie es dabei.

Sie beendete einen Streifen Leinen, faltete ihn zusammen und legte die glatten, kühlen Schichten in eine Schachtel aus Zedernholz. Zwischen die Schichten gab sie Kräuterzweige, bevor sie sich ein neues Stück Stoff über die Knie legte. Nackt und weiß wie Haut lag es auf ihrem Schoß, und sie tauchte ihre Nadel hinein und zog den roten Faden hindurch.

Die Stimmen um sie herum verstummten, und alle Frauen beugten sich vor, als der Großwesir und General Haremhab durch den Garten spaziert kamen.

Sie gingen nebeneinander auf dem Kiesweg, ohne die Frauen zu bemerken, die sich zu beiden Seiten verneigten. Der Wesir war alt und von den Jahren gebeugt, und er schob den Kopf vor, als suchte er auf dem Boden nach der Tür, die ihn aus dieser Welt und in die nächste Welt brachte. Der General ging aufrecht und jung mit geschmeidigen Schritten.

»Das wird das üppigste Begräbnis, das jemals hier stattgefunden hat«, sagte der alte Wesir. »Aber welchen Trost soll es bringen? Das alte Sprichwort hat schon Recht: ›Je mehr Feierlichkeit, desto weniger Verständnis.‹«

»Was macht das schon?«, gab Haremhab zurück, während sie durch den Schatten einer hohen Palme gingen, wo sein Bronzepanzer nicht mehr funkeln konnte. »Nur das gemeine Volk kümmert sich darum.«

»Je weniger sie verstehen«, sagte der Wesir, »desto mehr hängen sie an ihrem Glauben.«

Sie waren an Meryat vorbei, und sie hob den Kopf und starrte kühn auf ihre Rücken, voller Verachtung, während die beiden Männer redend weitergingen. Der General überragte den Großwesir haushoch. Sie gingen langsam wie Frauen. Glaubten sie denn wirklich, Anchesenamun, die einen König ermordet hatte, würde sich brav einem uralten Mann hingeben? Meryat senkte den Blick wieder auf ihre Stickarbeit. Ihr Herz schmerzte, wenn sie daran dachte, dass Anchesenamun sie hier zurückgelassen hatte. Von ganzem Herzen sehnte sie sich danach, die Liebe ihrer Königin wieder zu erlangen. Ihre Hände zitterten, und ihre Nadel tauchte immer wieder in das Leinen ein, sodass die roten Stiche nur so über den Stoff rasten.

Tatsächlich sollte die Königin den betagten Eje heiraten, den Großwesir von Ägypten, und ihn durch die göttliche Vereinigung zum Pharao machen. Stattdessen schickte sie eine Nachricht an den König der Hethiter, in der sie ihm die Heirat und einem hethitischen Fürsten die Königskrone anbot.

In ihrer einsam gelegenen Villa südlich von Theben wartete sie auf ihren fremden Ehemann. Dann kamen die Soldaten und überfielen ihr Haus, wie eine Armee eine Stadt einnimmt. Haremhab marschierte an der Spitze der Truppen. Er bezichtigte die Königin des Verrats und berichtete ihr, der hethitische Fürst sei tot.

Im Basar am Ostufer des Nils zeigten drei Perser in gestreiften Gewändern ein Schattenspiel mit Handpuppen. Hapure stand in der kleinen Menschenmenge vor der Bühne und sah ihnen zu. Das Stück war von einfachster Machart: Ein heldenhafter Räuber und ein Landbesitzer mit einem großen Stock jagten einander hin und her über die Szene. Hapure hatte noch eine Hand voll Datteln zu essen und kein Ziel, also blieb er stehen, lachte, wenn der Landbesitzer den Räuber schlug, und jubelte, wenn der Räuber die Geldbörse des Landbesitzers stahl.

Da trat Sennahet zu ihm, und sein Gesichtsausdruck verhieß nichts Gutes.

»Na«, fragte Hapure, »hast du sie gefunden?«

Eine kaum wahrnehmbare Kopfbewegung Sennahets zeigte, dass das Gegenteil der Fall war. Hapure stöhnte. Er blickte rund um sich durch den bevölkerten Basar. An diesem Tag des Re musste niemand arbeiten, also war ganz Theben unterwegs und stöberte in den Buden und Läden nach irgendetwas, wofür sich das Geldausgeben lohnte. Meryat war an einem Tag des Re fortgegangen, und als ihm das einfiel, kehrten Hapures Gedanken zu Sennahet und seinem Problem zurück.

»Du hast Meryat jetzt achtzehn Tage lang nicht gesehen«, sagte er. »Willst du dir nicht eingestehen, dass sie dich vermutlich vergessen hat? Sie ist glücklich dort. Sie ist nicht aus demselben Lehm gemacht wie du, lass sie dort bei ihren Leuten.«

»Mag sein, dass du Recht hast«, gab Sennahet zu und ließ die Hände flach unter seinen Gürtel gleiten. Aber sein Gesicht war noch immer unglücklich. »Wenn ich sie nur sehen könnte, ich bin sicher, ich könnte sie überreden, uns zu helfen.«

»Nicht *uns*«, verbesserte Hapure ihn. »Nur dir, Sennahet.«

»Du sagst auch mal so und mal so.«

»Ich habe dir gesagt, wenn du den Platz findest und mir zeigst, wie du es stehlen willst, dann helfe ich dir. Aber du musst mich erst überzeugen.«

»Ich werde einen Tag aussuchen, wo du in guter Stimmung bist«, sagte Sennahet.

Am Ende des Basars, wo die große goldene Säule stand, schrie jemand herum, und die Menschen blieben stehen, um ihm zuzuhören. Hapure stand auf den Zehenspitzen, um besser sehen zu können. Dann lief er neugierig in die Richtung, und viele andere gingen mit ihm.

Sennahet folgte ihm ebenfalls, leise vor sich hin murmelnd. Hapure warf ihm einen verstohlenen Blick zu. Sennahets Sturheit amüsierte ihn ebenso sehr, wie sie ihn aufregte. Der Mann setzte seine Energie nur für eine einzige Sache ein: Er plante, wie er das Gold des Pharaos stehlen könnte.

»Kommt!«, rief die Stimme vor ihnen. »Kommt und seht, was mit unserer Königin geschehen ist!«

Sennahet warf den Kopf hoch, tauschte einen einzigen brennenden Blick mit Hapure, und dann rannten sie los, kämpften sich durch die Menge, die zum Strahl der aufgehenden Sonne strömte, und in die breite Straße, die zu dem Tempel südlich von Theben führte.

Die Sonne stand hoch am Himmel, und die riesigen Sphingen auf beiden Seiten der Straße warfen keine Schatten. Gut drei Meter vor Hapure kletterten zwei Jungen auf die Tatze der ersten Sphinx. Hapure wölbte die Hände um seinen Mund.

»He, könnt ihr was sehen?«

Einer der beiden Jungen spähte Richtung Süden und schickte seine Blicke wie Pfeile die Straße hinunter. Dann rief er: »Wagen! Ich sehe Wagen kommen!«

Sennahet war schon einige Meter vor Hapure und pflügte sich durch die Menschenmenge. Hapure wühlte sich hinter ihm durch, bis sie den Straßenrand erreichten und weiterrannten, die Menge ihnen dicht auf den Fersen.

Vor ihnen, über den Säulen des Großen Tempels, selbst am Mittag noch in tiefe Schatten getaucht, leuchteten die drei großen Säulen des Amun gegen den makellos blauen Himmel. Hapure musste kurz die Augen schließen, und als er sie wieder öffnete, sah er die lange Reihe von Pferdewagen, die auf der Straße auf ihn zukam. Auch der Rest der Menschenmenge hatte sie jetzt entdeckt, und alle schwiegen.

Es dauerte noch einige Minuten, bis man erkennen konnte, was es mit den Wagen auf sich hatte und wer damit fuhr, aber die Menge zerstreute sich nicht, niemand setzte sich oder wandte sich ab, um mit dem Nachbarn zu schwatzen. Hapure legte die Hand über die Augen. Sennahet neben ihm ließ einen schweren, heiseren Seufzer hören.

»Das ist sie, Anchesenamun, die Königin. Und sie haben sie in Ketten gelegt!«

Hapure spürte eine Gänsehaut an den Armen und am Rücken. Er strengte seine Augen an.

Tatsächlich, in dem mittleren Wagen stand Anchesenamun neben dem Fahrer. Hapure hatte sie nur ein paar Mal gesehen, aber er erkannte sie sofort an ihrer schlanken, aufrechten Gestalt und an der stolzen Haltung ihres Kopfes. Sie war mit goldenen Ketten gefesselt, die Hände auf dem Rücken.

Hapure ballte die Fäuste und fragte sich, wer so etwas der Königin von Ägypten antun konnte. Aber der Pharao war tot; jetzt war alles möglich.

Die Wagen an den Seiten bewegten sich vorwärts und schwenkten herum, um den Wagen mit Anchesenamun anzuführen. Der Fahrer des ersten Wagens ließ seine Peitsche knallen, und die Pferde begannen zu galoppieren. Sie wollten die Menschenmenge zur Seite treiben.

Neben Sennahet stieß ein Mann den Arm vorwärts und zeigte auf die Wagen. »Das sind Haremhabs Männer!«

Sein deutlicher Ruf weckte die Menschenmenge, sodass sich überall Stimmen erhoben.

»Was tun sie da? Wohin bringen sie sie? Kommt, kommt!«

Die Menschen rannten los, während die Pferde scheuten, stehen blieben und umkehren wollten. Aber die Menge kreiste die Wagen ein, die Pferde wurden an den Zügeln festgehalten und die Wagen an den Rädern, und Tausende Stimmen verlangten zu erfahren, was man mit ihrer Königin vorhatte.

Hapure hing an einem Rad des ersten Wagens. Der Fahrer schlug mit der Peitsche auf ihn ein, aber jemand hinter Hapure griff nach der Peitsche und riss sie dem Fahrer aus der Hand, der mit schreckerfüllten Augen zurückwich.

»Hört mich«, rief die Königin. »Leute, hört mich!«

Hapure drehte sich zu ihr herum. Sie war nur drei Wagen von ihm entfernt. Aufrecht wie eine Lanze stand sie da, ungebrochen, und ihre Stimme war deutlich zu hören.

»Höre mich, Ägypten. Wollt ihr zusehen, wie Haremhab und die Priester sich zu Herren über euch aufschwingen? Seht, was sie mir angetan haben.«

Die Menschen murmelten. Jemand ging an Hapure vorbei, und aus dem Augenwinkel nahm er einen dünnen Mann wahr, der den Lendenschurz der Priester trug. Der Mann stieg auf den Wagen, dessen Rad Hapure festhielt.

»Leute!«, rief Anchesenamun gerade. »In Zeiten der Pest und der Hungersnot habe ich euch gerettet. Ich! Ich! Nun müsst ihr mich retten. Helft mir, denn ich besitze nichts mehr als euren guten Willen.«

Über Hapure donnerte der Priester dagegen. »Leute, sie ist Echnatons Tochter! Denkt daran, was Echnaton in Ägypten angerichtet hat!«

Die murmelnde Stimme des Volkes antwortete mit einem dumpfen Grollen. Hapure hielt sich immer noch an dem Rad fest. Die Menschen hinter ihm drängten sich heran, drückten ihn an das rohe Holz, und das Rad bewegte sich ein Stückchen vorwärts.

»Ich habe euch geholfen, ich habe euch zu essen gegeben und für euch zu den Göttern gebetet!«

»Echnaton hat die Götter herausgefordert!«, brüllte der Priester mit seiner tragenden Stimme, die gewohnt war, große Räume zu füllen, und seine Worte brachten die Menge zum Rasen. »Echnaton hat euch gehasst, er hat Ägypten gehasst.«

»Hört nicht auf ihn! Sie wollen mich vernichten! Bitte ... ich habe euch gerettet ... wollt ihr mir nicht helfen?«

»Sie ist Echnatons Tochter!«

Die Menschen drängten weiter vorwärts, sodass Hapure schmerzhaft an das Holz gedrückt wurde. Ein Hagel von Steinen flog durch die Luft und prasselte auf die Königin nieder. Die donnernde Stimme des Priesters verlor sich im besinnungslosen Heulen der Menge. Hapure schnappte mühsam nach Luft. Anchesenamun stand aufrecht in dem Wagen und versuchte, die Menge zur Vernunft zu bringen, während die Steine auf sie herunterregneten. Jetzt war schon Blut auf ihrem Gesicht zu sehen. Neben Hapure stand ein Mann mit verzerrtem Mund und wildem Blick; er bückte sich nach einem Stein und sprang dann hoch, um ihn zu werfen, wild und ziellos. Der Mann war Sennahet. Andere schlecht gezielte Steine gingen auf die Menge nieder, einer traf das Pferd neben Hapure, und der Wagen machte einen Satz vorwärts. Hapure stürzte von dem Rad und kam stolpernd auf die Füße, von Panik erfasst. Dann bückte auch er sich und sammelte Steine und warf sie, warf sie irgendwo hin. Die Königin war fort, ihr Wagen stand leer in der Menge. Hapure drehte sich um und kämpfte sich wieder durch die Menge, die Brust voller Schmerz, verzweifelt auf der Suche nach etwas Raum zum Atmen.

Im Per Nefer, dem Haus in der Stadt der Toten, füllten die Osiris-Priester einen hölzernen Sarg mit Schlamm aus dem Nil, den sie mit Samen bestreuten und gründlich wässerten. Siebzig Tage nach den Tod des Pharaos brachen grüne Schösslinge durch die Oberfläche, und nun wurde Nachricht durch ganz Ägypten gesandt, dass jedermann im Land sich freuen dürfe: Der tote Gott war wieder auferstanden, und Tutanchamun würde nun in sein ewiges Haus überführt.

Die Sonne stand am östlichen Horizont, und noch lag etwas Nachtkühle in der Luft. Haremhab stand hinter dem Schlitten, der die Bahre mit dem König befördern würde. Der weiße Leinenumhang, den er trug, kratzte am Hals; er fühlte sich, als hätte er schon stundenlang gewartet, dabei waren es erst einige Minuten.

Acht Männer von höchstem Rang waren bei ihm – gemeinsam nannten sie sich die Neun Freunde des Königs –, alle wie er in weiße Trauerkleidung gehüllt und mit weißen Leinenbändern um die Stirn. Die Neun standen etwas abseits der großen Gruppe von Höflingen vor dem Palast. Der Morgenwind spielte mit ihren weißen Gewändern, kräuselte und schüttelte sie wie seltsame Federkleider.

Während die Sonne schnell in den Himmel stieg, färbte ihr goldenes Licht die Wüstenfelsen erst gelb, später orange; es tanzte auf der Brust des breiten, mütterlichen Flusses. Niemand sprach ein Wort.

Als der metallische Ton des Hornes erschallte, zuckte Haremhab vor Schreck zusammen. Nun würde sich die Prozession in Bewegung setzen. Er war froh, dass das Warten vorbei war, und fühlte sich frei wie ein Falke, dem die Augenbinde abgenommen wird.

Der Palast war mit blauen Lotusblüten behängt, der Blume der Wiedergeburt. Die Priester führten die riesige Prozession um die äußere Palastmauer, wobei sie Hymnen sangen und den Boden mit Räucherwerk und Samenkörnern bestreuten. Nach den Priestern kam der Schlitten, der von roten Ochsen gezogen wurde, den heiligen Tieren aus dem Norden. Die Neun Freunde des Königs folgten dem Schlitten, und hinter ihnen gingen in fünf Reihen Hunderte von Höflingen und Priestern, von denen jeder ein Teil der Ausstattung für den Raum des Ewigen trug, für das Grabhaus, in dem Tutanchamun ewig leben würde.

Während sich die Prozession um das Gebäude wand, konnte Haremhab das Heulen und Schreien der trauernden Frauen im Palast hören. Es war wie ein seltsames Lied, wunderbar und unheimlich zugleich. Haremhab konnte es nicht hören, ohne dass sein Herz schneller zu schlagen begann. Durch verschiedene Türen und Fenster brachen die Priester in den Palast ein, wo ihnen die singenden Frauen den Weg versperrten, als wollten sie den König zurückhalten, ihn in der Welt der Lebenden behalten. Aber die Priester durchbrachen ihre Reihen und trugen den Leichnam des Königs mit sich davon.

Als sie mit dem Leichnam aus dem Palast kamen, verneigten sich die vielen Teilnehmer der Prozession bis zur Erde. Haremhab tat es ihnen gleich, aber er hob am Ende ein wenig den Kopf, um den Großwesir zu sehen, der feierlich und langsam hinter dem König einherschritt.

Der alte Mann trug das Leopardenfell des Sem-Priesters, der die heilige Axt über Tutanchamun halten würde, wenn seine Seele in einer geheimnisvollen Zeremonie vom Fleisch befreit wurde. Der Schimmer des Raubtierfells ließ den alten Mann noch älter aussehen, wie einen lebenden Leichnam. Haremhab sah, wie der Wesir sich dahinschleppte, die Augen niedergeschlagen, jetzt schon erschöpft. Die Zeremonien dauerten lang, und Haremhab konnte nicht anders als lächeln. Als er genug gesehen hatte, senkte er den Kopf wieder.

Der Wesir würde Pharao werden, aber sein Samen würde nicht in Anchesenamuns Leib aufgehen. Wenn der Wesir starb, würde der Thron an denjenigen fallen, der gewartet und geplant und vorgesorgt hatte. Haremhab verzog den Mund zu einem triumphierenden Lächeln.

In Zweierreihen, schrille Schreie ausstoßend, umkreisten die Frauen die Bahre, auf der der König nun lag. Ihre Stimmen klagten mit den uralten Worten, die Isis über dem Leichnam des Orisis gesprochen hatte. Haremhab erhob sich mit den anderen, als er das Klingeln der goldenen Sistra hörte. Sein weißer Umhang war an der Vorderseite braun vom Staub.

Der verwandelte Leichnam des Tutanchamun lag nun auf der goldenen Bahre, deren Himmel mit den heiligen Knoten versehen war. Die Sonne warf die Schatten der Knoten über die Arme des Königs. Die Neun Freunde traten vor, um die Zugriemen des Schlittens aufzunehmen.

Haremhab kam an dem toten König vorbei und sah, dass Tutanchamuns Haut einen unvergänglichen Goldton angenommen hatte, die Farbe des Sonnenmetalls. Seine Hände und Füße waren mit Gold überzogen, und schwer hingen an allen Gelenken die Amulette und Attribute der Macht. Die riesige goldene Maske zeigte das perfekte Abbild des Königs. Der Mund verzog sich zu demselben kindlichen Schmollen, und die großen Augen strahlten. Der geflochtene Osiris-Bart unter dem Kinn betonte nur noch die Jugend des Königs.

Am Kopfende des Schlittens blieb Haremhab regungslos stehen, erschüttert von dem, was er sah, und von dem, was er nicht mehr sah: ein Leben, in Gold gefasst, der letzte Triumph des Todes. Rasch drehte er sich um und ging, um seinen Platz in den Schlittenspuren einzunehmen, heftig bemüht, seinen Geist zur Ruhe zu zwingen. Aber es gelang ihm nicht; all die Jahre, die ihm noch blieben, schienen zu einer Hand voll Tagen zusammengeschrumpft, und wenn er sich mit aller Kraft in die Zugriemen legte, schien es ihm, als ob er selbst sich bereits auf diesem unvermeidlichen Weg zum Grab befand. Sein ganzer Triumph wurde leblos wie das Gold.

In den Gemächern der Königin wurde Anchesenamun für die Nacht vorbereitet. Sie saß auf einem Hocker, und die fremden Frauen, die ihr nun aufwarteten, salbten sie mit heiligen Ölen. Sie rührte sich nicht; es gab keinen Anlass zu einer Bewegung.

Ihr Kopf tat ohnehin weh, sobald sie sich bewegte. Seit der Steinigung schmerzte ihr Kopf ununterbrochen. Und sie war müde, also war es einfacher, hier zu sitzen und sich bedienen zu lassen.

Die heilige Krone wurde hochgehoben und auf ihren Kopf gesetzt. Ihr Nacken beugte sich unter dem Gewicht, und sie schloss die Augen.

Sie führten sie an der Hand zu ihrem Bett, und sie legte sich unter den goldenen Betthimmel.

Hapure und Sennahet kauerten auf dem Boden und spielten mit geworfenen Spielsteinen, und als Sennahet verlor, beschwerte er sich lauthals. Während die beiden Männer noch da hockten und einander anschrien, betrat Meryat die Hütte.

Sie staunten sie an, wie sie da über ihnen stand. Ihr Gesicht war weiß und angespannt wie feines Leinen.

»Das Gold ist im Grab des Osiris«, sagte sie.

Hapure setzte sich zurück auf die Fersen, die tönernen Spielsteine noch in der Hand. Er beobachtete eindringlich Sennahet, dessen Augen schmal geworden waren, stechend wie die eines Falken.

»Das braucht mir keiner zu sagen«, gab er Meryat zur Antwort. »Das weiß jedermann in ganz Ägypten.«

»Aber du brauchst mich«, sagte Meryat ruhig, »um dir zu sagen, dass das Grab nachts bewacht ist, und um dir zu helfen, die Wache abzulenken.«

Hapure ließ die Spielsteine in seiner Hand klimpern. Sein Magen drehte sich fast um, als ihm klar wurde, dass die Dinge, die sie seit langer Zeit besprachen und drehten und wendeten, nun tatsächlich Wirklichkeit wurden. Denn dass sie nun Wirklichkeit wurden, konnte man ganz deutlich von Sennahets Gesicht ablesen.

Sennahet stand auf. »Heute Nacht«, sagte er nur. Hapure hatte die Weigerung schon auf der Zunge, aber er hockte noch auf dem Boden, und als er den Blick zu Sennahet emporhob, schien ihm dieser so groß wie die Sonne. Nur er allein hatte einen Plan, und dieser Plan verlieh ihm Heiligkeit.

»Kommt«, sagte Sennahet zu Hapure und Meryat, und sie folgten ihm.

Sie suchten Hapures Werkzeuge zusammen, als die Sonne sich zum westlichen Rand der Wüste neigte, um dort ihre gefährliche Reise durch die nächtliche Unterwelt anzutreten. Im Dorf kochten die Frauen ihren üblichen Eintopf aus Bohnen und Hirse. Mit den Werkzeugen auf der Schulter verließen die drei Freunde das Dorf und begaben sich auf den Weg, der in die königliche Schlucht führte.

Hapure ging als Erster, denn er kannte den Weg am besten, und es würde dunkel werden, während sie unterwegs waren. Er hörte die anderen hinter ihm, aber er sprach nicht mit ihnen. Keiner von ihnen sprach ein Wort. Alles, was sie taten, geschah wie in einem Traum.

Hapure blickte von dem Pfad auf und sah die Sonne über dem Horizont wie einen Kessel voll mit geschmolzenem Gold, das über den Rand schwappte und seine brennende Farbe über die ganze Welt verteilte. Der Pfad neigte sich unter seinen Füßen, und er führte seine Freunde hinunter in eine kleine Mulde in der Wüste, wo die Schatten bereits dunkel waren und die Nacht früh hereingebrochen war.

Finsternis hüllte sie ein, als sie den steilen Abhang hinunterstiegen. Hapure fröstelte in der kalten Nachtluft und konnte nicht aufhören zu zittern.

»Wo ist der Wächter?«, murmelte Sennahet.

Meryat deutete voraus.

»Ich werde gehen«, sagte sie, »und sehen, was ihn am leichtesten von seinen Pflichten weglockt.«

»Was sollte das sein?«, fragte Sennahet.

»Ich habe Gold«, sagte sie. »Und wenn das nichts nützt, habe ich Honig in einem geheimen Gefäß.«

Hapure drehte sein Gesicht weg von ihr. Sie war zu zart, um derartige Dinge auszusprechen.

Sie ging weiter hinein in die Schlucht bis zur Mitte des engen Tales mit den zwei steilen Felswänden auf beiden Seiten, die wie Tempelsäulen wirkten. Mit jedem Schritt wurde sie kleiner, bis sie nur noch ein weißer Punkt war, der zwischen den rohen Wänden der Wüste einherging.

»Das bringt Unglück«, sagte Hapure.

»Du bist ein Narr«, antwortete Sennahet. »Es gibt kein Glück oder Unglück, es gibt keine Götter. Es gibt nur das, was ein Mann mit der Kraft seiner Arme und mit der Klugheit seines Kopfes an sich reißt.«

Hapure gab ihm keine Antwort.

Sie warteten mehr als drei Stunden, bis der Mond hoch über den schwarzen Himmel zog. Dann kam Meryat zurück.

»Er schläft«, sagte sie. »Jetzt kommt!«

Sie schien unverändert, ihre Kleider waren unversehrt und ihre Arme so weich wie Wachs. Ihr Gesicht war so glatt, als könnte das, was sie getan hatte, sie nicht erreichen. Sie führte sie die Schlucht hinunter, bis sie an die breitere Stelle kamen, wo der König bestattet worden war.

Eine Treppe führte hinunter in den harten Felsboden. An ihrem Ende war der Eingang mit Steinen vermauert und verputzt. Hapure nahm Hammer und Meißel. Mit dem Hammer klopfte er den Putz ab, bis er in großen, trockenen Stücken herunterfiel und er ihn wegkratzen konnte.

Sein Herz begann heftig zu schlagen. Er arbeitete schneller, und Sennahet kam ihm zu Hilfe. Sie schlugen Keile in die Fugen zwischen den Steinen, bis es ihnen gelang, den obersten Stein zu lösen.

»Das ist zu wenig«, sagte Hapure, »wir müssen noch einen Stein herausbrechen.«

»Nein«, sagte Meryat. »Dafür haben wir keine Zeit. Ich komme durch einen kleineren Zwischenraum als ihr.«

»Du bist verrückt!«, fuhr Hapure ihr grob über den Mund. »Eine Frau ...«

»Du hast keine Ahnung, wozu eine Frau fähig ist«, gab Meryat zurück.

Dann machten sie sich alle drei wieder an die Arbeit. Der Weg hinter der Tür war angefüllt mit Geröll, Kies und Erde. Sie gruben sich hindurch und bauten einen Tunnel. Hapure grub, so viel er konnte, aber dann musste Meryat durch die kleine Öffnung steigen und selbst weiterarbeiten. Hapure und Sennahet entfernten den Abraum, den sie hinter sich hinauswarf. Sie brachten alles nach oben an den Anfang der Treppe.

Dann banden sie ein Seil an den Sack, in dem Hapure seine Werkzeuge transportiert hatte, und gaben ihn ihr, damit sie ihn mit in den Tunnel nehmen und den Abraum damit aus dem Tunnel schaffen konnte. Erde und Steine rieselten ständig um sie herum. Hapure war von Kopf bis Fuß damit bedeckt und hatte Abschürfungen von den Steinen. Endlich steckte Meryat den Kopf heraus.

»Da ist noch eine Tür«, sagte sie.

Hapure und Sennahet blickten sich an. Das musste der Eingang zur Grabkammer sein.

»Hier!« Sennahet bückte sich nach Hammer und Meißel. »Kannst du die Tür öffnen? Du hast ja gesehen, wie der Steinmetz es gemacht hat.«

Sie nahm die Werkzeuge. Ihr Gesicht war jetzt schmutzig – bei dem, was sie hier tat, konnte sie unmöglich sauber bleiben. Ihre Augen wirkten im Mondlicht riesig groß. Sie blickte sie wie ein Blinder an, wie ein Maulwurf, der sein Leben unter der Erde verbringt. Dann verschwand sie wieder im Tunnel.

Hapure lehnte sich gegen die Tür und wischte sich den Schmutz von den Armen. Böse Gedanken schwärmten durch seinen müßigen Geist, und er konnte Sennahet nicht in die Augen sehen, der so unbeeindruckt neben ihm stand.

Tief drinnen fiel etwas mit lauten Krachen zusammen. »Jetzt ist sie durch«, bemerkte Sennahet nur.

Hapure befeuchtete seine Lippen und legte die Hand auf sein Herz, das laut und ungestüm pochte, als wollte es seine Rippen durchbrechen.

Da plötzlich erschien Meryats Hand durch die Öffnung in der Tür, und ein Goldregen ging über die beiden Männer nieder. Lachend steckte sie auch den Kopf durch die Öffnung.

»Nehmt! Nehmt, es ist so viel da! So viel!«

Ihr Kopf zog sich wieder in den Tunnel zurück, und schon war sie verschwunden.

Sennahet jubelte. Er kroch auf dem Boden herum und sammelte das Gold ein, auch die letzten kleinen Stücke, die am Fuß der Treppe lagen. Hapure bückte sich, um ein leuchtendes Etwas bei der untersten Stufe aufzuheben. Es war ein Ring mit dem Bild des Skarabäus. Seine Finger schlossen sich um den Ring, und nun kam der Wahnsinn auch über ihn. Gemeinsam mit Sennahet kroch er auf dem Boden herum und sammelte das Gold ein.

Ein neues wildes Lachen erklang aus dem Tunnel, und das Gold strömte nur so über sie hinweg. Es klingelte auf dem felsigen Boden.

Hapure zog sein Übergewand aus, machte einen Sack daraus und begann, die Kostbarkeiten hineinzuschaufeln. In seiner Eile sammelte er auch Steine und Erdklumpen ein, und irgendwann stieß er mit Sennahet zusammen, sodass sie beide zu Boden fielen.

»Lass die Finger von meinem Gold!«, schrie Sennahet und schlug mit einer klauenförmigen Hand nach Hapure. Der hechtete aber schon über den Boden nach einem kleinen Gegenstand, der im Mondlicht verführerisch glänzte. Meryats Stimme erklang über seinem Kopf, und ein Becher fiel vor ihm auf den Boden. Er griff danach.

Sein Sack war jetzt so schwer, dass er ihn nur noch mit beiden Händen halten konnte. Er warf ihn sich über die Schulter.

»Lasst uns gehen«, sagte er. »Ich habe genug.«

Sennahet nickte. Er steckte den Kopf in den Tunnel. »Meryat!«

Die Stimme des Mädchens antwortete, aber ihre Worte waren kaum zu verstehen.

»Komm raus! Wir gehen! Wir müssen uns beeilen!«

»Nein!«, rief sie zurück. »Nein! Ich will noch ein Weilchen hier bleiben, bei meinem Liebsten.«

Hapure zuckte bei ihren Worten zusammen. Sie war verrückt geworden – er hätte es sich denken können, als er die seltsame Ruhe auf ihrem Gesicht gesehen hatte.

»Komm heraus, Meryat! Die Wache kommt bald zurück.«

»Ich bleibe hier«, antwortete sie aus den Tiefen der Erde.

Hapure ging los, den Sack auf der Schulter. Sie hatten sich ohnehin schon viel zu lange hier aufgehalten. Hinter ihm redete Sennahet weiter auf Meryat ein.

Dann kam auch Sennahet, wütend vor sich hin murmelnd, die Beute in seinen Rock gewickelt. Sie machten sich auf den Weg aus der Schlucht hinaus.

»Beeil dich«, keuchte Hapure. »Die Wache kommt zurück.«

»Ach, der Wachsoldat schläft bis zum Morgengrauen«, gab Sennahet zurück. »Ich ärgere mich nur, dass ich nicht mehr tragen kann.«

Er kämpfte mit dem Gewicht seiner Beute. Als sie den Anfang des Weges erreichten, der zum Dorf führte, setzte er sein Bündel mit einem tiefen Seufzer auf dem Boden ab.

»Ich muss mich ausruhen.«

Hapure stellte seinen Sack auf den Boden. Er warf einen langen, forschenden Blick über die Umgebung, aber die Schlucht lag still und öde im Mondlicht. Der obere Rand der Felswand zeichnete sich scharf gegen den Himmel ab, und der Mond war noch gut über dem Horizont zu sehen.

»Hier!« Sennahet öffnete sein Bündel, und ein Teil seiner Beute rieselte heraus. Hastig bedeckte er sie mit loser Erde. Ein Becher rollte weg; er gab ihm einen Tritt, dass er unter einen Felsblock rollte. »Ich gehe noch mal zurück und hole mehr.« Damit schüttelte er seinen Rock vollständig aus und eilte wieder hinunter in die Schlucht.

»Sennahet!«, schrie Hapure hinter ihm her. Aber sein Freund verschwand um die Biegung in der Schlucht.

Hapure stand eine Weile da und starrte ihm nach. Er dachte daran, ins Dorf zu gehen. Er würde die Beute verstecken müssen, bevor der Tag anbrach, bevor die anderen Dorfbewohner wach wurden. Er war müde und sehnte sich nach Schlaf. Hunger hatte er auch. Aber er rührte sich nicht, sondern wartete auf Sennahet, der irgendwann wieder auftauchen musste. Endlich ging er zurück in die Schlucht und folgte seinem Freund.

Während er noch auf dem Weg war, kamen die Soldaten. Er sah sie schon von weitem. Sie hatten sich durch die Wüste genähert, sodass das Geräusch ihrer Wagen niemanden warnen konnte, und sie waren über die Felswand hinuntergestiegen. Hapure sah, wie sie kletterten. Er drehte sich auf dem Absatz um und floh. Sie rannten hinter ihm her, und er fragte sich, ob sie wirklich lebendige Männer waren oder Dämonen, die auf ihn losgelassen worden waren, eine grauenhafte Schar aus der Unterwelt. In seiner Angst hörte er schon das Geräusch lederner Flügel. Er rannte den Weg hinauf, aber sie holten ihn ein, und ein Schlag zwischen seine Schultern streckte ihn nieder. Das war das Letzte, was er spürte.

Weltbild Buchverlag –Originalausgaben–

Steinerne Furt, 86167 Augsburg

10. Auflage 2007

Projektleitung: Julia Kotzschmar
Übersetzung: Marie Henriksen
Redaktion: Jürgen Bolz
Umschlaggestaltung: Hauptmann & Kompanie
Werbeagentur GmbH, München
Umschlagabbildung: Getty Images
Satz: AVAK Publikationsdesign, München
Druck und Bindung: CPI Moravia Books s.r.o., Pohorelice

Gedruckt auf chlorfrei gebleichtem Papier

ISBN 978-3-89897-151-5